接棒家族

瀨尾麻衣子

要做什麼好呢？秋高氣爽的清晨，雖然興致勃勃、摩拳擦掌地走去廚房，卻不知道該做什麼早餐。

既然是人生的重要關頭，當然要吃和勝利發音相同的炸豬排飯討個吉利。不對，又不是要上場比賽，吃炸豬排飯似乎有點奇怪。讀書需要體力，那就做有助於增強體力的餃子？不行。這麼重要的日子，不能滿嘴都是大蒜味。那就做蛋包飯，然後用番茄醬在蛋上寫一些鼓勵的話？優子一定會皺眉頭。奶油焗飯、炊飯、漢堡排。這八年來，以驚人速度增加的拿手料理逐一浮現在腦海中，但無論做什麼，優子應該都會說「一大早就吃這個也太油膩了」，但最後還是吃得精光。今天一定會有聊不完的話，所以最好做即使冷了也好吃、而且吃起來簡單的菜色。

「雖然大家都會做各種雞蛋料理，但森宮叔叔的歐姆蛋不軟不硬剛剛好，最好吃了。」

之前好像聽優子這麼說過。對了，那就來做夾了蓬鬆歐姆蛋的三明治。決定之後，他從冰箱裡拿出了奶油、牛奶，以及好幾顆雞蛋。

第一章

1

傷腦筋。我完全沒有任何不幸。真希望自己有什麼煩惱或是困難，但一時完全想不到。每次都這樣，所以面對這種狀況，內心就充滿歉意。

「老師很欣賞妳的開朗，但如果不把困難或是煩惱說出來，別人就無法瞭解。」

坐在對面的向井老師對我說。

這是二年級最後一次升學面談，我和班導師面對面坐在講桌前的課桌旁。平時總覺得教室很小，但只剩下兩個人時，就覺得很寬敞。

我沒有什麼困難，也沒有任何煩惱。正在思考該怎麼回答時，老師說：

「森宮同學，妳不用說妳不想說的事，但老師想瞭解妳的家庭狀況，嗯？」

「森宮……對，我是森宮。」

老師叫我「森宮」之後，聽到我重複了自己的姓氏，露出了訝異的表情。她是不是覺得我還無法適應自己的姓氏？

「啊，不是啦，因為同學和周遭的人都叫我優子，所以叫我姓氏時，腦筋一下子轉不過來。」

我告訴老師真正的理由後，老師輕輕點了點頭，「喔，是啊，優子是個好名字。」

我活了十七年，深深體會到優子雖然是個很常見的平凡名字，但還真是個好名字。不光是名字叫起來很響亮，聽起來更舒服，「優子」最大的優點，就是無論和任何姓氏都很搭。

我剛出生時叫水戶優子。之後曾經改名為田中優子、泉之原優子，現在則是森宮優子。因為為我取名字的人並不在身邊，所以不知道當初是基於怎樣的想法取了這個名字，但優子無論和很長的姓氏或是很短的姓氏，聽起來很厲害的姓氏，還是很簡單的姓氏都很搭。

「森宮同學，妳經歷了各種不同的經驗，但人如其名，妳真的是一個溫柔的孩子。」

「喔……」

雖然我的姓氏改了很多次，但並沒有經歷什麼了不起的經驗，而且也不會特別溫柔，但向井老師平時很少稱讚學生，既然她這麼說，我就只能道謝：「謝謝老師。」

「但我總覺得妳有點美中不足，在某些方面不知道該說是不夠坦誠，還是讓人覺得有點距離。」

「喔……」

「如果妳有什麼想法，願不願意說出來？這就是老師輔導的意義。」

「對、對啊。」

到目前為止，不止一個老師對我說：有什麼事都可以說出來。不光是班導師，保健室的老師，還有學校心理輔導老師都經常這麼對我說。老師都在等待我向他們傾訴煩惱。我需要的是煩惱、煩惱。老師都熱情地向我張開雙手，但我沒有任何煩惱，真的很對不起他們。我應該要有一、兩樁悲慘的事，才能夠應付這種場面。雖然我很想編一個煩惱應付一下，但聰明的向井老師一定會馬上識破。如果要說我有什麼煩惱，就是遇到眼前這種情況的時候。我只是每天過平凡的生活，但好像辜負了老師的期待，讓我抬不起頭。我明明不覺得自己有勉強或是逞強，但只是快快樂樂地過日子，就會引起老師的關心。只是過平凡的生活也好像是罪過，這才是我的不幸。

「話說回來，沒有學生會對老師推心置腹。」

不知道是不是因為我遲遲沒有說話，讓向井老師感到失望，她很乾脆地這麼說。

向井老師和之前其他老師不太一樣的地方，就在於她不是對我產生同情，而是產生疑問。她不是覺得我「真可憐」，而是問我「妳在想什麼？」雖然被人同情覺得怪怪的，但我整天無憂無慮，腦袋空空過日子，如果問我：「妳到底在想什麼？」我真的超傷腦筋。

「所以，妳要考園田的短期大學部嗎？」

老師看著我的升學調查表問。

「啊，對，沒錯。」

對啊，現在不是要討論人生，而是討論升學的問題。我終於擺脫了老師要我掏心掏肺的煩惱，用力點了點頭。

「為什麼會選擇讀短期大學部？以妳的實力，完全可以考取四年制的大學。」

「因為附近只有園田短期大學部的生活科學系，以後可以考營養師的證照。我一直希望能夠從事食物相關的工作……如果讀園田短大，聽說也可以考到食品專家的證照，所以算是一所符合我的志向，而且又離家近的學校。」

「原來是這樣，妳在升學方面倒是有認真思考。嗯，老師認為很好，妳也應該可以考上。」

「謝謝老師。」

向井老師是五十多歲的資深老師，臉上完全沒有化妝，頭髮綁在腦後，平時不苟言笑，看起來只是為了教學而存在。雖然有許多老師會用幽默風趣的方式說自己的事，但向井老師向來不說廢話，所以沒有人瞭解她的私生活。

「那今天就先這樣。」

老師結束了談話。

老師剛才說，我在升學方面倒是有認真思考，這句話是什麼意思？難道是說，我在其他方面很渾渾噩噩嗎？雖然我很想問清楚，但老師已經在叫下一個同學的名字。那就算了，反正老師說我報考園田短大應該可以考上。我輕輕向老師鞠了一躬，走出了教室。

「森宮叔叔，你下次要結婚，可不可以找一個壞女人？」

我吃著加了大蔥、香菇、油菜和豆腐各種食材的紅燒鰈魚說。

「為什麼？」

森宮叔叔隨時都覺得肚子餓，每天下班一回到家，來不及換西裝就坐下來吃晚餐。我每次都對他說，穿著西裝吃飯無法放鬆，而且很容易把衣服弄髒，先換衣服再吃飯比較好，但他每次都充耳不聞，今天也穿著西裝吃晚餐。

「生活中只有好人也很辛苦，所以下一個媽媽有點壞心眼的話就很方便。」

如果新來的媽媽欺負我，然後我把這件事告訴老師，老師一定會聽得雙眼發亮。

「生活中只有好人不是很棒嗎？」

「雖然很棒，但監護人換了一個又一個，卻完全沒有吃過苦頭也有點問題，俗話不是說，年輕時吃苦就是進補嗎？」

「優子，妳真是太令人佩服了，但妳也活了十七年，應該吃過兩、三個苦頭吧？」

森宮叔叔在說話時並沒有停下吃飯的手。

「也不能說完全沒有啦。」

人生在世十七年，我經歷了三個爸爸、兩個媽媽，家庭形態改變了七次。生活狀況發生這麼大的變化，我也曾經覺得累。對新爸爸、新媽媽感到緊張，為了適應新家的規矩產生混亂，也曾經為好不容易產生了感情的家人分開感到難過，但是，這些都在可以忍受的範圍，我覺得和周圍人所期待的悲傷和痛苦不太一樣。

「但是我的所謂苦頭很不起眼，而且也不值得說嘴，我需要一些更戲劇化的不幸……」

「優子，妳有時候真的會說出一些奇特的言論。話說回來，即使壞心眼的女人變成了妳的新媽媽，也未必會這麼簡單就讓妳不幸。先不談這個，今天的長蔥煮得很軟，真好吃啊。」

「謝謝捧場。」

每次我煮晚餐時，森宮叔叔都會稱讚我。

「雖然妳的想法很奇特，但很會搭配食材。」

「我只是有什麼食材就丟什麼下去，只要煮大鍋菜，不管煮什麼都好吃。」

不管是魚還是肉，不管是烤還是紅燒，只要把蔬菜和豆腐一起丟進鍋裡，只要做一道菜，看起來營養就很均衡。這是之前和梨花媽媽一起生活時，她教我的祕訣。雖然我喜歡下廚，但放學回家很懶得再下廚，所以非假日時，經常把所有食材都丟進鍋子做成燉菜或是炒菜。雖然有好幾種食材，但只有一道菜終究似乎太馬虎了，雖然森宮叔叔總是吃得心滿意足。

「優子，妳不要一直說一些奇怪的話，趁熱趕快吃吧。而且仔細想一想，如果和壞女人結婚，到時候不幸的不是妳，反而是我吧？」

森宮叔叔笑著說。

「對喔。但你要想一想，對我來說是後母，或許會對你很好，反正一定會欺負我。」

「會嗎？」

「當然會啊，因為我是電燈泡，你別忘了是後母，後母欸。」

後母一定會給我特別少的菜，然後把我重要的東西藏起來，而且會罵我是蠢貨，說如果沒有我，不知道該有多好。到時候我就會覺得我是全天下最可憐的人，這就是周圍人樂見的不幸。

「後母、後母，梨花不就是後母嗎？」

「啊？」

我聽了森宮叔叔的話，忍不住偏著頭。

「沒有血緣關係的媽媽都是後母。」

「咦？對喔。」

我已經有過和後母共同生活的經驗了。也許是受到小時候看的童話故事影響，總覺得後母個個都心狠手辣，事實好像並不是這麼一回事。梨花媽媽丟三落四，經常掉東西，但從來沒有把我的東西藏起來，而且也因為怕麻煩，整天煮大鍋菜，但我的份並沒有特別少。太可惜了，後母好像也不見得很壞。

「那就只能放棄後母這個方法了。」

「對嘛。生病、車禍或是死亡這種真正的不幸慘不忍睹，而且到時候也不可能對不幸的自己感到陶醉，只是痛苦的時間一直持續罷了。」

森宮叔叔邊說，邊把紅燒魚的湯汁淋在飯上，他每次吃飯都會吃得精光。

「更何況我並不打算再結婚。」

「是嗎？」

我覺得他不必在意我，應該找機會結婚。他才三十七歲，之後一直單身未免太寂寞了。

「身為爸爸，這是理所當然的事，至少在妳結婚之前，我有義務把妳的事放在第一位。」

「千萬別這樣，如果我一輩子都不結婚怎麼辦？」

「也沒關係啊，我很滿意自己是爸爸的身分，簡直有點欲罷不能了。」

完全沒有父親的風格和威嚴的森宮叔叔喜孜孜地說。我想起梨花媽媽也曾經說過相同的話，她說能夠當媽媽真是太幸運了。我一直覺得當父母是一件麻煩的事，看來好像也不完全是這麼一回事。

「算了，想了半天，真是累死我了。對了，我要吃昨天買的布丁當飯後甜點。」

我只是想偶爾回應一下別人的同情和體貼，並不想主動找苦吃、找罪受。即使和周圍人想的有點不一樣，也沒必要主動陷入悲慘。我決定放棄自找不幸。準備走向冰箱時，森宮叔叔對我說：

「對不起，我今天早上吃掉了。」

「啊？」

「我把布丁吃掉了。」森宮叔叔一臉愧疚地向我道歉。

「沒關係，我買了兩個。」

我對他說。雖然森宮叔叔不像爸爸，但畢竟我們生活在同一個屋簷下，買點心的時候，我也都會同時買他的份。

「妳聽我說，我先吃了一個，因為實在太好吃了，結果我就把兩個都吃了。早上會特別想吃甜食。」

「你一大早就吃兩個？」

「對啊，我早餐也不挑食，妳也知道，就連餃子和焗烤飯我不也都照吃不誤嗎？」

我才不在乎森宮叔叔的食慾，原本懷著滿心期待想要吃布丁的心情盪到了谷底。

「我特地買了想要吃完飯好好享受。」

「對不起，對不起。上次在公司時，有人送了信玄餅，應該還在皮包裡，我去拿來給妳吃，妳等我一下。」

森宮叔叔拿起放在沙發上的皮包翻找起來，「妳看，找到了。」他從皮包深處拿出一個小袋子。

「在你皮包裡放多久了？」

我接過的小袋子皺巴巴的。

「我記得同事差不多十天前送我的。沒事沒事，麻糬不會這麼快就壞。」

「麻糬和我想吃的布丁也差太遠了。」
「別這麼說，這很好吃，來，吃吧。」
「好吧。」看到森宮叔叔滿臉親切的笑容，我打開小包裝，把一小口麻糬送進嘴裡，結果麻糬表面的黃豆粉一下子衝進喉嚨深處。
「又沒人和妳搶，不必這麼狼吞虎嚥。」
森宮叔叔看到我嗆到了，笑著對我說。
「我不是狼吞虎嚥，而是食道和氣管都在生氣，它們原本期待的是滑溜溜的布丁。」
「妳的內臟真可怕。」
「我的全身都充滿期待地等待布丁！」
我調整呼吸後控訴。雖然信玄餅很好吃，但和布丁差太多了。
「對不起，我想應該是因為我不是妳真正的爸爸，所以無法為了留給女兒吃克制自己的食慾。對不起。」
我咳得眼淚都流出來了，森宮叔叔為我倒茶時這麼說。既然這樣，還好意思說自己對爸爸這個角色欲罷不能。更何況即使不是真正的家人，也不會偷吃別人的食物吧？放在家裡的布丁竟然兩個都被吃掉了，沒想到不幸就隱藏在日常生活中。這件事太值得同情了。我瞪著森宮叔叔，一口氣喝完了茶。

2

按下鬧鐘，打開窗簾，柔和的陽光灑滿房間。那是春天特有的、輕飄飄的溫暖。入學典禮和開學典禮這種全新的開始都在四月，我覺得這是很正確的決定。平靜的陽光可以化解一半的緊張和不安，雖然高三的開學典禮沒什麼好緊張的，但溫暖的陽光還是可以讓心情平靜。

因為到前一天為止都在放春假，所以我帶著有點昏沉的腦袋走進飯廳，立刻聞到了濃烈的醬汁味和油味。這是什麼味道？我用力吸了一口氣，想起來了。

啊，對了，去年升上高二的第一天早晨也吃了相同的早餐。我的胃還沒醒，真的太傷腦筋了。我沮喪地坐在餐桌旁，森宮叔叔笑咪咪地把一個碗公放在我面前。

「優子，早安，從今天開始，妳就是高三的學生了。」

「是啊，但是……」

我探頭看著碗公，忍不住輕輕嘆了一口氣。果然是炸豬排飯。就連每天都堅持吃早餐的我，一大早也吃不太下油炸食物。

「今年妳要考大學，而且還有高中生涯中最後一次運動會和文化祭，不是有很多需要比輸贏的機會嗎？」

「是……喔。」

在升上高二的第一天早晨，森宮叔叔也興致勃勃地為我準備了炸豬排飯，還說什麼「經常聽說媽媽在兒女邁向新的起點時，都會炸豬排討吉利」。森宮叔叔認為「父母就該這樣」的想法和正常人有點落差，常常令我有點不知所措。

「吃吧，趕快趁熱吃吧，我一大早起床現做的。」

「嗯，好啊。謝謝，那我就開動了。」

如果森宮叔叔是我的親生爸爸，我會對他說「一大清早，誰吃得下炸豬排飯啊」，或是「只不過是開學典禮，吃炸豬排飯討吉利也太誇張了」之類的話嗎？森宮叔叔打著呵欠，正在為自己泡咖啡。他的確一大早就起床為我做炸豬排飯，無論對方是誰，都很難拒絕對方特地為自己做的食物。

「森宮叔叔，你不吃嗎？」

我小口咬著炸豬排，以免驚擾我的胃，然後問坐在我面前的森宮叔叔。森宮叔叔面前沒有碗公，只有一個小紙袋。

「我一大早吃咖哩飯或是餃子都沒問題，但油炸食物實在太膩了。我昨天買了菠蘿麵包，所以今天早餐就吃這個。聽說這家麵包店的菠蘿麵包很好吃。」

森宮叔叔從紙袋裡拿出的菠蘿麵包發出奶油的香氣。我也不想一大早就吃油炸食物，也想吃很受好評的菠蘿麵包。他難道不知道，坐在同一張餐桌上，就要吃相同的食物這件事嗎？

「嗯，這個麵包名不虛傳，真的很好吃。」

「那真是太好了。」

我用憤恨的眼神看著正在吃菠蘿麵包的森宮叔叔，默默吃著我的炸豬排飯。胃漸漸開始活動，總算能夠吞下去了。

「因為我想早上還是不能太油膩，所以用了里肌肉，還事先拍鬆，讓肉質變軟，好吃嗎？」

森宮叔叔用自信滿滿的語氣問我。

「嗯，很好吃。」

漸漸適應之後，就覺得淋了醬汁的飯味道很柔順，也的確很好吃。雖然一大早吃炸豬排讓人有點吃不消，但可以感受到森宮叔叔的努力。而且無論我做的菜再難吃，森宮叔叔每次都吃得精光，我當然也要吃得一口不剩。離出門上學還有二十分鐘，如果不吃快點就會遲到。我大口咬著炸豬排。

「優子，妳真是活力充沛啊，畢竟是高三的學生了。」

森宮叔叔看到我狼吞虎嚥，露出了微笑。

「嗯，是啊。」

「聽說要重新分班？」

「對啊，但大部分應該還是老面孔。」

因為在高二時，已經根據未來的升學志願重新分過班，我所屬的課程只有兩個班級，所以班上的同學不會有太大的變化。

「希望妳可以被分到一個好班級。」
「嗯。咦？你不用趕著上班嗎？」
森宮叔叔平時都比我早出門，現在仍然悠閒地喝著拿鐵。
「今天要做炸豬排飯，而且還要送妳去學校，所以我請了一個小時的假。」
「特地為我的開學典禮請假？」
「對，因為這是最後一學年的起點啊。」
森宮叔叔一臉理所當然的表情。
「我覺得開學典禮並不是什麼重要的活動。」
如果是入學典禮還情有可原，但應該沒有人這麼把開學典禮當一回事，更何況我已經是高中生了。
「真的嗎？」
「嗯，而且我想全班，不，全國的高中生應該只有我會為了開學典禮吃炸豬排飯。」
「是這樣嗎？那要什麼時候才吃炸豬排飯？」
森宮叔叔一臉疑惑的表情很好笑，我忍不住噗哧一聲笑了起來。
「沒有什麼特別的時候，想吃就可以吃。你以前讀書的時候，你媽媽會在開學典禮的那一天讓你吃炸豬排飯嗎？」
「我家是以課業為重的嚴格家庭，不會做這種事，早餐都吃味噌湯、納豆還有魚，說可以讓腦袋靈光、身體強健，幾乎每天都一樣，是不是很無趣？」

森宮叔叔皺著眉頭。

以前住在泉之原先生家的時候，我每天早上也都吃豐盛的日式早餐。雖然不同家庭的晚餐都沒有太大差別，但早餐都有各自的風格。以前在當田中優子的時候，早餐只吃吐司就解決了；當我是水戶優子的時候，都是吃前一天晚餐的剩菜配白飯。森宮叔叔可能是基於對自己孩提時代的反叛，所以和他生活在一起的早餐花樣最豐富。

「因為我媽那個人很一板一眼，所以她應該從來沒想過早餐也可以吃炸豬排飯。我讀大學離家之後，才第一次在早餐時吃到玉米片。」

「我覺得你媽媽很好啊，哇，我快遲到了。」

已經超過七點三十分了。我使出最後的力氣，大口吃起炸豬排飯。

我目前住在八層樓公寓的六樓，雖說是附近一帶最大的公寓大廈，總共有超過一百戶，但不可思議的是，在走廊和電梯都很少遇到鄰居，每戶人家都有一種與外界隔絕的獨立感。

我以前也曾經經歷過那種和左鄰右舍關係很密切的生活——家裡的大人參加住戶自治會，傳閱回覽板，和擦身而過的人打招呼，偶爾和鄰居聊天等等。雖然相較之下，目前的生活有點寂寞，但這種自由的輕鬆感覺很棒。住在目前這棟大廈公寓，即使偶爾遇到鄰居，也只是點頭打個招呼，不會對家庭環境問東問西。因為三言兩語根本無法清楚說明三十七歲的森宮叔叔，和十七歲的我為什麼會成為父女，如果只是簡單扼要說明自己的身世，可能會招致誤會。住在這棟公寓大廈的優點，也許就是可以避免鄰居之間的八卦。

公寓、獨棟房子和公寓大廈。就像我跟著不同的父母，吃過不同形式的早餐一樣，我也曾經住過各種不同的房子，但正如俗話所說，「久居則安」，任何居住環境都有優點，也有缺點，然而住久之後，就會越來越習慣，然後覺得住在哪裡都沒關係。

走出電梯，經過偌大的門廳走到戶外，發現入口的櫻花比昨天更加盛開，形成一片寧靜的陰影。不知道是否因為升上新學年是最理想的時機，我的監護人都在春天的時候換人。他們應該認為在學年的中途改姓氏和搬家對我不太好，但也因為這個原因，每逢春天到來，我就會有點不安。

幸好今年的春天很平靜。森宮叔叔在玄關送我出門時興致勃勃地說，今晚要用剩下的炸豬排做豬排咖哩，接下來會有很長一段時間，我都會一直住在這棟公寓大廈，過著每天有各種不同早餐的生活。雖然我不知道目前的生活是否算是最佳狀態，但持續在同一個環境生活，的確會讓人感到安心。

森宮叔叔準備出門上班了嗎？我抬頭看了一眼六樓的房間，快步走向公車站。

重新分班後，我被分到了二班，和去年相同的班導師向井老師走進了教室。

「唉，怎麼又是向井。」

「老太婆當班導師，我看今年是沒戲唱了。」

幾名男學生竊聲討論著，老師露出銳利的眼神讓他們閉了嘴。

「這是你們在高中的最後一年，希望每個同學都有這樣的自覺。」

她看著全班的學生，說了起來。

高三總共有六個班級，上上籤是由年輕漂亮、教英文的鈴木老師擔任班導師，下下籤應該是訓導主任、教體育的堺老師。向井老師冷靜嚴格，但可以讓班級維持穩定。雖然無法產生興奮的期待，但對即將考大學的高三來說，踏實的班導師並不壞。大家在失望的同時，心裡都很清楚這一點，尤其對曾經換了一次媽媽，換了兩次爸爸的我來說，班導師無論是誰都沒什麼差別。

「雖然有人準備考大學，有人打算畢業後就去工作，但高中畢業之後，各位同學就會向社會邁出一大步。我相信你們有人明年就會開始獨立生活，也有人開始打工，為自己的事做決定的機會大幅增加，也會經常被當成大人對待……」

「真好，真希望趕快成為大人。」

「真的很希望可以一個人住，不必聽老媽囉唆的生活簡直就是天堂。」

有同學聽到「獨立生活」就忍不住討論起來，老師喝斥說：「會打斷別人說話的人，不可能有辦法獨立生活。」那幾個男生被說得很沒面子，只好互看著聳了聳肩。

雖然很多同學都很希望離開父母獨立生活，但我根本不想一個人生活。

我和親生父母共同生活的時間很短，還來不及覺得爸媽很煩，就開始和沒有血緣關係的梨花媽媽一起生活。在梨花媽媽之後，泉之原先生和森宮叔叔成為我的父親。

也許是因為沒有血緣關係，所以他們從來不會對我管東管西，讓我以為天下的父親都是這樣。而且正因為沒有血緣關係，所以他們在和我相處時都努力扮演好父母親的角色，我和他們之間維持著一種有血緣關係的家人所沒有的美好距離感。從來不曾想過要一個人住這件事，到底是一件幸福的事，還是不幸呢？

我怔怔地考慮著這件事時，拿到了一張又一張的單子。在高中的最後一個學年，有許多要填的單子。

「這是各大學說明會的日程表，如果有想要報考的大學，就要趕快提出申請。下一張是健康注意事項，上面寫著每天都要吃早餐，才能讓大腦開始工作。接下來那一張是升學調查，大家填寫完之後，要記得請家長蓋章。」

老師在發下這些單子的同時向我們簡單說明。

看著五顏六色的大學說明會通知和學校簡介，就忍不住有點興奮。雖然目前的生活並不壓抑，但想到未來這一年即將邁向更遼闊的世界，就不由得雀躍起來。

「最後是今年各項考試的日程表，下個星期就有模擬考，請各位同學做好充分準備。」

老師把年度預定表發下來時，教室內的嘆息聲此起彼落。新學年才剛開始就馬上要考試了。一看考試日程表，發現根本沒有放鬆的時間，心情忍不住沉重起來。看來會是既雀躍又憂鬱的一年，而且是以學校生活為主的一年。

和梨花媽媽成為家人的那段日子，都忙於應付每天的生活。成為泉之原先生的女兒時，日子過得太富足，總覺得哪裡不太對勁。雖然我也不知道哪一個時期最好，但將生活重心放在學校生活上很新鮮。

「唉，升上高三後，升學之類的事就變得很煩。」

新學期的第一天，上完第二節課就放學了，我們很快走出了教室，萌繪嘆著氣說。

「會嗎？」

「當然會啊，我說想去讀美髮的專科學校，我爸媽一直囉哩吧唆。要他們在升學調查表上蓋章，一定又會吵架。」

萌繪撥起一頭她堅稱是自然鬈的蓬鬆大波浪鬈髮說道。

「我爸媽假裝很開明，說隨便我考什麼學校，但一直試圖讓我考可以住在家裡的大學，真的超煩的。」

史奈也皺起眉頭。

「真傷腦筋。」

我這麼說著，仰頭看著天空。踏出校舍一步，即將十二點的晴朗天空一望無際。四月時，一整天的陽光都很柔和，和煦的春風吹在身上，我舒服地瞇起眼睛。

「啊，我真羨慕優子。」

她們異口同聲地說。

「為什麼？」

「因為沒有人反對妳要讀哪一所學校吧？」

「嗯，因為我要讀的學校很合理。」

我想要報考的園田短期大學部，離家大約三十多分鐘，無論從實力或是未來希望的角度來看，都是很好的選擇。

「雖然這也是原因之一，但即使妳說想要當歌手，也不會遭到反對吧？」

史奈問。

「這我就不知道了。」

雖然我無法想像森宮叔叔用各種理由反對的樣子，但如果我說要當歌手，他一定很驚訝。

「即使遭到反對，只要說一句『你又不是我真正的父親』，就可以把他頂回去了。優子，妳有一張天下無敵的王牌。」

萌繪瞇著眼睛，發自內心感到羨慕地說。

「我到目前為止，從來沒有說過這句話。」

我安慰她說。

「真的嗎？」

「一次也沒有？」

雖然她們似乎都不相信，但我甚至從來沒想過要說這句話。因為我從小就知道，「你（妳）不是我真正的父（母）親」這句話有多傷人。就像他們都努力想成為好爸爸、好媽媽一樣，我也希望自己是一個好女兒。既然要成為家人，我覺得這是理所當然的事。

「如果是我，應該會整天掛在嘴上，然後就憑著這句話，想做什麼就做什麼。」萌繪說。

「太可怕了，太可怕了。」我們笑著說道，剛好看到向井老師在校門口指揮放學，於是馬上立正站好。

「妳們回家路上都要小心。」向井老師對我們說。

「老師再見。」我們恭敬地鞠躬後，走出了校門。

「她整個人就讓人感覺超有壓力，只要她一開口說話，我就覺得好像被罵了。」看不到向井老師後，萌繪渾身抖了一下說。

「她那種一絲不苟、不苟言笑的冰冷感覺超可怕。」史奈也皺著眉頭說，我也點了點頭：「真的好可怕。」

「啊，對了，車站旁開了一家新的咖啡店，我們去吃那裡的生巧克力蛋糕。」萌繪雙眼發亮地說。我也很愛巧克力蛋糕，小學的入學典禮時，也在家裡吃了巧克力蛋糕。

「開學典禮的日子真的不該吃什麼炸豬排飯，而是要吃蛋糕。」我有感而發地說，史奈皺起了眉頭問：

「炸豬排飯？」

「不，沒事。嗯，我們走吧。」

一想到炸豬排飯，就覺得有點反胃。我說著「肚子好餓」，加快了腳步。

3

雖然我不知道要用什麼標準來衡量所謂真正的父母，但如果說有血緣關係的親生父母才是真正的父母，那麼我和他們共同生活的時間其實很短，而且因為那時候年紀很小，所以記憶也很模糊。

尤其我幾乎不記得媽媽。聽爸爸說，她在我不到三歲時就車禍身亡，但我完全想不起來。看媽媽的照片，只覺得好像認識這個人，卻完全沒有明確的回憶。

我對親生媽媽的記憶，對這個來到人世之後、共同生活了三年的人的記憶竟然如此模糊，連我自己都感到驚訝。難道一旦在我們懂事之前就走出我們的生活，無論這個人多麼重要，我們都會忘記嗎？不過我同時也覺得，即使清楚記得有關媽媽的事，應該也只會徒增感傷。

＊

「小優，妳還背著啊。」

「對啊，因為我明天就要讀一年級了。」

吃完晚餐之後，我就背上書包，在房間內走來走去。雖然書包是空的，但背在身上很重。

「這個書包很好看，但一直看妳背著它走來走去都看膩了。」

爹地笑我這兩個星期以來幾乎每天都背著書包這件事。

「外公和外婆都說很適合我。」

「是啊，但是妳快拿下來，趕快來幫忙。」

「啊？」

「啊什麼？小優，妳不是明天就是小學生了嗎？所以要幫忙做家事。」

外公和外婆為我買的書包是深紅色，其實我原本想要一個角落繡了花的粉紅色書包，但外婆對我說「那種書包到了六年級，背在身上就很奇怪」，所以就為我買了一個超級普通的書包。雖然我也很想要紫色、淺棕色或是黃色這種色彩很繽紛的書包，但不管是什麼顏色的書包，只要背在身上，就覺得自己像一個小學生，開心得不得了。

「爹地，你會來參加我的入學典禮，對嗎？」

「小優，我們之前不是說好，等妳上了小學，就不要再叫爹地，要叫爸爸嗎？」

爹地把餐桌上的碗盤收到流理臺時說。

「對喔，爸爸。」

我叫了一聲爸爸，覺得這兩個字的發音很好玩，我忍不住呵呵笑了起來。無論怎麼看，爹地就是爹地，突然要換一種叫法，真是太好笑了。

「所以爸爸，你會來參加嗎？」

「當然會啊，我很久之前，就已經向公司請假了。」

「太棒了。」

我跟在爹地身後走進廚房，從抽屜裡拿出抹布。

雖然爹地曾經在我幼兒園大班時，來參加運動會，但之前參觀幼兒園和畢業典禮時，都是外婆來參加。雖然我也很高興外婆來參加，但爹地來參加時，就會有一種特別的感覺。小學的入學典禮。這是一個全新的開始。我在擦碗的時候，忍不住興奮不已。

爹地在一旁提醒我「小心別打破了」，然後把水龍頭開得很大，沖走碗盤上的泡沫。爸爸每次都用很多洗碗精，所以會有很多泡沫，雖然我覺得很浪費水，但看爸爸洗碗是一件開心的事。

「小優，妳很喜歡去讀小學吧。」

「嗯，當然喜歡啊。」

我大聲回答。我在幼兒園的好朋友亞紀、優奈都要上同一所小學。真希望我們可以在同一個班級，而且，小學的遊樂器材比幼兒園更多，我很想爬上那個大大的攀爬架。上課應該也很好玩，聽老師說，小學會有各種不同的課，我很想趕快用新的筆記本、鉛筆和鉛筆盒。

雖然會感到不安和緊張，但有更多開心的事。所有我想嘗試的事都在等我，這就是小學生活。我當時這麼想。

入學典禮當天。因為太緊張，所以在回答「有！」的時候，聲音有點分岔。但我按照老師的要求大聲回答，所以在典禮結束時，老師稱讚我說：「水戶同學，妳的回答很出色。」

水戶同學。簡直太帥了。以前幼兒園的老師都叫我小優，現在老師叫我「水戶同學」，我覺得自己好像一下子變成了大人。我對老師說「謝謝」，老師又稱讚我說：「水戶同學真有禮貌。」因為外婆一直叮嚀我要抬頭挺胸，而且打招呼時咬字要清楚，對方才會聽到。幸好我聽了外婆的話，所以才會得到老師的稱讚。

我原本以為小學的老師都很年輕漂亮，但班導師青柳老師是和幼兒園園長一樣的阿姨。雖然我有點失望，但她看起來很親切，所以也不算太壞。

我被分在一班，一年級只有兩個班，沒想到我竟然和亞紀、優奈都不同班，但和小葵、小健在同一個班級，班上還有住在我家附近的沙希，我東張西望，打量著教室和同學。

小學和幼兒園不一樣，教室很大，還有課桌椅與置物櫃，黑板上用很可愛的字寫著「歡迎入學」。老師告訴我們：「這是六年級的大哥哥和大姊姊為你們寫的。」原來六年級就可以寫這麼漂亮的字、畫這麼漂亮的畫。雖然我才剛上小學，但卻已經很期待可以趕快升上六年級。

因為要請家長一起了解孩子之後在小學的生活，所以當老師開始發課本時，學生家長也紛紛走進教室。我轉頭向後看，看到爹地，不對，是爸爸站在最靠近門口的位置。他身上穿著比平時上班時更帥氣的西裝，比起「爹地」，「爸爸」這個稱呼更適合他。我動了動嘴巴，無聲地對著他叫了一聲「爸爸」，然後向他揮了揮手，爸爸也無聲地對我說「加油」，也向我揮手。

沒想到今天有這麼多家長來學校，這也許是我第一次看到這麼多大人。我打量著站在教室後方的每一個大人，站在爸爸身旁的是一個穿和服的媽媽，再旁邊的媽媽穿了一件花朵圖案的洋裝。小葵的媽媽穿著粉紅色套裝，奈奈的媽媽和爸爸都來了。那個人是誰的媽媽？好漂亮。大家的媽媽都很美，打扮得很漂亮，看起來都很溫柔。

咦……我看著後面那一整排媽媽，忍不住偏著頭。站在教室後面的全都是媽媽，在幼兒園畢業典禮時，除了我家以外，還有很多奶奶、爸爸和爺爺，看起來是代替媽媽參加的人，但今天站在教室後面的，全都是真正的「媽媽」。

我當然知道自己沒有媽媽，但有些同學沒有奶奶，也有些同學的爸爸從來沒有去幼兒園接過同學下課。我原本以為這只是每個同學家不同的情況之一，並不是什麼特別的事，但也許沒有媽媽這件事有點特別。為什麼呢？當我看著滿面笑容站在教室後方的那些媽媽，原本滿滿的興奮和雀躍好像也有點消失了。

「很多同學的媽媽都來了。」

參加完入學典禮回家的路上，走出小學的校門，我對爸爸說。因為我總覺得不可以在學校問這件事。

「是啊，因為今天是入學典禮嘛，大家都盛裝出席。」

走出校門的那條路上，有很多媽媽帶著孩子邊聊天，邊走回家。爸爸拎著裝了好幾本課本的袋子，走在路上的樣子比任何一個媽媽更輕鬆，看起來很瀟灑，但和媽媽走在一起的其他同學看起來比我更開心。

「媽媽都會來參加入學典禮嗎？」

我走路時緊跟在爸爸身旁。

「是啊。因為畢業典禮和入學典禮是讀小學期間最重要的事。」

「那為什麼我的媽咪沒有來？」

「妳的媽媽？」

櫻花的花瓣從眼前飄過，即使被打到也不會痛，但爸爸閃過了花瓣。

「對啊，我的媽咪。不能說媽咪，是媽媽。」

「嗯，沒錯。因為、因為她在很遠的地方。」

爸爸像平時一樣，回答了相同的話。以前覺得既然爸爸這麼說，應該就是這樣，但我現在已經是小學生了，所以知道這個回答有點問題。

「很遠的地方是哪裡？」

我抬頭看著爸爸的臉。

「很遠的地方就是很遠的地方啊。」

「開車和搭電車都去不了的地方嗎？」

「有點難。」

「搭飛機也去不了嗎？」

「嗯，應該是。」

小葵和她媽媽從我們身旁走過，爸爸向她們鞠躬打招呼後，慢條斯理地回答。

不管搭任何交通工具都去不了的地方。有這種地方嗎？優奈說，放春假的時候，她搭了好幾個小時的飛機去夏威夷，難道比夏威夷更遠嗎？之前聽小健說，他換了三班電車去看外公，難道是換再多電車也到不了的地方嗎？但是，無論住在多麼遙遠、多麼不方便的地方，媽媽應該都會來參加我的入學典禮，她一定很想看我背著書包上學的樣子。但媽媽竟然沒有來，這件事絕對有問題。媽媽到底去了哪裡？爸爸為什麼不對我說實話？

「那要怎樣才能看到媽媽？為什麼媽媽去很遠的地方？連入學典禮都不來參加，到底什麼時候才會來看我？媽媽去那麼遠的地方做什麼？」

我一口氣說出了內心的疑惑。我想知道很多有關媽媽的事，但爸爸只是笑了笑摸著我的頭說：「妳的好奇心真強，真期待看到妳以後的樣子。」接著又說：「等妳長大了就告訴妳。」

「我現在已經長大了呀。」

我在爸爸身旁踮起了腳。我在幼兒園排隊時，排在中間稍微偏後面的位置，今天也正式成為小學一年級的學生，我已經不是小孩子了。

「還要更大一點才行。」

「更大？那要長到幾公分才行？」

「不是個子的問題。」

「那要幾公斤才行？」

「也不是體重的問題，等妳的內心長大之後，爸爸就會告訴妳。」

爸爸這麼對我說。

「內心？」

「對，等妳可以真正瞭解很多事的時候。」

那是什麼時候？要等到像今天在黑板上寫字和畫畫的那些六年級的大哥哥和大姊姊一樣嗎？如果是這樣，還要等好久。

「我覺得爸爸都在唬弄我。」我氣鼓鼓地說。

「對了！」爸爸拍了拍手。

「怎麼了？」

「比起這種事，我們要去買蛋糕回家。」

爸爸用輕鬆的語氣說，好像完全忘了媽媽的事。

「蛋糕？」

「對，我訂了生巧克力蛋糕慶祝妳今天正式成為小學生。」

生巧克力蛋糕。那是我最愛的蛋糕。平時因為外公和外婆都很囉唆，所以很少給我吃甜食，聽到爸爸這麼說，原本有點不高興的我又開始興奮起來。

「真的嗎？」

「當然是真的，就是車站前那家雪什麼的蛋糕，聽說那家蛋糕很好吃，爸爸還特地請他們寫了『小優，恭喜妳成為小學生』。」

爸爸笑咪咪地說。蛋糕上還特地寫牌子，簡直就像生日一樣。我想趕快吃蛋糕。既然有蛋糕，不必這麼急著知道媽媽的事也沒關係。

「哇噢，好棒喔！」

我滿腦子都想著蛋糕。

「而且今天的蛋糕很大，我們找外公、外婆來一起吃。」

「嗯，太好了。那我們趕快去拿蛋糕。」

我拉著爸爸的手說。

每次我問爸爸，天空為什麼是藍色的？為什麼我左眼下面有一顆痣？爸爸都答不上來。媽媽在哪個遙遠的地方？這個問題也一樣。爸爸也有不知道的事。

「蛋糕，蛋糕，生巧克力蛋糕。」

我哼著自己編的蛋糕歌。看到入學典禮上那一整排媽媽的身影，在內心慢慢萎縮的興奮心情又因為生巧克力蛋糕膨脹起來。只要吃好吃的甜點，困難的問題和難過的心情都會被拋在腦後。生巧克力蛋糕是天下無敵的食物。

之後，在我升上二年級時，我得知了媽媽的事。我的個子並沒有比一年級時長高多少，也沒有變聰明。不久之後，才知道爸爸為什麼突然告訴我真相的原因。總之，我在升上二年級的四月，得知了媽媽在哪裡。

在二年級第一次測量身高體重時，我的身高是一百二十一公分，體重二十二公斤。爸爸看著我交給他的健康紀錄，開心地對我說：「妳長大了。」

「但我的個子在女生排隊時是排第七個。」

第七個剛好是中間。一年級的時候我排第九個，一定都是因為外婆叫我跪著坐的關係，我聽三年級的公佳學姊說，跪坐會讓腿變短，所以我向爸爸報告這件事時有點失望。

「不管是第七個還是第九個，都沒有太大的差別。對了，既然妳的個子稍微長高了些，那就乾脆告訴妳吧。」

「告訴我什麼？」

「關於妳媽媽的事啊。」

我還以為爸爸看到我為自己的身高在班上越來越前面這件事沮喪而嘲笑我，沒想到他這麼回答我。

「媽媽的事？」

「對，我之前不是告訴妳，妳媽媽去了遙遠的地方嗎？」

「對啊，你這麼告訴我。」

爸爸為什麼突然和我聊這件事？雖然我感到納悶，但終於可以知道媽媽的事了。我乖乖坐在爸爸面前。

「那個遙遠的地方就是天堂。」

「天堂？」

「對，妳媽媽已經死了，在妳快三歲的時候死了。」

爸爸用和平時說話時完全相同的表情這麼告訴我。因為爸爸的表情沒什麼變化，所以我有點搞不清楚媽媽死了這件事到底是不是真的。

「死了……」

「她被貨車撞到死了，雖然是一輛小貨車，但因為撞到了頭，送去醫院時，已經沒救了。」

爸爸告訴我，媽媽去買菜回家的路上，剛過了馬路，就被小貨車撞到了。撞到頭感覺很痛，那個開小貨車的人一定是壞人。各種不同的情緒在我內心慢慢沸騰，媽媽死去這件事漸漸明確。雖然我不記得媽媽的長相，但眼淚還是情不自禁地流了下來。死真是太可怕、太難過了。媽媽太可憐了，竟然遇到這麼可怕的事。

而且我也知道，既然媽媽不是去了遙遠的地方，而是去了天堂，就代表無論我等得再久、無論是入學典禮還是畢業典禮，都再也見不到媽媽了。總有一天會見到媽媽，這種期待也落空了。

我一直想知道媽媽到底在哪裡，但既然同樣都見不到，還不如一直以為媽媽在某個遙遠的地方就好。如果我沒有升上二年級，就不必知道這麼令人難過的事嗎？我一直很希望自己趕快長大、趕快變聰明，但也許一直當一個小孩比較好。

之後，我的家庭成員改變了許多次，離開曾經是我爸爸、媽媽的人，但只有親生媽媽死了。雖然我無法再見到那些曾經一起生活在一個屋簷下的人，但生活在世界上的某個地方，和已經離開這個世界完全不一樣。無論有沒有血緣關係，失去家人，失去曾經陪伴在自己身邊的人，是比悲傷更悲傷的事。

4

「哇噢，有巧克力蛋糕！」

吃完炸豬排咖哩的晚餐，我從冰箱裡拿出蛋糕，森宮叔叔雙眼發亮。

「我回家的時候和萌繪、史奈一起吃了蛋糕，因為很好吃，所以我也幫你買了一塊。」

口感溼潤綿密的海綿蛋糕上，是甜中帶著淡淡苦味的巧克力醬，我想森宮叔叔一定很喜歡這種巧克力蛋糕，就忍不住買回來了。

「太好了……但我也買了。」

森宮叔叔無精打采地站了起來，從冰箱的蔬菜室拿出了蛋糕盒。那是一個大盒子，和我買回來的完全不一樣。

「你該不會……？」

「我原本想給妳一個意外的驚喜。妳看！」

森宮叔叔在桌子上打開了盒子，裡面是一整個蛋糕，而且蛋糕上還有一塊牌子，上面寫著「優子，恭喜妳升上高三！」只是升上高三，根本不是什麼值得慶祝的事。不，更重要的是，這麼大一個蛋糕讓我忍不住皺起了眉頭。

「我們兩個人吃這麼大一個蛋糕嗎？」

草莓、桃子和哈密瓜。上頭有許多水果的這個蛋糕至少是六人份，即使不是剛吃完分量十足的炸豬排咖哩，也實在太大了。

「這個家除了我們兩個人以外，沒有其他人。」

森宮叔叔一臉理所當然的表情。

「既然這樣，你就不該買這麼大一個蛋糕啊。」

「雖然是這樣，但如果不是什麼特別的日子，不是不會買大蛋糕嗎？今天難得是開學典禮的日子，我相信很多家庭都在慶祝，而且我們可以慢慢吃。」

「嗯，對，也對。」

森宮叔叔似乎覺得既然是別的家庭做的事，自己也不能落後於人，但他的感覺有點偏差。無論是炸豬排飯還是大蛋糕，應該有其他更適合的場合可以吃，但就像我買巧克力蛋糕時一樣，森宮叔叔一定在訂蛋糕時，想像我吃蛋糕的樣子，就感到很興奮。

「嗯，好吧，今天有很多單子要給你看，那就邊吃蛋糕邊看。」

「啊？我最討厭看這種東西。」

「別這麼說嘛，拜託了。」

我泡了很濃的日本茶，把學校發的單子放在森宮叔叔面前。

「呃！還真多啊……呃，家長會選舉的通知，這個我不參加。年度預定表，喔，妳今年會很忙。這張呢……」

森宮叔叔嘴裡唸唸有詞，但還是認真看著每一張單子。

「海綿蛋糕很蓬鬆，很好吃。」

我看著森宮叔叔，心情放鬆地把一口蛋糕放進嘴裡。加了許多水果的蛋糕口感很清爽，即使已經吃飽了，也完全不覺得膩。

「是不是很好吃？原來下個星期有交通安全教室，原來高中也有這種課程，健康注意事項就先放一邊。」

「你可以邊吃邊看啊。」

森宮叔叔認真看著單子，完全沒看蛋糕一眼。這樣的話，這個大蛋糕不知道什麼時候才能吃完，而且我也想聽聽他吃了我買的那個蛋糕的感想。如果沒聽到他說一聲「好吃」，總覺得有點吃虧。我硬把叉子塞到森宮叔叔的手上。

「啊，啊啊，也對。」

「趕快吃嘛。」

「那我來吃……喔，巧克力的味道很甘醇很濃郁，但很純樸美味。雖然平時都沒有發現，原來小麥和奶油的味道這麼溫和。」

「是不是？原來你也喜歡，真是太好了。」

看到森宮叔叔吃了滿嘴的樣子，就覺得自己買對了。我對他說：「多吃點。」

「我每次吃到好東西，就想要讓妳也一起嘗一嘗。辦公室有客戶送伴手禮時，我就會偷偷帶兩個回來。」

森宮叔叔說。

「你以後別做這種事，小心因為貪汙被開除。」

「不會因為拿幾個小點心就被開除，但在拿自己以外的份額時，就會深刻體會到自己有家人這件事。想像妳吃得很開心的樣子，就覺得一定要帶回來給妳吃，即使被別人說我很摳門也沒關係。有一個女兒真是太了不起了。」

森宮叔叔會毫不猶豫地說我是家人，是他的女兒。我很佩服他有這麼大的氣度，但總覺得還是有點不好意思。

「呃，這個記得要蓋章。」

我遞上一張單子，掩飾自己的害羞。

「這是什麼？喔，原來是升學的事。」

森宮叔叔只是瞥了一眼，就蓋上了印章。看到他這麼輕易蓋了章，我忍不住提醒他：「這是升學調查單。」

「嗯，我看到了。」

「那你不說點什麼嗎？該怎麼說，上面畢竟寫了女兒要考的學校啊。」

「是嗎？我需要說點什麼嗎？嗯，園田短大，我覺得很不錯。」

「哪裡不錯？」

史奈和萌繪都不想把升學調查單給她們的爸媽看，說爸媽看了一定會囉唆。雖然我並不是希望森宮叔叔反對，但自己這麼輕易就突破了難關，總覺得有點不安。

「即使妳這麼說，我也不知道這種時候該說什麼，而且我周圍也沒有朋友的孩子是已經讀高中了。」

「雖然我知道，但至少擠得出一句話吧？」

「要擠一句話嗎……？嗯，我想想，我知道了。優子，這是妳的人生，妳可以隨心所欲，做自己想做的事。不，這麼說好像有點不負責任。那就換一句說，升學這種事……」

森宮叔叔握著印章，陷入了沉思。我咬著蛋糕上「恭喜妳升上高三」的牌子，等著他擠出什麼話，但他似乎想不出來，過了一會兒，只是聳了聳肩說：「嗯，反正我支持妳。」

「森宮叔叔，你考大學時，你的爸爸、媽媽沒有給你任何建議嗎？」

森宮叔叔一臉歉意地把升學調查單交還給我，我接過來時問他。

「沒特別說什麼。」

「所以你自己決定要去讀東京大學嗎？」

我的第二個媽媽，梨花媽媽曾經說過：「我有一個同學非常聰明，很適合當妳的爸爸。」然後就把森宮叔叔帶到我面前。

「嗯，差不多吧。因為他們從小就逼我讀書，不知不覺中，讀東大就成為我的目標，我爸媽應該也很滿意吧。」

「這樣啊，那你不會鼓勵我考更好的學校嗎？」

「嗯，但是妳和我不一樣。園田短大和妳的實力相符，嗯，我覺得這個選擇很不錯。」

雖然森宮叔叔說，在我出嫁之前，他都不會和別人結婚，但我有時候覺得，以他的性格，應該很難找到願意嫁給他的人。

「咦？這樣不行嗎？」

「不，沒問題，謝謝你的建議。」

「不必客氣，我是爸爸，這是理所當然的。」

森宮叔叔一臉滿足的表情說，不知道是不是因為完成任務鬆了一口氣，他把蛋糕送進嘴裡。

升學調查單上蓋上了「森宮」的紅色印章。水戶、田中、泉之原。之前看過不少印章，再過不久，即使沒有家長蓋章，我也可以決定自己的事。

「喂，你怎麼只吃水果？」

我把升學調查單折好後，一看蛋糕，忍不住大吃一驚。森宮叔叔竟然只吃上面的水果。

「海綿蛋糕和鮮奶油太膩了，我負責吃上面的水果，蛋糕的部分就交給妳了。」

不是為了看我吃得很開心的樣子，才買蛋糕回家嗎？

「真是太過分了。」

我忍不住抱怨。

「因為剛才在考慮升學的事，就覺得胃越來越沉重。」

森宮叔叔壓著胃說。

「少在那裡找藉口。」

我很受不了地說著，把只剩海綿蛋糕和鮮奶油的蛋糕送進嘴裡。

5

五月最後一週的班會。從敞開的窗戶吹進來的風把窗簾吹了起來。一年之中，坐在教室內還會覺得舒服的時間很短。老師正在說明即將在下個月舉辦的球技大賽，和上課時不同，教室內的氣氛很散漫，午後的溫暖陽光很催眠，好幾個同學都打著呵欠。

「躲避球和排球擇一參加，女生各要九名，男生……」

向井老師正在說話，我聽到同學小聲地討論。

「躲避球雖然比較輕鬆，但要在操場上比賽，太熱了。」

「選排球的話，要輪流當裁判也很麻煩。」

既然無論怎麼選都有利有弊，那就選大家挑剩的就好。我看著黑板，坐在我後面的林同學戳了戳我的背，遞給我一張小紙條。折成四方形的紙條上寫著「交給森宮」。上課時傳紙條是常有的事，八成是萌繪傳的。我以為上面會寫著「我們選排球」之類的內容，打開一看，竟然寫著「我們一起當球技大賽的執行委員」。

紙條上的大字雖然很漂亮，但寫得很匆忙，不像是萌繪或是史奈的字。真的是寫給我的嗎？我又確認了一下，外面的確寫著「交給森宮」。到底是誰找我一起當執行委員？我在教室內東張西望。

剛好和我視線交會的史奈說「選排球」，我點了點頭，然後我又在教室內掃視。萌繪正在和坐在她旁邊的三宅說話，我看遍整個教室，也沒有人看向我，找不到是誰傳紙條給我。

有人惡作劇嗎？有什麼目的？到底是怎麼回事？當我再次慢慢以眼神巡視教室時，老師開始統計報名參加的人數。大部分男生覺得參加哪一項比賽都無所謂，所以很快就完成分組，但大部分女生都想參加排球比賽，所以最後靠猜拳決定，我和萌繪都在猜拳中輸了，只能參加躲避球。

等大家都決定了各自參加的項目、教室也安靜下來之後，老師問全班同學：

「那最後是執行委員，男生和女生各一名。主要工作是安排比賽當天的相關事宜，有沒有人願意自告奮勇？」

剛才傳給我的紙條上寫著「一起當執行委員」，這意味著是想當委員的人傳紙條給我。到底是誰？我默默等待自告奮勇的人，但遲遲沒有人舉手。

「這並不是什麼困難的委員，而且只限球技大賽期間而已，老師覺得很值得一試。有沒有人願意為了班級自告奮勇？」

向井老師再次問道。

「好，那我報名。」

濱坂舉起了手。

我轉頭看著他，心想剛才的紙條是不是他傳給我的。

「森宮同學也和我一起報名。」

濱坂又補充說。

「啊？」「什麼狀況？什麼狀況？」有人驚叫起來，也有人奚落「喔，手腳真快啊」、「他們在交往吧」，大家紛紛議論起來，只有濱坂嘿嘿笑著，站在那裡。最搞不清楚狀況的人應該就是我。

「現在不是討論時間，這樣沒辦法進行下去。」

向井老師要求全班安靜之後問：

「你徵求森宮同學的同意了嗎？」

「我已經跟她說好一起擔任了。」

濱坂若無其事地回答。跟我說好？根本只是傳了一張紙條給我而已。我皺著眉頭，但聽到班上的男生說，「喔喔，不錯嘛」、「優子，妳就答應吧」。女生也覺得自己可以躲過一劫，紛紛說著「森宮來當不錯啊」、「優子很適合」。萌繪聳了聳肩膀，動著嘴巴，無聲地對我說：「啊喲喲。」

「森宮同學，妳的意願呢？」

向井老師問我。

「喔……可以啊。」

我輕輕點了點頭。

在這種氣氛下很難拒絕。大家熱烈討論起來，我和濱坂擔任執行委員似乎已成了定局。老師說得沒錯，球技大賽的執行委員沒有太大的壓力，雖然我對自己被濱坂陷害有點不開心，但並不是無法勝任。

「真的沒問題嗎？」

向井老師向我確認，「對。」我這次比剛才更用力地點頭。

上完第六節課，全班同學都在討論濱坂和我到底是怎麼回事。

「快說快說，到底是怎麼回事？」「連我們都沒說，真是太不夠意思了。」史奈和萌繪把我拉到走廊上，濱坂追了出來。

「森宮，對不起，我是不是有點強人所難？」

「那張紙條是你傳給我的嗎？」

「對啊，對啊。」

前一刻還鬧哄哄的教室突然安靜下來。大家都豎起耳朵，聽我和濱坂在說什麼。

「我在班會課時想到，可以找妳一起當執行委員。不好意思，來不及事先打一聲招呼。」

濱坂在學校內頗受歡迎。他個性開朗，無論和誰都可以輕鬆聊天，而且具備了可以逗大家發笑的幽默感。只要具備這兩點，即使長得不帥、功課和運動方面都沒有很厲害，也可以很受歡迎。雖然我承認他很會帶動氣氛，但我有點討厭他的輕浮。

「其實我原本打算在球技大賽上大顯身手，然後找機會向妳告白。」

濱坂說明了他的計畫，站在我身旁的萌繪說：「哇，簡直就像是漫畫情節。」史奈冷靜地說：「問題是你在球類比賽中未必能夠大顯身手。」

「是啊，但今天午休時，一班的關本不是向妳告白嗎？」

「喔，嗯。」

「所以我覺得必須趕快採取行動，結果就這樣了。」

「喔……」

原來他是因為這個原因，才邀我一起擔任球技大賽的執行委員。我被他這種莫名其妙的計畫設計，心情超鬱悶。

「啊，我雖然當了執行委員，但並不代表我們在交往。」

當執行委員也就罷了，如果還莫名其妙被當成他的女朋友就傷腦筋了。我明確重申了這一點。

「這只是現在，但一起擔任執行委員，不是很容易日久生情嗎？」

濱坂說完，露出了笑容。

有很多男女同學一起擔任委員之後，真的開始交往。女子排球隊長史奈和男子排球隊的西野也在交往，但我們以這種方式開始，我慢慢喜歡上他的可能性相當低。

「我們在全班面前自告奮勇，根本就等於已經公開了。」

「公開？」

「所以在擔任執行委員期間，就不會再有人向妳告白了。」

什麼意思嘛？完全無視我的心情嗎？我忍不住皺眉頭。

「別生氣，別生氣，」萌繪安慰我後又開玩笑說：「要喜歡像優子桃花這麼旺的女生也很辛苦。」

「哪有這種事……」

「明明就有，妳根本超受歡迎。」

史奈也跟著萌繪起鬨。

不可思議的是，從小學高年級開始，就經常有人向我告白。我並沒有很引人注目，功課和運動方面也都很普通，應該受第二個媽媽，也就是梨花媽媽的影響，才會這麼有桃花運吧。

6

「既然是女生，就一定要討人喜歡。無論是老人還是小孩，無論是男人還是女人，能不能討人喜歡，決定了女人能不能幸福。」

梨花媽媽曾經對我這樣誇口，姑且不論女人和老人，但她的身邊的確從來不缺男人。雖然她的五官並沒有很標致，但一雙大眼睛和大嘴巴很亮麗，也挑選了最適合自己的化妝和髮型，很懂得展現自己的優點。她在我讀小學二年級那一年的暑假第一次出現在我的生活中。

*

那是七月最後一個星期天，爸爸帶我去附近購物中心買東西的途中，把車子停在一棟陌生的公寓大廈前。

「咦？這是哪裡？」
「今天爸爸約了一個朋友和我們一起逛街，是一個姊姊……可以嗎？」
我從後座看著窗外，爸爸有點吞吞吐吐地問我。
「姊姊？」
我很喜歡「姊姊」。每次學校辦娛樂活動，和高年級的姊姊一起玩時，我都會很高興。姊姊什麼都會，而且都很溫柔，沒想到爸爸也有朋友是姊姊，有點不可思議。
「小優，妳一定會喜歡這個姊姊，沒問題吧？」爸爸問我。
「好啊。」我回答時，看到一個女人從公寓大廈中走出來。因為爸爸說是姊姊，所以我以為是小學六年級左右，沒想到是高高瘦瘦的大人。
「我叫梨花，優子，妳好。」
大姊姊向我打招呼後，上車坐在我旁邊。
「妳好。」
我鞠躬打招呼時，急忙從頭到腳觀察著大姊姊。
她穿了件粉紅色襯衫配棕色的蓬鬆裙子，白色皮包上綁著緞帶，鞋子很有光澤。她將淺棕色的頭髮用我從來沒見過的方式盤在腦後，相當漂亮之餘，還散發出像肥皂般香香的味道。而且梨花的發音和我最愛的洋娃娃——麗佳娃娃一樣，就連她說話的聲音也很可愛。梨花姊姊身上有我嚮往的一切。
「姊姊，妳的頭髮好漂亮。」

車子開出去的同時，我注視著她的頭髮說。

「是嗎？要不要幫妳綁相同的髮型？」

「可以嗎？」

「可以啊，我用這個幫妳綁。」

梨花姊姊從皮包裡拿出一根用黃色的布包起的橡皮圈。

「哇，好可愛。」

「是不是很可愛？優子，妳的頭髮很柔順。」

梨花姊姊用手指為我梳理著妹妹頭。她的手指很纖細，和外婆滿是皺紋的手，或是爸爸關節粗大的手都不一樣。

「妳的頭髮很漂亮，一定很適合留長。」

「但只要稍微長長，外婆就會幫我剪掉。」

外婆說頭髮太長會影響視力，又說活動起來不方便，只要頭髮長到肩膀，瀏海超過眉毛，就會用剪刀幫我剪短。其實我很想稍微留長，但外婆說「這個髮型最適合妳」，所以我也就沒有反對。

「是喔，原來都是外婆幫妳剪頭髮。」

梨花姊姊扭著我的頭髮問。

「嗯，姊姊的頭髮是誰剪的？」

「我都去髮廊剪。」

「髮廊？」

我想起班上最漂亮的安夢，也曾經很得意地說自己「去髮廊剪了頭髮」，果然漂亮的女生都去髮廊剪頭髮。

「大人幾乎都去髮廊剪頭髮。好，綁好了，妳看，是不是也很適合妳？」

梨花姊姊從皮包裡拿出一面小鏡子給我自己看。

「哇，好厲害！」

我的頭髮全都盤在頭頂上，用橡皮圈綁了起來。我以前從來沒有試過這種髮型。爸爸遇到紅燈停下時也轉頭稱讚說：「小優，妳這樣很可愛。」

梨花姊姊是什麼人？又是爸爸的哪一種朋友？雖然有很多該問的問題，但梨花姊姊為我梳了漂亮的髮型後，這些問題就不重要了。我一直問她的衣服和頭髮的問題，無論我問什麼，她都面帶笑容回答我。梨花姊姊太棒了，能夠和這麼棒的姊姊一起坐車，簡直就像在做夢。我很快就喜歡上她了。

來到購物中心後，我們走去文具賣場，因為我要去買鉛筆盒。剛上小學時買的鉛筆盒壞了，蓋子蓋不起來。

梨花姊姊不是小學生，她陪著我找鉛筆盒不知道會不會覺得無聊，如果她想回去的話怎麼辦？沒想到一到賣場，梨花姊姊就叫了起來：

「哇，這個好可愛！」

「對啊，好可愛。」

看到梨花姊姊高興的樣子，我暗自鬆了一口氣。

「但這個比較好，因為很漂亮，優子，妳看，超適合妳。」

梨花姊姊手上拿了一個畫了女生和兔子的粉紅色筆盒，充滿飄逸感的畫的確很可愛，但即使現在很喜歡，到六年級時還會喜歡嗎？外公和外婆帶我買東西時經常提醒我：

「要想一想到六年級時，還會想用這個東西嗎？」然後還會補充說：「到了六年級，妳就是大姊姊了，用太可愛的東西會很幼稚，妳會覺得很丟臉。」

淡粉紅色的鉛筆盒很可愛，我好想買，但又覺得好像不太適合六年級時的我。

「不知道等到六年級時，會不會覺得太可愛而不喜歡。」

我小聲嘀咕。梨花姊姊說：

「妳離六年級還有四年，這個鉛筆盒不可能用這麼久。」

「是嗎？」

我在入學典禮前買鉛筆盒時，外婆就叫我要好好珍惜，用到小學畢業。結果不小心用壞了，我為這件事很沮喪，這個鉛筆盒不可能用這麼久是什麼意思？

「鉛筆盒是消耗品，每天都要使用，用一、兩年就壞了。」

「這……那該怎麼辦？」

這個鉛筆盒也會用壞，那我該怎麼辦？我手足無措起來。

「等到鉛筆盒用壞的時候，妳喜歡的東西也會改變，那麼到時候再買新的就好，秀秀，你說對不對？」

梨花姊姊說。

秀秀。我一時沒意識到是在叫爸爸。

我當然叫爸爸「爸爸」，外公、外婆叫他「秀平」，上次公司的人來家裡時叫他「課長」，我從來沒有聽過任何人叫爸爸「秀秀」，而且「秀秀」聽起來像小孩子。

「嗯，這個不錯啊，但妳要好好使用。」

爸爸對一臉錯愕的我這麼說。

「嗯，嗯，我會好好使用……」

「啊，妳看妳看！還有和鉛筆盒相同圖案的橡皮擦和鉛筆，妳快來看！」

梨花姊姊又拿了橡皮擦給我看。

「我已經有橡皮擦了。」

「啊，買一套的不是很棒嗎？」

「但外婆說，有圖案的橡皮擦擦不乾淨。」

「怎麼可能？只是外面的套子上畫了畫而已，橡皮擦擦起來都差不多，和筆盒相同的橡皮擦絕對超可愛。」

梨花姊姊斬釘截鐵地說，讓我覺得她說的才對。

「是嗎？」

「那妳就把舊的橡皮擦留在家裡用，新學期就帶新的鉛筆和橡皮擦去學校，好不好？」

「嗯，有道理，既然機會難得，那就一起買。」

爸爸這麼說，於是最後買了鉛筆盒、鉛筆和橡皮擦，還順便買了墊板。

沒想到梨花姊姊出現，即使不是我的生日，爸爸也一下子為我買了這麼多可愛的東西。我已經不是高興，而是感到驚訝了，但也許不能被外公、外婆看到。

買完文具後，午餐吃了漢堡，又和梨花姊姊一起吃了霜淇淋，最後還買了汽水說要在車上喝。那一整天都很開心，梨花姊姊為我帶來了許多原本不曾有過的閃亮事物。

之後，我又和爸爸、梨花姊姊三個人一起去逛街、去了遊樂園幾次，梨花姊姊每次都穿得很漂亮很可愛，她很會說話，和她在一起時，我的心情也很愉快。見面幾次之後，我知道梨花姊姊姓田中，比爸爸小八歲，才二十七歲，是爸爸公司的派遣員工。不久之後，她還告訴我：「優子，我的情況和妳相反，我和我媽媽相依為命。」聽一直很崇拜的梨花姊姊這麼說之後，我覺得一下子拉近了和她之間的距離。

在即將升上三年級的春假時，爸爸問我：

「小優，梨花姊姊會變成妳的媽媽，妳願意嗎？」

雖然我覺得爸爸在問我一件很重要的事，但每天都可以在家看到梨花姊姊，一定會很開心。我馬上「嗯、嗯」地答應，然後才意識到為什麼爸爸之前突然告訴我媽媽的事。

在我升上三年級的同時，梨花姊姊也搬進了我們家，我們開始了一家三口的生活。

原本整天吃燉菜和烤魚的晚餐變成了蛋包飯、咖哩和洋蔥牛肉燴飯，梨花姊姊也包辦了打掃和洗衣服等所有的家事，當我幫忙時，也會稱讚我。我放學回到家，每天都可以看到她，假日的時候，一家三口去了很多地方。

每天早上去學校之前，梨花姊姊都幫我綁可愛的頭髮，有同學來家裡玩的時候，她也會準備很多點心。

同學都對我說：

「小優，妳媽媽好年輕，好漂亮。」

「我也好想當妳家的小孩，感覺每天都會很開心。」

聽到大家這麼說，覺得梨花姊姊讓我超有面子。

但梨花姊姊一直都是梨花姊姊，完全沒有媽媽的感覺。

「我是不是該叫妳媽媽？」

一起生活三個月後，在某個悶熱潮溼的夜晚，晚餐之後，我吃著梨花姊姊做的果凍時問她。

這是只要把果凍粉溶化後放進冰箱，很快就可以吃的速食果凍。雖然寫著哈密瓜口味，卻沒什麼水果味，吃進嘴裡Q彈的感覺很舒服。夏天之後，梨花姊姊經常做這種果凍。

「為什麼？」

梨花姊姊吃著相同的果凍，偏著頭問我。

「為什麼……？因為妳已經變成我的媽媽了，我還是叫妳梨花姊姊不是很奇怪嗎？」

「稱呼並不重要，妳想怎麼叫都可以。」

梨花姊姊笑著回答。

她笑的時候，臉就像一朵花綻放一樣，她的臉不適合「媽媽」的稱呼，她和任何一個同學的媽媽都不一樣。雖然會洗衣服，也會下廚做飯，但很自由自在，而且很會打扮，也很漂亮可愛。我和爸爸都很喜歡她來我們家，但不知道她有什麼感覺。她應該很想和爸爸結婚，但真的願意當我的媽媽嗎？

「我覺得自己超幸運。」

當我陷入沉思時，她這麼對我說。

「為什麼？」

「我只是和秀秀結婚，就變成了妳的媽媽。」

「這件事很幸運嗎？」

當了媽媽，就必須照顧小孩，還要做家事，一整天都變得很忙，會有什麼好事嗎？

「對啊，而且妳已經八歲了。」
「八歲是好事嗎？」
「嗯，因為聽說生小孩很痛，就像從鼻孔裡擠出一顆西瓜，然後腰好像被鐵鎚猛敲一樣痛苦。而且小孩子在三歲之前會整天又哭又鬧，吵著要抱抱，絕對會累死人。我可以跳過所有這些過程，直接當已經長大的妳的媽媽，妳不覺得我賺到了嗎？」西瓜和鐵鎚。雖然有些部分不太能想像，但她似乎覺得來我們家很好。
「當媽媽開心嗎？」
「嗯，很開心啊。因為和妳在一起，可以重溫很久很久以前，八歲時的生活，也因此知道有很多事如果沒有小孩就無法做。」
「原來是這樣。」
「對啊對啊，像是買可愛的文具，找同學來家裡玩，全都超好玩。」
她說得眉飛色舞，看起來不像是在說謊。
「優子，妳只要隨時面帶笑容，就會有很多好事發生。」
「是嗎？」
「嗯，女生只要面帶笑容，就可以比原來可愛三成。無論面對任何人，只要保持微笑，就可以惹人喜歡。惹人喜歡很重要，快樂的時候要盡情地笑，即使是辛苦的時候，也要努力保持笑容。」
她說完這句話，對我嫣然一笑。看到她的笑容，我也不由得高興起來。

我下定決心，要努力保持笑容，無論遇到誰，都要笑臉以對。她向來不會管東管西，既然是她的建議，就一定要好好聽進去。我當時就隱約有預感，不可能每天都像現在這麼快樂，總有一天，會遇到必須笑著才能撐過去的事。

7

「我覺得並不是受梨花的影響，而是妳很像水戶先生，長得很漂亮的關係。」

我把濱坂的事告訴了森宮叔叔，他這麼對我說。

「是嗎？」

「在妳歷任的父親中，水戶先生最帥啊。姑且不討論我，幸虧妳沒有長得像泉之原先生。」

歷任父親中，我只和第一任爸爸水戶秀平有血緣關係，根本不可能像其他人，但森宮叔叔依然一臉嚴肅地這麼說。

「你這樣說，對泉之原先生很失禮欸。」

「沒關係，泉之原先生的長處並不是長相。」

「雖然是這樣沒錯，原來我並不像梨花媽媽。」

因為我和她生活在一起的時間最久，原本還覺得自己給人的氛圍或是待人處事的方式會和她有點像。所以我從小學高年級開始，就有不少男生喜歡我，並不是因為我和梨花媽媽一樣，整天面帶笑容嗎？

「妳和梨花與生俱來的特質不一樣。」

「我也不像她那麼亮麗。」

即使不需要森宮叔叔提醒，我也知道自己完全沒有梨花媽媽的亮麗動人。

「對啊，妳很低調有禮，謹言慎行。雖然時間不長，但曾經有一段時間是由外公、外婆照顧妳。」

「原來是這樣……」

和梨花媽媽一起生活後，有很多開心的事，但梨花媽媽來家裡的同時，我就沒有再和外公、外婆見面了。以前爸爸不在家時，我都會去外婆家，但現在我不會再一個人在家，所以也就沒這個必要了。也因此，和外公、外婆之間的關係就越來越疏遠。

明明是有血緣關係的家人，之前也那麼照顧我，但竟然就完全斷絕了來往。看到別人要打招呼、要珍惜東西、如何使用筷子、要如何有禮貌地說話，這些事全都是外公、外婆教我的，現在我完全不知道他們在幹什麼。每次想到外公和外婆，就覺得很對不起他們。

「先不說這些，來吃果凍，果凍。我今天在做的時候又減少了吉利丁的分量。」

在我差一點陷入感傷之際，森宮叔叔把果凍放在我面前。淡黃色的果凍裝在透明杯子裡，散發出葡萄柚清爽的香氣。

「哇，看起來好好吃喔。」

「是不是？我今天放的吉利丁分量只有規定分量的一半。」

五月之後，森宮叔叔每天都做果凍，雖然只是把吉利丁溶化在果汁中放進冰箱而已，但他每天調整吉利丁的分量，用各種不同的果汁嘗試。

「來，吃吧。」

「謝謝……啊，稠稠的，很好吃。」

柔軟的果凍好像隨時會從湯匙上滑下去，放進嘴裡，就一路滑進喉嚨深處。

「啊啊，這是高級果凍。」

森宮叔叔吃了一口，心滿意足地說。

「果凍其實就是把泡軟的吉利丁和液體混合在一起，只要加百分之百的果汁，味道就很純正。蛋糕店竟然有賣這種東西，真是太過分了，而且價格還不便宜。」

「有道理。」

「這麼簡單就可以做出來的甜點，竟然還敢拿出來賣。」

森宮叔叔看著果凍，不服氣地說。

「應該也包含了容器的錢吧？蛋糕店賣的果凍不都裝在可愛的容器裡嗎？」

「如果想要容器，不是該去餐具店買嗎？我從來沒有聽過有人去蛋糕店買可愛的容器。」

「是喔。對了，森宮叔叔，你交不到女朋友嗎？」

森宮叔叔一提到果凍，就會沒完沒了。我要在覺得厭煩之前，趕快轉移話題。

「為什麼問這個問題？」

「梨花媽媽離開你已經兩年了，而且你也已經三十七歲了。」

「三十七歲不是還很年輕嗎？而且我正在盡身為父親的責任，我這麼忙，哪有時間談什麼戀愛？」

森宮叔叔一副很了不起的樣子說。

梨花媽媽現在一定和新的男朋友每天過著幸福快樂的生活。她是那種喜歡持續向前看的人，一定早就忘了森宮叔叔，充分享受目前的生活。這麼一想，就覺得森宮叔叔很可憐。

「我想了一下，有人會在吃完果凍之後，繼續把裝果凍的容器拿來使用嗎？絕對不會。在蛋糕店看到時會覺得可愛，但其實那些容器很粗糙，而且只有一個，和其他的餐具格格不入，也很傷腦筋啊。」

話題又回到了果凍上，我忍不住輕輕嘆了一口氣。為了區區果凍可以聊個沒完的人，即使當父親根本不忙，應該也沒有人願意當他的女朋友。

「對了！我明天要用有果粒的柳橙汁來做果凍，妳覺得怎麼樣？光想像一下，就覺得很好吃吧？我覺得自己簡直太有創意了。」

「是啊。」

「什麼是啊，妳也太敷衍了。」

「我沒有敷衍啊。森宮叔叔，你做的果凍真的很好吃。」

我也很喜歡梨花媽媽做的速食果凍，但這種又軟又稠的果凍也很好吃，而且我想起梨花媽媽曾經教我，要讓每一個人都喜歡自己，所以我吃了一口果凍，露出了笑容。

「我就說嘛。」

森宮叔叔心滿意足地點了點頭說「我再去拿」，朝廚房走去。

透明的果凍雖然不像甜甜的巧克力蛋糕那麼厲害，可以讓人有幸福的感覺，但無論什麼時候吃，都讓人感到很舒服。明天有不同口味的果凍。這麼一想，就很期待明天的果凍時間。

8

球技大賽的當天，雖然空氣中帶著梅雨將近的溼氣，但天空一片晴朗。

「田所，趕快來這個球場。」

「唉，史奈現在一定在體育館內大顯身手，我已經不想動了。」

萌繪因為猜拳輸了，只能參加躲避球比賽，聽到濱坂的叫聲，只能從操場角落的樹蔭下站了起來。

「加油，這是最後一場比賽了。」

「我們隊沒贏過任何一場比賽，絕對是最後一名，還不如乾脆不戰而敗。」

「我從來沒有聽過不戰而敗這種事。」

「優子，真羨慕你們是第一名。」
萌繪慢吞吞地走過來時，仍然抱怨個不停。
「我只顧著逃，什麼也沒做。」
「我們隊只有濱坂超賣力。」
濱坂招著手說：「趕快過來。」萌繪看著他，皺起了眉頭。
「別這麼說，趕快去吧。」
「好啦好啦，唉，高中曇花還得意忘形，看了就討厭。」
萌繪嚷嚷著「吵死了」，跑去球場。
萌繪和一小部分女生都用「高中曇花」這個名字嘲笑濱坂。意思就是像曇花一樣，只有學生時代能夠靠著開朗活潑受歡迎，一旦踏上社會，就會變成平凡的男人。濱坂經常在班上說一些可以炒熱氣氛的話，而且和任何人都可以聊起來，這些部分的確很討人喜歡，大家也都知道，學校裡需要像他這種人來瘋的角色。
抽籤之後，分成了A組和B組打躲避球。大家看到抽籤的結果，應該都發現了「抽籤看似平等，但其實很殘酷」這件事。因為活潑好動的學生幾乎都在A組，B組幾乎都是不擅長運動和文靜的學生，或是像萌繪這種懶得動的人。原本和我同在A組的濱坂見狀後，主動提出：
「兩名執行委員都在同一隊不公平，我去B組。」
雖然濱坂笑著對我說：「在那一組才能充分襯托出我的活躍。」但如果沒有他，B

組根本無法成立。雖然我不喜歡他的人來瘋，但不可否認班上也的確因為有他，事情才經常能變得順利圓滿。

我正在大賽總部的帳篷內為閉幕式做準備，萌繪脖子上掛著毛巾走了進來。

「最後還是輸了。」

「但不是打得難分勝負嗎？」

「是啊，大家好不容易進入了狀況，結果比賽就結束了。」

萌繪的臉紅通通的，可能剛才在場上拚命奔跑。

「萌繪，妳到最後都沒有被打到。」

「嘿嘿，對啊。優子，妳當執行委員也辛苦了，很累吧？」

「完全不累。今天的工作就只有這個，以及等一下要負責收拾而已。」

我在獎狀上寫著參加比賽的隊名說。

所有的比賽都結束，剛才在體育館的學生也都到操場上集合。雖然大家都嚷嚷著累死了，但臉上都露出開心的表情。每天都因為即將考大學繃緊的神經，剛好可以藉由今天的球技大賽放鬆一下。雖然我當初是被設計當了執行委員，但看到大家的表情，內心忍不住有點驕傲。

放學後，由執行委員收拾善後。即將進入六月中旬，下午三點多的太陽無情地照在操場上，汗水不停地流。

善後工作就是把帳篷和座椅搬回倉庫，然後整理操場。我和濱坂一次又一次合力把又長又重的帳篷支柱搬回倉庫。

「森宮，妳做事情很俐落。」

濱坂輕輕鬆鬆地抬起支柱說。

「會嗎？」

他的動作才俐落，我只是配合他而已，我們兩個人比其他班的進度快了許多。

「妳會不會累？」

「沒事。」

「還是趕快收拾完，等一下還有社團活動。」

濱坂看著開完班會後走到操場的學生說。

「對啊。」

隨著夏天的腳步漸近，社團活動也熱鬧了起來。我加快了腳步，以免影響他們練習。

「接下來只剩下短支柱和交通錐，那麼我去整地。」

濱坂對我這麼說，於是我就和一班的執行委員木津一起把短支柱搬進了倉庫。

「雖然搬東西像在地獄，但倉庫裡簡直就像是天堂。」

木津一走進倉庫就這麼說。

倉庫內光線昏暗，照不到陽光，所以陰陰涼涼，和外面的酷暑完全無法相比。站在倉庫內，汗水也漸漸乾了。

「對啊，只有這裡好像是冬天。啊！」

我正打算把帳篷的支柱搬去裡面，腳卻勾到了畫線筒，不小心踢倒了。

「啊啊，慘了。對不起，我會趕快收拾。」

畫線筒被踢倒時，裡面的石灰粉全撒了出來，地上都是白色。我慌忙拿起放在角落的掃帚。

「我來幫忙。」

木津也拿著掃帚和我一起掃。

「謝謝，這樣應該可以了吧。」

畫線筒內原本就沒有裝太多石灰粉，明明已經掃乾淨了，但木津仍然仔細掃遍每一個角落。

「應該可以了吧？」

「我再掃一下，反正東西都搬完了，不必急著回操場。」

木津說得沒錯，塑膠墊和用具類器材都已經搬回倉庫了，接下來只剩下回操場整地而已。「也對。」我也繼續掃地，這時發現倉庫內有六個學生。

六個班級總共有十二名執行委員，特別升學班的四名執行委員要回去上補習課，並沒有加入最後的收拾工作，所以包括我在內的七名執行委員都在倉庫內排放支柱或是折塑膠布，處理這些零星的工作，我正覺得大家做事都很細心，看向操場時，頓時恍然大悟。

只有濱坂一個人在操場上整地，西斜的陽光照在他背上，可以看到他的運動服都溼了。操場上很熱，而且整地很耗體力。搞不好還有人希望當自己躲在倉庫裡慢慢做事時，他可以一個人完成整地工作。

「我回去操場，倉庫太暗了，我不太喜歡。」

我對木津說完，跑去操場。

「倉庫內整理完了嗎？」

濱坂看到我跑過去時問道。

「嗯，對不起，剛才不小心踢翻了畫線筒，在掃石灰粉，所以這麼晚才過來。」

「倉庫裡的空氣不好，辛苦妳了。」

在倉庫內做事比在操場上整地輕鬆多了。雖然我很想告訴他，除了他以外，其他人都在倉庫裡，但又覺得好像在告密，所以就沒說。

「咦？原來平沙耙這麼難推。」

「往外推需要很用力，往自己的方向拉就會比較輕鬆。」

濱坂看到我費了很大的力氣推平沙耙，向我示範怎麼拉。

「原來是這樣……因為之前看到棒球社的人用起來很輕鬆，我還以為輕輕一推就行了。」

「怎麼可能？」濱坂放聲大笑，「我放棄向妳告白了。」後面這句話好像是順便說出來。

「啊？」

「我原本鼓足勇氣要向妳告白，但還是算了。」

「這樣啊……」

雖然我並沒有期待他向我告白，但聽他這麼說，還是感到洩氣，也有點在意是不是一起擔任執行委員期間，他覺得我其實並沒有他想像得那麼好。

「因為我並沒有展現優點。」

我正打算問他原因，他卻先主動說了出來。

「優點？」

「對啊，我們二班B組在躲避球賽中最後一名。」

「喔，那倒是。」

「你們隊得了第一名。」

「我什麼都沒做，所以你原本說的展現優點，是指在躲避球中獲勝嗎？」

「嗯，差不多就是這樣。」

濱坂輕鬆地整著地說。

雖然我覺得比賽獲勝和優點不太一樣，但我也不知道他要有怎樣的表現，我才會喜歡他。濱坂俐落地替操場整地，我想著這些事，在他旁邊慢吞吞地拉著平沙耙。

「但下次我們再一起擔任執行委員，和妳一起做事很開心。」
濱坂稍微拉高了說話的聲音。
「我並不擅長站在大家面前，或是帶領大家做什麼事。」
「我也是。」
「怎麼可能？你根本是人來瘋……不是啦，你很有活力，我覺得你很適合。」
「我有時候在想……」
「想什麼？」
「妳說話的用字，有時候怪怪的。」
濱坂哈哈大笑起來。
「不是啦，是受爸爸的影響……啊，但是人來瘋是指個性開朗，是優點，我覺得應該算稱讚。」
一定是因為我每天晚上和森宮叔叔說話的關係。我拚命為自己辯解。
「雖然我是人來瘋，但其實我是膽小鬼。」
「是嗎？」
「對啊，所以才會在這裡整地。」
「是喔，嗯，如果負責整地的話，下次再當執行委員也沒問題。」
「哪有整地執行委員？森宮，妳還真傻。」
濱坂又哈哈笑了起來。

「不，這也是受爸爸的影響……」

說到這裡，我想起森宮叔叔經常聲稱「我智商很高」。如果是這樣，我這麼傻是受哪個爸爸或是媽媽的影響？我越想越覺得滑稽，忍不住笑了起來。

在我們整理完半個操場時，其他執行委員也來了。

「我們來晚了，倉庫裡好亂。」

「好不容易才把帳篷收拾好。」

他們嘴上紛紛這麼說著，拿起了平沙耙。

「是嗎？不好意思，我都一直留在操場，反正也快弄完了。」

濱坂回答。

濱坂拿著平沙耙的結實手臂因為汗水發亮，比起玩躲避球打到很多人，我更喜歡可以輕鬆地拉平沙耙。雖然我無法喜歡濱坂，但我很希望下次還有機會能夠和他一起擔任其他的委員。

9

「我們放學後找個地方吃甜點吧。」

球技大賽的一個星期後，萌繪提議道，史奈說：「我們平時去的那家店，不久之前開始賣剉冰了。」於是我們決定去車站附近的咖啡廳。

從車站沿著坡道往上走一段路，就能到達這家小咖啡廳。雖然店裡老舊的感覺與「咖啡廳」這三個字似乎搭不太上，但沒有老師會來這家店，可以在這裡待上許久，所以每當放學後，我們三個人便經常光顧。

「已經是夏天了。」

史奈看著桌上的冰品說。

「梅雨季節啊，雖然今年沒下什麼雨，但空氣很潮溼，又很悶，睡覺也不舒服，煩死了。」

萌繪用湯匙舀起聖代裡的霜淇淋，皺起了眉頭。

「是啊，不知不覺就進入梅雨季節了。」

我把牛奶冰送進嘴裡。蓬鬆的薄冰在嘴裡溶化，雖然因為最近都在晚餐後吃果凍，感覺今年夏天搶先來臨了，但其實現在才剛進入梅雨季節。

「我問妳，之後有沒有什麼發展？」

萌繪結束了天氣的話題，稍微壓低聲音問我。

「什麼之後？」

「就是妳和濱坂怎麼了？」

「濱坂？沒怎麼樣啊。」

我據實以告。

球技大賽結束之後，在路上遇到時會聊幾句「天氣好熱」或是「英文功課做完了嗎？」但也僅此而已，和之前並沒有太大的變化。

「是喔，嗯，原來是這樣。」

萌繪點了點頭，繼續吃聖代。大家都已經對我和濱坂的事失去了興趣，她為什麼現在問這個問題？我納悶地繼續吃冰。

「萌繪好像有點喜歡濱坂。」史奈露出賊笑對我說。

「啊？是這樣嗎？」

我感到很意外。萌繪之前喜歡的都是那些看起來很成熟的學長類型，而且她之前還嘲笑濱坂是「高中曇花」。

「我們在球技大賽時不是同隊嗎？我被他搏命比賽的身影吸引了。嘿嘿嘿。」萌繪紅著臉告訴我。

「原來是這樣。」

「妳不覺得越看越覺得他人很不錯嗎？」萌繪說。

「好像有一點。」我附和著。雖然他不是那種很帥的人，運動方面也沒有特別強，但的確不會讓人感到不舒服。

「所以，可不可以請妳撮合一下？」

「撮合？」

萌繪說了一個我很少聽到的詞彙，所以我忍不住問道。

「對，就是妳去對濱坂說，他可以和我交往。」

原本以為萌繪只是有點喜歡他，沒想到她已經想到這麼遠了，我忍不住說：「太猛了。」

「濱坂不是喜歡妳嗎？」

「嗯，呃，應該吧。」

「既然這樣，只要妳去跟他說，應該就沒問題了吧。」

萌繪似乎把這件事說出來之後，膽子也就大了，一改先前的靦腆語氣，恢復了平時說話的態度。

「會……這樣嗎？」

「對啊，他一定會聽妳的話。」

「這很難說……」

我不認為事情會這麼簡單。建議喜歡自己的人去和別人交往，感覺很沒禮貌，而且濱坂這個人很膽小怕事，又太一板一眼，我不覺得他適合作風大膽的萌繪。

「優子，妳至少可以和他提一下，把萌繪的心意告訴他就好。」

已經吃完宇治金時剉冰的史奈不知道是不是頭痛，邊按著頭邊對我說。

「好啊。」

這件事我應該可以做到。我雖然有點不知所措，但還是點了點頭。

「優子，拜託妳了。我有點認真。」

萌繪「啪！」的一聲，合起了雙手。

「嗯。」

「太好了！感激不盡。」

我看著萌繪開心的笑臉，內心感到不安。萬一事情沒有想像中順利，讓萌繪感到失望，到時候該怎麼辦？

走來這家店之前想要趕快吃冰，但在開了冷氣的店內吃冰，還是覺得有點冷。

我把幾乎已經溶化的冰送進嘴裡，怔怔地聽著萌繪興奮的說話聲。

「已經幫妳約好了。」

隔天，我一到學校，萌繪就這麼對我說。

「約什麼？」

「已經請史奈的男朋友告訴濱坂，放學後去美術教室前等妳。」

我還來不及走進教室，萌繪就在走廊上向我咬耳朵說。昨天才剛談到這件事，今天已經採取了行動，我不禁對事態的迅速發展感到訝異。

「好快啊……」

「因為明天開始期末考，今天不是只上半天課嗎？大家放學後就會馬上回家，所以不容易被別人看到。」

既然不上課，應該沒有同學會去位在另一棟校舍的美術教室。的確是最佳日期和最佳地點。

「已經跟他說，妳有事情要找他。」
「沒問題嗎？」
「沒問題。基本上男生不會拒絕女生的告白。」
「希望如此。」
萌繪自信滿滿的表情讓我更擔心了。
「妳只要幫忙傳話就好。啊，但是妳要記得為我美言。別人很容易覺得我這個人很大膽愛玩，妳就跟他說，我其實是一個溫柔單純的女生。」
萌繪調皮地笑了起來。
我從二年級開始和萌繪同班，一方面是因為一年級時的好友史奈和萌繪也是很要好的朋友，所以我們經常三個人一起玩。萌繪雖然愛玩，說話很直接，但對朋友很好，也很樂於助人。生日的時候除了送禮物，還寫了滿滿三張信紙的信給我。雖然她是好朋友，但有時候太強勢，讓我有點吃不消。
考試前一天的四節課都是自習，讓大家複習功課，但即使我想看書，也滿腦子想著放學後的事，所以完全看不進去。我很希望濱坂可以喜歡萌繪，讓萌繪能夠稱心如意，但我總覺得事情無法這麼順利。
濱坂坐在靠走廊的第一排，剛好和我的座位在相反側。即使我想觀察他，從我的座位也只能看到他的背後。他已經知道我放學之後要找他，不知道他現在會怎麼想，他以為我要和他說什麼？我目不轉睛地盯著他的背影，感覺到和我相隔三排座位的萌繪看著我，我不能讓她誤會我對濱坂有意思，所以就對她笑了笑，便低頭看題庫。

「咦？你這麼早就到了。」

班會結束後，我慌忙走去美術教室，濱坂已經在那裡了。

「對啊，我急著趕過來。」

「我也急著趕過來，但還是比你慢。」

「我是田徑隊的。」

「對喔，所以你是一路衝過來。」

我仍然喘著氣說道。沒有人的走廊上靜悄悄的，說話的聲音聽起來格外大聲。

「是啊，因為很在意，今天複習時完全沒辦法專心。」

「我也是。」

濱坂聽我這麼說，笑著說：

「不是妳有話要對我說嗎？有什麼好緊張的？」

「對喔，你說得對。」

雖然美術教室周圍沒有人，但站在走廊中央說話有點心神不寧，我們不約而同地走向深處。

「這個圈子會不會繞得太大了？竟然是三班的西野來告訴我說，妳有事要找我。」

「啊，對啊，對不起。」

「不是三言兩語能說完的事？」

濱坂可能有點緊張，微微皺著眉頭。

「沒這回事。」

我用力吞著口水，雖然心情有點沉重，但還是速戰速決。這種事還是鼓起勇氣趕快說完比較好。

「其實啊……」

我開了口，想趕快搞定這件事。

「哇，我有一種超不祥的預感。」濱坂皺著眉頭說：「我和妳並沒有交往，所以沒理由向我提分手，但我依然沒有好的預感。既然妳特地約我來這種地方，應該是很嚴肅的事吧？」

「但並不是壞事，你聽我說。」

「啊，明天就要考試了，妳先別說，我這個人很容易把事情放在心上，到時候會無心複習。」

濱坂開玩笑地抱著頭，我的氣勢立刻弱了下來。

「萌繪喜歡你，你可不可以和她交往？」

只要把這句話說出口就好，但我覺得這句話似乎很過分。如果我曾經向某個人表白，結果對方建議我和別的男生交往，我一定會很沮喪，而且我覺得對他說這種話很失禮。

「到底是什麼事？」

濱坂看到我遲遲不開口，主動問我。

「呃，那個……」

「妳約我來這裡，結果還在猶豫要不要說？」

「也對，呃，是啊……」

「該不會根本沒有話要說？應該不是在整我吧？不至於吧。」

看到濱坂笑著說話的樣子，我覺得不能傷害他。

「不，沒這回事。對了！」

「什麼對了？妳一大早就約我，現在才想到要說什麼嗎？」

濱坂皺著眉頭。

「對啊對啊，就是那個啦，等第二學期開學後，不是要決定擔任什麼委員嗎？」

「喔，喔喔，是啊。」

「圖書委員怎麼樣？」

「啊？」

濱坂的眉頭皺得更深了。

「上次球技大賽時你不是說，之後要擔任什麼委員嗎？當然，如果你真的有這個意願的話。」

濱坂仍然一臉錯愕的表情。這也不能怪他。因為我特地約他出來，卻和他聊這種很久以後的事，他當然會感到莫名其妙。

「妳說有事要找我，就是為了這件事？」

「嗯，對啊，差不多吧。」

我無力地笑了笑。

「妳不是認真的吧？」

「對不起，我今天早上才想到。」

「什麼嘛！森宮，妳有點怪怪的。」

「對不起，在考試的前一天和你談這種無聊的事。」

我鞠躬向他道歉。

「不，那倒是沒關係。」

「啊，那、那我就回家了，真的很抱歉。」

萌繪和史奈還在等我，我又再度向滿臉錯愕地站在那裡的濱坂鞠了一躬說：「我先走了。」然後跑回了教室。

因為隔天要考試，大家都早早回家了，二班的教室內只有史奈和萌繪兩個人。

「怎麼樣？」

我一走進教室，萌繪立刻走了過來。雖然可以感覺到她有點不安，但她雙眼發亮，嘴角露出了笑容。她想必認為已經成功了。我有點於心不忍地告訴她：

「我、沒辦法、說出口，對不起……」

我微微向她鞠了一躬。

我以為她會原諒我，我以為她會知道這種事本來就難以啟齒，有這樣的結果也無可奈何，事情就這樣落幕了。

沒想到萌繪聽完我這麼說，立刻變了臉，不服氣地嘟起嘴巴，露出銳利的眼神盯著我問：

「為什麼？」

「沒為什麼，要怎麼說，總覺得……」

「不是只要告訴他，我喜歡他就好了嗎？妳說沒辦法說出口，什麼叫說不出口？為什麼說不出口？」

我經常看到個性強烈的萌繪對班上的同學或是老師發脾氣，但她第一次對我動怒，我有點不知所措。

「因為、我覺得很尷尬。」

「有什麼好尷尬的？妳不是不喜歡濱坂嗎？」

「沒錯啊。」

我明確點了點頭，萌繪「哼」了一聲，冷冷地看著我說：

「即使自己不喜歡，也不想看到他和別的女生，和自己的朋友在一起嗎？」

「啊？」

「原來即使是自己不喜歡的人，妳也希望對方繼續喜歡自己。」

「沒這回事。」
「既然這樣，通常不是會以朋友為優先嗎？」
萌繪低沉的聲音中透露著煩躁。
「我並沒有特別以什麼為優先……」
「妳說得倒很好聽，根本是以自己為優先。朋友不是最重要嗎？幫朋友做這點事不是應該的嗎？」
我並沒有排什麼優先順位，也並不是想讓濱坂繼續喜歡自己，只是單純難以啟齒。我思考要怎麼解釋，她才能理解。
「唉，我真是太失望了，沒想到妳竟然是這種人。」
萌繪狠狠瞪著我，然後用力撞到了她面前的課桌，走出了教室。
「妳應該想辦法說啊。」
剛才默默在一旁聽我們說話的史奈也這麼對我說，然後就朝萌繪追去了。
怎麼會這樣？這種事值得這麼生氣嗎？這代表萌繪這麼喜歡濱坂嗎？早知道我當時不該輕易答應，就不會在考試前一天和朋友吵架了。希望萌繪心情趕快好起來。獨自留在教室的我，當時覺得只是這種程度的事。
「早安。」
隔天早上，我在走廊上遇到萌繪時向她打招呼，她沒有看我一眼，就自己走進了教室。她還在生氣，真傷腦筋。我打算去和史奈商量該怎麼辦，於是走向已經在教室內看練習題的史奈。沒想到我還沒有開口，史奈就起身走向萌繪。

事情比我想像中嚴重，我感覺自己的心跳加速。她們兩個人都故意避著我，但即使我現在去找她們，也無法解決這個問題，而且早上的班會課快開始了。先讓自己的心情平靜下來。我走向自己的座位，中途向好朋友美奈實道「早安」，美奈實一臉為難的表情低著頭。該不會……？我有一種不祥的預感，於是問因為住得很近、有時候會一起上學的春奈：「妳複習好了嗎？」結果也一樣。春奈低著頭，假裝在認真讀書，沒有抬頭看我一眼。

班上有些同學和萌繪並不是朋友，而且還有男生，並不是所有人都不理我，但大部分女生都不理我了。

「有些人根本不把朋友當朋友。」

「通常不是應該重友輕色嗎？」

我聽到有人這麼說，但並不是萌繪。昨天的事已經傳開了。

「背叛朋友真的太賤了。」

「真的超賤。」

那是愛出鋒頭、喜歡和別人吵架的墨田和矢橋一搭一唱的聲音。她們很凶，我不敢惹她們。我假裝沒聽到，在自己的座位坐了下來。

「朋友當然最重要啊。」

「誰想理那種把自己擺得比朋友更優先的人。」

墨田和矢橋雖然沒有指名道姓，但好像在主持公道般大聲指責我。

我做了這麼離譜的事嗎？朋友這麼重要嗎？只要朋友提出任何要求，就要無條件接受嗎？怎麼可能有這種事？我不知道該以什麼事為優先，但很確定不是朋友。

10

小學四年級第三學期的結業典禮結束後，我在回家的路上和美奈、小奏道別後，急急忙忙趕回家裡。這個學期的成績單上有八個「優」，我從來沒有拿過這麼多「優」，而且導師評語欄內寫了「對同學很友善，活潑合群，力求進步」、「主動積極嘗試各種事」，幾乎全都是優點。

梨花媽媽看了我的成績單，一定會驚訝說：「妳太厲害了。」爸爸也一定會稱讚我「對同學友善最棒了」。光是想像他們的反應，我就忍不住加快了腳步。

而且春假結束之後，我就要升上高年級了。五年級之後，就有機會擔任各種委員，還要開始上英文課。雖然重新分班讓人有點緊張，但小奏和美奈都是我的好朋友，我們約好即使分在不同的班級，也要每天一起玩。想到以後會有很多好玩的事，我就忍不住興奮起來。

「優子，妳好聰明。」

果然不出所料，梨花媽媽翻開成績單時，驚訝地叫了起來。

「只有這次比較好而已。」

「沒這回事，國文、數學、自然，還有體育和音樂也都是優等，什麼科目都難不倒妳。」

梨花媽媽讚不絕口，我被她說得很不好意思，嘿嘿嘿地笑了起來。

「秀秀看到妳這麼出色的成績單，也一定會很開心。」

梨花媽媽說完，小心翼翼地把成績單闔了起來，放在桌上。

「真的嗎？」

「嗯，他當然會很高興啊。對了，今天晚餐就來吃手捲壽司，秀秀也說今天會早點回來。」

「太好了。」

我太高興了，忍不住拍著手。

這兩個月來，我覺得梨花媽媽和爸爸之間的關係似乎出了點問題。晚上我回到自己的房間之後，有時候會聽到他們爭執的聲音。雖然聽不清楚他們在說什麼，但梨花媽媽高亢的聲音好像生氣一般來勢洶洶，而且不知道爸爸是不是工作太忙，經常很晚才回家。

沒想到爸爸今天會早回家，而且梨花媽媽說，爸爸看到我的成績單，一定會感到高興。成績單的威力太強大了，我發自內心慶幸自己之前用功讀書。

「我們好久沒有三個人一起吃晚餐了。」

我忍不住興奮地說。

「對喔，最近秀秀經常加班到很晚才回家。」

「就是啊，就是嘛。」

我邊吃著梨花媽媽為我準備的香料飯邊說。結業式在中午之前就結束了，我和美奈約好下午一起玩。

「不知道春假會不會出去玩。」

我實在太高興了，不顧嘴裡還嚼著東西，就忍不住這麼說。

「春假？」

「明天開始放春假，我們全家要去哪裡玩呢？」

「我也不太清楚，春假可能會很忙吧。」

梨花媽媽用湯匙把香料飯撥來撥去把玩著。雖然只是把冷凍的香料飯炒一炒，但很好吃，梨花媽媽可能沒什麼食慾，一口也沒吃。

「是嗎？」

「春天不是都會很忙嗎？而且春天……」

「而且春天什麼？」

我忍不住偏著頭。

暑假的時候，我們三個人一起去了水族館，新年的時候去了東京迪士尼，而且還住了一晚。我原本以為每次放長假就可以出去玩，難道今年春假不能去玩嗎？春假沒什麼功課，原本以為會是最開心的假期。

「為什麼春天會很忙……？」

我正想這麼問，梨花媽媽打斷了我，催促說：

「趕快吃吧。妳不是要去找美奈玩嗎？」

「是啊。」

「我已經買好了點心，妳帶去和美奈一起吃。那我先來洗碗。」

梨花媽媽說著，把裝有剩下香料飯的盤子拿進廚房。

我覺得好像有點不對勁。算了，不管這麼多了。即使我是小學生，也覺得梨花媽媽性情不定，經常有點心血來潮，只要想到一件事，就會馬上付諸行動。她可能想要做什麼事吧，我還是趕快出門去找美奈玩好了。我急急忙忙把剩下的香料飯吃完了。

我和美奈一起玩了她新買的麗佳娃娃，又吃了美奈媽媽做的泡芙，在傍晚時離開了她家。今天晚上要和爸爸、梨花媽媽一起吃手捲壽司。想到一家三口一起坐在餐桌旁吃飯，就想趕快回家。

走快一點的話，從美奈家回家只要十分鐘。我們住的這棟公寓總共有四戶人家，梨花媽媽搬來和我們同住之前，我和爸爸就住在這裡。橘色的屋頂、乳白色的牆壁，公寓的停車場周圍種滿了花，隨時都有人整理得很漂亮。雖然比美奈家小，也沒有小奏家的大廈公寓那麼新，但我很喜歡自己的家。

我家住在二樓右側。抬頭一看，可以隔著白色蕾絲窗簾的縫隙看到客廳亮著燈。即使看不到爸爸的身影，我也可以從窗簾搖動的樣子，和窗戶的燈光知道爸爸是不是已經回家了。梨花媽媽搬來和我們同住之後，我幾乎都不會一個人在家。和梨花媽媽聊天很開心，而且梨花媽媽很漂亮，又很有趣，我很喜歡她，但如果爸爸也在家，我就會更高興。

我急急忙忙走上公寓的樓梯，打開沉重的門，在玄關看到了爸爸的黑色大皮鞋。

「爸爸，你回來了，你今天回來得真早。」

我走進客廳，發現爸爸坐在餐桌旁。爸爸很少在天黑之前就回到家。

「因為今天爸爸提早把工作處理完了。」

「原來是這樣。爸爸，你看了沒有？」

我拿起架子上的成績單問。

「爸爸要等妳回來再看啊。」

爸爸說。

「嘿嘿，那就給你，你快看。」

「謝謝，爸爸來看看。」

爸爸仔細打量著成績單，靜靜地說：「喔喔，太厲害了。」

「咦？爸爸，你不驚訝嗎？」

「喔，很驚訝啊，但爸爸知道妳很厲害。」

「是嗎？你有看老師的評語嗎？」

「有看，老師說妳活潑合群，力求進步。」

「對啊，沒錯。」

「嗯，太好了，妳心地真的很善良。」

爸爸深有感慨地說。

「老師也說我對同學很友善。」

「對啊，真的很棒。」

雖然爸爸的反應比我想像中更平靜，但他還是很高興。

「那就來吃晚餐吧。」

梨花媽媽對我和爸爸說。我原本想幫忙，但看到桌上已經擺滿了生魚片和飯。在生日、連假或是有什麼值得高興的事時，梨花媽媽都會準備手捲壽司。她說：「看起來很豐盛，但其實只要準備壽司飯和生魚片就好，所以很簡單。」

只要把自己喜歡的生魚片和飯放在海苔上，捲起來就可以吃。外婆從來沒有做過手捲壽司，我第一次吃的時候好開心，因為想吃什麼就吃什麼，而且可以大快朵頤。

「好豐盛。」

「我今天還買了鮭魚卵。」

梨花媽媽在我旁邊坐下時說。

爸爸坐在我對面，梨花媽媽坐在我旁邊。當大家都坐下後，我探頭看著大盤子，正在思考要包哪一種生魚片。有鮪魚、透抽和蝦子，還有梨花媽媽做的煎蛋。

「那我來吃透抽和小黃瓜。」我拿起海苔。

「對不起，我還是先說好了。」爸爸突然開口，「原本想吃完飯再說，但吃完飯之後，就會懶洋洋的。因為是很重要的事，所以我還是決定先說。」

「什麼事？」

我把手上的海苔放回了盤子。爸爸以前在說任何事之前，都沒有先聲明接下來要說重要的事，所以我完全猜不透爸爸要說什麼。但是，爸爸眉頭深鎖，而且眼眶也有點溼溼的。看起來不是什麼好消息。

「小優，爸爸希望妳在這個春假期間決定一件事。」

爸爸盯著我的臉說。

「決定一件事？」

「妳不是快升上五年級了嗎？」

「嗯。」

「因為妳已經是高年級的學生了，所以爸爸覺得必須聽取妳的意見。」

雖然爸爸覺得我長大了，讓我感到很高興，但看到爸爸臉上嚴肅的表情，這種高興很快就消失了。我偷偷瞥了梨花媽媽一眼，她事不關己地看著盤子。她的態度令我更加不安了。

「爸爸要去巴西。」

「巴西？」

我曾經聽過這個國家的名字。社會課的老師曾經在上課時講過，那是位於南美洲的國家，離日本很遠。爸爸的意思是，我們春假要去巴西嗎？為什麼要去這麼遠的地方？而且為什麼要用這麼嚴肅的表情說這件事？

「小優，妳有什麼想法？」

「什麼想法？不是大家一起去旅行嗎？還是只有我一個人留在家裡？」

「不，不是去旅行。」

「不是去旅行？」

不是去旅行，那為什麼要去國外？我歪著頭納悶。

「秀秀要去巴西工作，不是春假而已，而是要一直在那裡。」

梨花媽媽插嘴說。

「沒關係，由我來告訴她。」

爸爸靜靜地制止了梨花媽媽，輕輕嘆了一口氣，又繼續開始說：

「爸爸因為公司的關係，要被調去巴西的分公司上班。當然沒辦法每天從日本過去上班，所以要搬去那裡生活。差不多要三到五年的時間，分公司的業務才能步上軌道，所以爸爸要一直待在那裡。」

雖然爸爸說得很慢、很仔細，但我還是花了一點時間才理解。我覺得口很渴，很想喝一口茶，只不過現在的氣氛好像不太適合。

「我們要從這裡搬走嗎？」

「是啊。小優，妳有什麼想法？」

「什麼想法？」

「妳願意和爸爸一起去巴西嗎？」

爸爸看著我的眼睛問。

我無法想像自己在外國生活，這代表我也要轉學嗎？要在陌生的地方說我完全不會說的語言嗎？如果可以，我當然不想去。

「如果不去會怎麼樣？」

「那就要和爸爸分開了。」

「我才不要，那怎麼行？」

我語氣堅定地說。雖然我不想離開日本，但如果一個人留在日本，我根本活不下去。我還是小孩子，爸爸竟然就丟下我自己去巴西，真是太離譜了。

「我自己什麼都不會，絕對不行啦。」

我說。

「我還留在日本。」

梨花媽媽說。

「啊？」

「我不會去巴西。」

我聽了梨花媽媽的話，有點搞不清楚狀況。爸爸非去巴西不可，梨花媽媽卻留在日本，這是怎麼回事？

「優子，妳有兩種選擇。妳可以和爸爸一起去巴西生活，也可以和我一起留在這裡、繼續目前的生活，妳可以二選一。」

雖然梨花媽媽的說明比爸爸更清楚，但我還是聽不太懂，於是我又問：「什麼意思？」

「爸爸和梨花媽媽會分開，也就是說，以後不再是夫妻了，所以，希望由妳來選擇，要和爸爸一起生活，還是和梨花媽媽一起生活。」

這次由爸爸向我說明。

「我搞不清楚你們在說什麼嘛。」

明天開始放春假，今天應該快快樂樂吃晚餐，他們卻突然說什麼？我用力搖著頭，腦袋迷迷糊糊，就像在做夢。

「對不起，沒想到會變成這樣。爸爸和梨花媽媽談了好幾次，已經沒辦法了，所以希望妳自己決定，才不會後悔。」

「我要決定什麼？要決定去巴西還是留在日本？還是要決定跟爸爸，或是跟梨花媽媽？」

即使腦袋不算太清楚，我也知道自己面對了悲傷的事，我的眼淚忍不住流了下來。

「爸爸知道很難選擇，爸爸當然希望一直和妳在一起，因為妳和爸爸才是真正的父女，巴西雖然很遠，但爸爸覺得妳和我一起去最理想。」

梨花媽媽聽到爸爸這麼說，忍不住大聲反駁。

「什麼叫真正的父女？可不可以不要用這麼有心機的說法？我也很疼愛優子。優子，如果妳去巴西會很辛苦，無論怎麼想，都是留在日本比較好。」

我很愛爸爸，雖然和梨花媽媽一起生活的時間並不長，但我也很愛她。梨花媽媽來家裡之後，每天的生活都變得很開心，我不想在他們之間選擇。

「我根本沒辦法選嘛。」

我的眼淚撲簌簌地流了下來，無論腦袋還是眼前都一片模糊，根本不知道該怎麼辦。我不要爸爸離開我，也不想梨花媽媽離開我，無論想像哪一種情況，都讓我很難過。

「巴西有很多日本人，只是離日本很遠，但並不會不方便。小優，妳很快就會適應了。」

爸爸說著，遞了一條毛巾給我說：「擦一擦眼淚，巴西是一個很暖和、很歡樂的國家。」

「既然這樣，那大家一起去呢？」

雖然我不想離開這裡，但如果三個人繼續生活在一起，我覺得應該可以克服。我用毛巾擦著臉說。

「我不想去。巴西和日本的語言不同，食物不同，賣的東西不同，所有的一切都完全不一樣，治安也不好。妳現在正在看的動畫，去了巴西也看不到了。他們的電視根本不是說日文，更何況三年的時間太長了，等妳回到日本時，已經要讀中學了。」

梨花媽媽沒有看我，也沒有看爸爸，滔滔不絕地說著。

「我不要……那有沒有什麼方法，爸爸可以不去巴西呢？」

「這可不行，如果爸爸拒絕，就沒辦法繼續留在這家公司，這就是為五斗米折腰啊。」

爸爸說得很用力。我知道工作很辛苦，即使學校舉辦運動會時，爸爸也因為忙於工作不能來參加。爸爸經常說，人有時候就是不得不向環境低頭。

「爸爸也不想去，但只要和妳在一起，爸爸就有工作的動力。」

「是嗎？」

「對啊。而且三年聽起來很長，一下子就過去了。一開始可能會有些不適應，但妳一定會喜歡那裡的生活，事後回想起來，就會覺得是美好的經驗。」

爸爸的話聽起來很有道理。在外國生活應該並沒有那麼糟，我甚至有點覺得，也許去了那裡，一切就會變得很好玩。沒想到梨花媽媽對我說：

「但妳就要和朋友分開了。」

「朋友？」

「對，妳以後就看不到美奈和小奏了。」

「為什麼!?」

我絕對不要。對我來說，美奈和小奏最重要，我們一起玩的時候最開心，而且我也不想中斷才寫到一半的交換日記。

「等妳再回日本，就已經讀中學了，應該沒機會再見到她們了。」

梨花媽媽看著窗戶說，她的聲音有點冷漠。

「怎麼會這樣……？那怎麼辦？」

「小優，這件事很重要，所以妳要想清楚，不要管電視或是朋友這種事，最重要的是妳自己想怎麼做。」

我希望繼續像現在一樣的生活，就這麼簡單。我無法想像和爸爸分開，但也不想和朋友分開。

「如果去了巴西，生活會和現在完全不一樣。如果和我留在日本，就可以繼續目前的生活。」梨花媽媽說。

「妳怎麼可以這麼說？」爸爸小聲地說。

之後大家都沒有說話，也沒有人吃手捲壽司。壽司飯都乾掉了，失去了光澤，生魚片的顏色也慢慢變得暗沉。巨大的變化，而且是不令人期待的巨大變化即將到來。想到這裡，不管是鮭魚卵還是鮪魚都不想吃了。

整個春假，我每天都在思考該怎麼辦，我也去圖書館找書，瞭解巴西是怎樣一個國家。看書上的照片，發現比我想像中更先進，有很多高樓大廈，路上的行人都穿著五顏六色的衣服，看起來很開心，但所有的照片上都沒有看到日本人。雖然爸爸說，巴西和日本沒有太大的不同，但照片上的感覺完全不一樣。

雖然有時候覺得在外國的生活可能也很快樂，體會一下和現在完全不同的生活也是很好的經驗，去了之後，也許就會認為其實沒想像中那麼無法適應，但後來還是覺得沒這麼簡單。我只會說「Thank you」和「Hello」，根本不可能交到朋友，在一個連語言都不通的國家生活太寂寞了。爸爸出門上班時，我為不知道該如何是好而感到不安。無論怎麼想，都找不到正確的答案。

我把這件事告訴了小奏和美奈，她們都說：「絕對不行，妳是我們的好朋友，妳不要離開我們。」美奈還流著眼淚說：「光是想到妳要離開我們，我就覺得好難過。」她們都告訴我：「我們要約定，三個人要永遠在一起。」

沒錯，我有好朋友，我不能離開美奈和小奏。我沒辦法想像沒有她們的生活。當時我真的這麼想。

雖然我沒辦法決定到底要跟著爸爸還是梨花媽媽，但是，要在巴西和日本之間選擇就很簡單了。

「我不想換學校。」

三月三十日，我這麼告訴爸爸。

「是嗎？」

「我不想和朋友分開。雖然我想和爸爸在一起，但我不想離開朋友，也不想離開學校和這個家。」

我在說話時，眼淚都在眼眶中打轉，然後就從我的眼睛不停地流了下來。

「爸爸知道了，爸爸知道了。小優，對不起。」

爸爸說完，緊緊抱著我。

「爸爸不管去哪裡，都永遠是妳的爸爸。」

爸爸連續好幾次對我說這句理所當然的話。我覺得雖然現在很難過，但只是和爸爸分開三年而已。雖然知道梨花媽媽和爸爸離婚了，但我相信三年之後，又可以回到現在的生活。

四月五日，我和梨花媽媽一起到機場送爸爸去巴西。我一次又一次地揮手，即使已經看不到爸爸了，我仍然看著登機門。

雖然我對自己不確定是否能承受沒有爸爸陪伴的寂寞而感到不安，但回家的路上，梨花媽媽帶我去看了之前就一直很想看的電影，還一起去逛街，去家庭餐廳吃了晚餐，內心的不安也就這樣稍微被淡化了。

隔天。

我和美奈、小奏一同遊玩以後回到家，梨花媽媽為我做了漢堡排。

我最愛吃漢堡排了，但和梨花媽媽一起坐在餐桌旁吃漢堡排時，我的眼淚突然流了下來，覺得喘不過氣。
之前也曾經和梨花媽媽兩個人吃晚餐，但爸爸晚上都會回家，而且也從來沒有發生過爸爸明天、後天都不會回家的狀況，而以後都沒辦法和爸爸一起吃飯了。即使有話想要對爸爸說，爸爸也不會回家了。這時我才終於發現這件事。
我泣不成聲，但梨花媽媽對我說了好幾次「拜託妳別再哭了」。
「有果凍喔，還有蛋糕。」
「以後還有很多開心的事，明天我們去水族館，還可以去遊樂園，好不好？」
「對了，妳升上五年級，需要買新衣服，我們去逛街買衣服。」
雖然梨花媽媽用各種方式安慰我，但任何提議都無法吸引我。我只希望爸爸回來，這是我唯一的心願。

＊

當初根本不該讓我做選擇，這種事情應該由爸爸和梨花媽媽決定，然後說服我。雖然我已經是小學高年級學生，但也才十歲而已，根本沒辦法做出正確的判斷，沒辦法做出之後不會後悔的判斷。
當時，我把朋友放在第一位，比起親生爸爸，我選擇了朋友。結果就是現在這樣。我對目前的生活並沒有不滿，也不想否定現在的生活，即使跟著爸爸一起去巴西，也不一定會幸福，而且和梨花媽媽一起生活，也讓我有不少新的體驗。

但是，朋友並不是絕對的。現在和小奏、美奈之間，也只有在新年時互寄新年賀卡而已。朋友可以再交，我卻永遠失去了和我有血緣關係、在我還是小嬰兒時，曾經把我抱在手上的爸爸。

如果必須排出優先順序，就必須是正確的順序。如此一來，即使自己的選擇會帶來悲傷，也不會後悔自己做了錯誤的決定。

即使朋友對我不再理睬，我也不能不好好讀書。雖然萌繪和史奈是我的好朋友，但她們無法為我的未來負責。我必須在期末考時考出好成績。我抬頭挺胸，拿出了英文單字本。

11

暑假期間，萌繪完全沒有和我聯絡，但我和史奈互傳訊息，也曾經好幾次約了一起吃午餐。

「因為那時候剛好快考試，而且考完試就放了暑假，所以那件事也就一直拖著沒辦法解決。」

暑假的最後一天，史奈在補習班放學後順便來我家找我。

「是啊。」

我吃著史奈在便利商店買的巧克力，不知道是否天氣太熱的關係，變軟的巧克力在嘴裡很快就融化了。

萌繪很單純，事情過了兩天之後，她看起來就消了氣，但因為全班都覺得「優子做了很過分的事，萌繪很生氣」，所以我們雙方都沒有採取任何行動，結果就放暑假了。雖然暑假期間返校了好幾次，但每次都在吵吵鬧鬧中就放了學，我也沒有主動去找萌繪。

「沒想到妳這麼滿不在乎，真是太驚訝了。」

史奈吃著餅乾說道。可能用腦之後很需要補充糖分，她帶來的點心都是甜食。

「有嗎？」

「有啊，萌繪大發雷霆時，妳也很鎮定。」

「我沒有不在乎啊，那到底該怎麼做呢？」

因為我並不介意道歉，如果可以解決問題，即使道歉幾次都沒關係，我只是覺得越道歉，萌繪反而會越不高興，所以就沒有採取任何行動。

「倒也不是非做什麼不可，即使萌繪不理妳，即使大家都和妳保持距離，妳也沒有很在意，不是嗎？所以就覺得妳真是太強了。」

「我很在意啊，只是那時候剛好考試……」

「能夠先把這件事放一邊，專心考試就很強啊。如果是我，和朋友之間出了問題，根本沒辦法專心讀書。」

史奈是女子排球隊的隊長，平時覺得她做事果斷堅毅，原來還有這樣的一面。我反而對這件事感到驚訝。

「現在應該沒事了，萌繪參加大學說明會時，有其他學校的男生向她搭訕，最近好像漸入佳境了，」史奈笑著說，「是不是很像萌繪的作風？」

「原來是這樣，那真是太好了。」

我發自內心這麼認為，因為萌繪有男朋友時，整天心情都很好，和她在一起時也很開心。

「所以她對濱坂也失去了興趣，第二學期時，妳們應該就會和好了。」

被班上的同學排斥心情很憂鬱，我也很想和萌繪繼續當好朋友，我帶著期待說：

「希望會這樣。」

「哇，歡迎歡迎。」

森宮叔叔探頭進來說。

「欸，怎麼連門也不敲一下！」

「對不起，對不起，因為我一進家門，看到玄關除了妳的鞋子以外，還有別人的鞋子，又聽到有說話的聲音，想說有朋友來找妳，所以有點慌了神。」

森宮叔叔微微聳了聳肩。

「打擾了，我是佐伯，是優子的同班同學。」

史奈站起來自我介紹，森宮叔叔鞠躬說：

「妳好，妳好，我是優子的爸爸森宮。」

他可能一進門就直接來我房間，身上還穿著西裝，手上拿著公事包。

「『我是優子的爸爸森宮』這種自我介紹也太奇怪了，既然是父女，姓氏當然一樣啊。」

「喔，對喔，謝謝妳平時一直照顧小女。」

「她也很照顧我。」

史奈微微低頭回答。

「對了，佐伯同學，妳要在我們家吃晚餐吧？啊啊，那我要做豐盛一點，這下子要忙了。」

「不、不用了。」

「現在已經七點了，妳應該餓了吧。對了，我來叫外賣。」

「啊，我該回去了。」

「不不不，妳不必客氣，我馬上來叫外賣。」

「我不是客氣，真的不用了。」

「對啊，史奈的媽媽已經為她做好晚餐，你不要硬是留人家在家裡吃飯啦。」

史奈和我都拒絕了森宮叔叔的提議，他仍然語帶懷疑地問：「真的不需要準備晚餐嗎？」

「對，不需要。」

森宮叔叔聽到我語氣堅定的回答，才鬆開領帶說：

「這樣啊，原本以為女兒的同學來家裡，就必須好好款待一下，原來並沒有這回事啊。佐伯同學，如果有同學去妳家裡，妳爸爸會怎麼招待？因為我突然有一個高中生的女兒，還不知道該怎麼做。」

森宮叔叔這麼問史奈。

「我爸爸……我不太清楚欸，因為他從來沒有遇過我的同學。」

史奈呵呵笑著回答。

「這樣啊，原來父親都不輕易露臉。妳這麼一說，我想起來了，我讀高中的時候，也從來沒見過任何一個同學的爸爸。」

「沒錯，所以你趕快走啦，你可以去做自己的事，不必管我們。」

我推著森宮叔叔，把他推出我的房間。

「真的嗎？那我就不打擾妳們了，但還是來幫妳們泡茶，因為仔細想一想，我發現自己還父兼母職。」

「不用了，我們有果汁。」

「不，這可不行，下次佐伯同學說，去森宮家時，她爸爸連茶都沒有給我喝就慘了，我馬上就去泡茶。」

森宮叔叔說完，離開了我的房間，史奈終於憋不住笑了出來。

「太好玩了，妳……爸爸？」

「對啊，算是我爸爸。森宮叔叔有點怪怪的，妳不必放在心上。」
我無奈地嘆著氣。
「完全不會，但是森宮叔叔不是東大畢業嗎？完全看不出來，不知道該說他很有趣，還是該說什麼。」
「他真的很聰明，只是好像有點脫線。」
「哈哈哈，被女兒這麼說，還真慘啊，但他還滿帥的。」
史奈露出奸笑。
「哪有？他只是高高瘦瘦，讓人有這種感覺而已，妳仔細看他的五官，就發現小鼻子小眼睛，長得很不起眼。」
「沒想到妳這麼挑剔，妳會不會對他有點好感？」
「怎麼可能？」
因為森宮叔叔還很年輕，所以有時候別人會這麼問我，或是藉此調侃我，但不知道是因為森宮叔叔這個人有點古怪，還是他一開始就是以父親的身分出現在我的生命中，所以我從來沒有把他視為異性。而且他看起來要當我的爸爸的確有點年輕，但我們其實相差二十歲。
「優子，只泡茶會不會讓妳同學覺得很小氣，要不要順便拿一些搭配的點心？」
我和史奈在說話時，森宮叔叔在門外小聲地問。
「你默默送進來就好了嘛，我同學都聽到了。」

我很無奈地回答，史奈聽了哈哈大笑。

第二學期的開學典禮。我在通往教室的樓梯上看到萌繪走在前面，就邊打招呼說「早安」，然後追了上去。

已經邁入新的學期，我以為之前的不愉快也已經沒事了，沒想到萌繪只是淡淡地對我笑了笑。

咦？她還沒有釋懷嗎？我這麼想著，繼續問她：

「暑假怎麼樣？妳有去參觀專科學校嗎？」

萌繪有點為難地低著頭，快步走進教室。

雖然史奈之前說她已經沒事了，但她可能沒這麼容易釋懷。我這麼想著，跟在萌繪後面走進了教室。

「來了！」

「優子，妳今天也很漂亮啊。」

我聽到矢橋和墨田兩個人大聲說話。

她們是班上最聒譟的兩個女生。即使夏天時，也穿著長袖的制服襯衫，裙子卻折得很短。她們偷戴項鍊和手鍊，藏在衣服底下，戴假睫毛、畫眼線。雖然破壞了校規，但並沒有做什麼可以把她們稱作不良少女的壞事。有時候也會在班上搞笑，增添很多樂趣，但無論是好是壞，她們都是有話直說的人，所以大家和她們相處時都小心翼翼，以免引起她們的反感。

「優子又變得更漂亮了。」

「看來暑假交了男朋友，不知道這次的對象是誰。」

她們兩個人笑了起來。

她們看萌繪不理我，就趁機奚落我。她們向來喜歡攻擊別人，只要有任何糾紛，她們必定會摻上一腳，火上加油，所以經常把事情鬧大。我猜想她們並沒有什麼特別目的，只是單純覺得好玩，把我當作目標。即使我反駁，也辯不過她們，所以就露出苦笑，快步走向自己的座位。

「好冷靜啊，即使被女生討厭，反正還有男生支持。」

墨田說完，撥了撥染過的頭髮。她的頭髮有些受損，已經掉了色。

「優子，下一個目標是誰？」

「要問清楚才行，否則萬一喜歡上同一個男生就慘了，因為妳向來重色輕友。」

她們拍著手大笑，幾個周圍的同學也跟著笑起來，也有人當作沒聽到。

我正在想，要不要回答「沒這種事」時，向井老師走進了教室。當老師站在講臺上時，全班都安靜下來，好像什麼事都沒發生過。

我和墨田、矢橋並不是朋友，和萌繪、史奈之間的關係不一樣，即使她們胡言亂語，我也不會覺得受傷。只是新學期遇到這種事，心情難免有點沉重。

「新學期怎麼樣？」

我把素麵和煎蛋搬上桌時，森宮叔叔這麼問我。

「沒事啊。」

「竟然回答『沒事啊』這種話。我覺得『沒事啊』和『還好啊』是最糟的表達方式。」

森宮叔叔把海苔和蔥花放進裝了沾麵醬汁的碗裡，不以為然地說。

「你之前好像也說過同樣的話。」

「是啊，因為絕對不可能什麼事也沒有。」

「你公司每天都有事發生嗎？」

我泡完茶之後，回到了座位。

「有啊，當然有啊，如果公司什麼事都沒有，不就快要倒閉了嗎？好，總算完成了，加了佐料之後，素麵才能夠升級成為晚餐。」

森宮叔叔把滷過的香菇和鵪鶉蛋也放進沾麵醬汁後，合掌說了聲「開動了」。

「說回學校的事，不是新學期剛開始嗎？有沒有發生什麼事？不可能什麼事都沒有。」

「有什麼事喔……」

我把素麵放進只加了蔥花和海苔的沾麵醬汁，含糊其辭地回答，森宮叔叔立刻一臉賊笑說：

「聽妳這語氣，就知道一定有什麼事。」
「沒有任何開心的事。」
「我猜八成是和誰鬧得不愉快了，高中女生常有這種事。」
「既然你覺得是鬧得不愉快，為什麼還笑？」
「啊？我有在笑嗎？」
森宮叔叔拍打著自己的臉頰。
「你從剛才就一直在笑。」
「對不起，對不起。好，我已經露出了嚴肅的表情。說來聽聽，到底發生了什麼事？」
「不是什麼大問題，就是有一部分女生好像討厭我，而且還會嗆我。」
我把今天在學校發生的事全都告訴了森宮叔叔。與其讓他亂猜，還不如據實以告。而且或許是因為經常和沒有血緣關係的父母生活在一起的關係，我從小就會在家裡談論學校發生的事。不知道是因為不是親生父母，才不會有太多顧慮，可以輕鬆聊這些事，還是因為覺得正因為不是親生父母，如果不說出來，對方就無法瞭解，所以無論和哪一個父母一起生活時，我通常都有問必答。
「啊？她們為什麼討厭妳？妳不是一個會惹人不愉快的人啊。」
森宮叔叔前一刻還嘻皮笑臉，現在不滿地皺起了眉頭。
「事出有因啊，因為在第一學期的時候發生了一點事。」

「第一學期？這麼久以前？而且我根本沒聽說這件事。」

「所以我現在要告訴你啊。」

我把因濱坂而起的那件事告訴了森宮叔叔。

「哇，還真的會有這種事。」

森宮叔叔雙眼發亮，露出了好奇的表情。

「喂！你為什麼看起來興致高昂？」

「因為這種情節很像漫畫，不是很有趣嗎？」

「女兒在學校遇到了不愉快，到底哪裡有趣？」

「不愉快？妳又沒有為這件事傷神。」

「我也不太清楚。」

聽了森宮叔叔的話，我不由得探索自己的內心。我的確沒有為這件事傷神，但還是覺得很麻煩，心情有點鬱悶。

「但無論在哪裡，都會有像矢橋和墨田那種女生。」

森宮叔叔呼嚕呼嚕吸著素麵，一副見識很廣的語氣說。

「是嗎？」

「我們公司也有這種人，自我感覺良好，明確表達自己的好惡到了簡直有點太超過的程度，卻又不希望別人討厭她。不，那些人覺得別人不可能討厭她。」

墨田和矢橋也都會明確表達自己的主張。我點了點頭說：「是啊。」

「這種人覺得自己是意見領袖，很有影響力，根本只是自我感覺良好。」

「森宮叔叔，你在公司有遇到了什麼不愉快的事嗎？」

「當然有啊，公司有一個比我晚進公司五年的女同事，姓矢守，她竟然叫我森宮宮，一看就知道她自以為主管很喜歡她，所以用這種熟絡的語氣說話也沒問題。」

「你這麼一說，我也想起來了，墨田和矢橋也會用暱稱叫根本和她們關係並沒有很好的同學。」

我吸了一口素麵。

「對不對？那種類型的女生都這樣，而且她們對自己經常出國、登山，四處玩樂感到很自豪，會到處宣揚，生怕別人不知道。她今天還對我說，『森宮宮，你絕對沒有去參加過夏日戶外搖滾節，真的超好玩。』」

不知道是不是因為說別人壞話容易肚子餓，森宮叔叔每說一句壞話，就大吞一口素麵。我注視著被他吸進嘴裡的素麵問：

「森宮叔叔，你沒去過？」

「對啊。不要說搖滾節，就連音樂會也沒去過。」

森宮叔叔得意地回答。

「喔喔，原來是這樣啊。」

「我猜想妳的同學矢橋和墨田在暑假時也去參加了搖滾節，根本沒有在家溫習功課，為考大學做準備。」

「雖然我不知道她們有沒有去參加搖滾節……啊，但她們告訴大家，之前去參加了有很多外國人的派對。」

今天在學校時，只要到了課間休息，她們就一直在說派對的事，大聲地說什麼外國人真的很自由奔放，和他們在一起真的超high。

「沒錯沒錯沒錯！矢守也一樣！整天愛炫耀自己有很多外國朋友，然後還問我，森宮宮，你是不是沒有外國朋友？我真想嗆她說，誰不知道妳只是和英語會話班的老師有一腿而已！」

「這種人想說什麼就隨她去說啦。森宮叔叔，你有外國朋友嗎？」

「我怎麼可能有外國朋友？就連在日本也幾乎沒朋友。」

森宮叔叔滿不在乎地說。和他說話很輕鬆。

「原來是這樣。」

「還有還有，還會說什麼她會一個人去拉麵店吃拉麵，這有什麼好炫耀的？二十歲之後還不敢一個人走進拉麵店的人才稀奇吧，不是我在吹噓，我整天都一個人吃拉麵。」

森宮叔叔每抱怨一句，就更暴露他寂寞的交友關係。我只好說「就是啊，就是啊」安慰他。

「反正墨田和矢橋就是出於嫉妒，因為妳很可愛，即使這種人去搖滾節，或是和外國人變成好朋友，她們無論在外表和內在方面都比不上妳。」

森宮叔叔抱怨完之後，若無其事地說起了大話。

「哪有啦，你真是溺愛女兒到失去了理智。」

「啊？」

「森宮叔叔，這種行為叫溺愛，你千萬不要在外面對人家說我很可愛這種話。」

森宮叔叔聽了我的提醒，靦腆地「嘿嘿」笑了起來，用力拍了一下手說：「啊！我知道了！」

「知道什麼？你怎麼了？」

「是因為素麵的關係。」

「和素麵有什麼關係？」

「晚餐啊，晚餐，所以妳才會情緒低落。因為昨天、前天和今天都吃素麵。」

因為別人在中元節送禮時送了森宮叔叔素麵，而且最近天氣熱，吃素麵比較清爽，所以這幾天都吃素麵當晚餐，問題是素麵和我在學校的不愉快沒有任何關係。

「我並沒有情緒低落。」

「不，妳一定是因為夏天倦怠症，才會讓墨田這種人對妳說三道四。大家不是經常說，真正的夏天倦怠症會在夏天結束後才出現嗎？」

森宮叔叔津津有味地吃著素麵時說。

「我很喜歡吃素麵啊。」

素麵很細，而且很容易吞下肚，在所有麵條中，我最喜歡素麵。

「妳如果再多吃點，就可以變得超強大。因為沒有人能夠贏過活力滿分的妳，就連墨田、矢橋和矢守都會閉嘴。」

「我就說你溺愛女兒吧，你真的不要再說這種話了。」

我明明已經在生氣了，森宮叔叔竟然笑著吃素麵說：「有什麼辦法呢？我是爸爸啊。」

「而且矢守又和我沒關係。」

「對喔，她是我的敵人。管她是矢守還是失守，不知道她什麼時候可以調走，最好調去火星。」

「你們公司在火星上也有分公司嗎？」

「是沒有啦。」

真受不了。森宮叔叔的抱怨只有小學生程度，但和他一起抱怨，心情慢慢舒暢起來，吃再多素麵都沒問題。

隔天去學校時，班上的氣氛還是和前一天一樣。萌繪似乎覺得抬不起頭，史奈雖然嘴上說「竟然被麻煩製造者盯上了」，但在墨田她們面前，還是和我保持距離。

到了午餐時間，我聽到墨田說「萌繪、史奈，我們一起吃午餐」，所以就獨自走去學生餐廳。雖然我也想過找其他人一起吃午餐，但後來覺得無論找誰，對方都會覺得困擾，還不如乾脆離開教室更輕鬆。

走進學生餐廳，發現餐廳內很熱鬧，和二班的氣氛完全不同。我們已經是高中生了，除了我以外，學生餐廳還有好幾個人都一個人吃飯，不會像中學時那樣，獨來獨往很有壓力。我和史奈、萌繪很合得來，和她們在一起時很開心，但偶爾獨處、說話不必在意別人的感受也不錯。

我輕鬆地看著從升學指導室拿來的大學簡介，吃著炒蛋丼。雖然我帶了麵包，但聞到了高湯的香氣，垂涎欲滴，忍不住就點了一碗熱騰騰的炒蛋丼。蓬鬆的炒蛋下是淋了醬汁的米飯，我覺得綜觀學生餐廳的所有食物，丼飯是最好吃的種類。

不知道園田短大的學生餐廳怎麼樣，大學的餐廳應該有更多好吃的食物，我翻開了短大的簡介，餐廳的照片看起來很時尚高級。大學果然不一樣。我正這麼想的時候，突然發現眼前有動靜。

「妳在幹什麼？」

我抬頭看向聲音的方向，發現向井老師站在我面前。

「不，沒幹什麼……」

我做了什麼會挨罵的事嗎？我很快回想了自己最近的行為。

「妳說沒什麼，那為什麼一個人在這裡吃飯？」

向井老師用一如往常的平淡語氣問我，在我對面坐了下來。

「沒有什麼特別的原因……」

「妳雖然說沒什麼，但最近不是有點不對勁嗎？」

「沒有啊。」

和向井老師在一起，總是會不由得緊張。我喝了一口水。

「起初我以為妳只是和田所同學吵架，所以就默默觀察，但沒想到這麼久還沒解決。」

「是啊。」

「女生吵架原本就容易不乾不脆，但會不會太久了？」

「是、啊。」

「如果只是普通的吵架倒還好，但事情好像變得有點複雜。」

「不，沒事，也不算是普通的吵架，反正是很常有的事。」

我輕輕笑了笑，向老師強調，並不是什麼大事。

向井老師打量我的臉片刻後問：「妳沒有為此感到煩惱嗎？」

「沒有。」

我用力點了點頭。我真的沒有感到煩惱。如果可以，當然很希望這件事趕快落幕，但另一方面，我也很客觀地看待，在團體生活中，難免會遇到這種事。

「看起來是這樣，但妳對這種狀況這麼泰然自若，似乎也有點問題。」

「因為我平時就和沒有血緣關係的人生活在一起，所以也許已經習慣會發生摩擦了。」

我半開玩笑地說，但也同時發現，在至今為止的生活中，其實從來沒有和我的爸爸、媽媽發生過任何摩擦。梨花媽媽、泉之原先生、森宮叔叔，和爸爸分開之後，一起生活的人和我之間都沒有任何血緣關係，但從來沒有發生過任何糾紛。

「在高中生活裡，朋友不是占了很重要的分量嗎？」

老師聽了我的話之後，仍然維持嚴肅的表情說。

「是啊。」

雖然如果深入思考，朋友到底是否重要，我無法下定論，但我並不會輕忽朋友的重要性，而且沒有朋友很寂寞也是事實。

「雖然是妳遇到的事，但妳說得好像事不關己，沒問題嗎？」

「沒問題。」

「如果真是這樣，那也沒問題。」

「對，我真的沒有為這件事煩惱……時間會慢慢解決這種問題，雖然現在關係有點僵，但就先別管它，或者說靜觀其變。」

我又補充。

「森宮同學，妳很堅強。」

老師注視著我，對我說了這句話。

回到教室後，墨田和矢橋對我露出了冷笑說：

「優子，聽說妳和向井老師一起吃午餐？」

這種事傳得特別快。有不少人覺得隔岸觀火很有趣，所以等著看好戲。

「我剛好在學生餐廳吃飯，老師和我聊幾句而已。」

我走向自己的座位時說。

「妳該不會向老師告狀我們的事？只不過太可惜了，班導師是個女的。」

「對啊對啊，如果是男老師，就會拔刀相助了，向井那個老太婆沒有屁用。對了，優子，上次不是有一個一年級的男生向妳告白嗎？妳的桃花真旺啊。」

幾個女生聽了矢橋的話，紛紛語帶嘲諷地說著「真有兩下子」、「太厲害了」。

「沒這回事。」

我假裝沒聽到，把課本從課桌內拿了出來。如果不理她們，她們就會故意找麻煩，所以就只能應付她們一下。

「優子，妳真是多情啊。聽說妳媽媽換了兩個老公？基因真是太強大了。」

墨田說。她可能是聽和我同一所中學的同學說的。雖然我不會主動向別人提到自己的身世，但也不會刻意隱瞞，有好幾個同學都知道我換了好幾次監護人。

「改嫁兩次還真猛啊，但那個媽媽現在並沒有住在一起吧？」

「好複雜啊，誰是親生母親都搞不清楚了。」

墨田和矢橋說完之後笑了起來，但教室內一改前一刻的吵鬧，頓時變得鴉雀無聲。

一定是因為她們提到了我的家人，其他同學有的低下了頭，有的假裝在忙其他事。大家似乎都覺得不該提到家裡的事，但即使別人想拿我父母的事來戳我，我也覺得不痛不癢。

「然後現在和年輕的爸爸住在一起，好噁。」

「優子，妳該不會和妳爸爸有一腿？太可怕了。」

她們沒有發現其他人都安靜下來，繼續一搭一唱。雖然其他人假裝沒有聽她們說話，但個個拉長了耳朵，所以我是否至少該澄清事實？

我坐在座位上抬起了頭，看向墨田。我知道大家都觀察著事態的發展。唉，其實並不是什麼重要的事，竟然成為矚目的焦點。整天換監護人就是有這個缺點。我開了口，想趕快把事情說清楚。

「呃，那個改嫁了好幾次的媽媽是我的第二任媽媽，所以和我沒有血緣關係。我知道我的親生父母是誰，我媽媽在我小時候就死了，我爸爸在國外，所以沒有和我住在一起。我有兩個媽媽、三個爸爸，這件事的確是事實。還有什麼？喔，對了，現在的爸爸，雖然年紀很輕，但也已經三十七歲了，而且他這個人是個怪胎，所以不可能和他發展出戀愛關係。他人很好，願意照顧和他沒有血緣關係的女兒……這樣差不多都解釋清楚了吧？」

當我說明完畢後，教室內傳來「好猛」、「哇，原來是這樣」的聲音。矢橋和墨田有點不知所措。果然太小題大作了。

「這沒什麼，只是父母換人而已，對我沒太大影響。」

我慌忙補充說。

「好強喔。」我聽到有人這麼說。

「森宮果然真人不露相啊。」

「家庭的巨大改變，果然會讓人變強。」

我聽到後排的男生竊竊私語。

也許向井老師說得沒錯，我有些部分的確很強，但這不光是因為換了一個又一個監護人的關係。爸爸去了巴西之後，和梨花媽媽的生活雖然自由自在，快樂無比，但並不輕鬆。那時候為了生存，必須堅強。

12

「啊啊，離發薪水還有五天，這個月只剩八百圓了。」

梨花媽媽翻著皮包和皮夾說，她可能在找哪裡有零錢。

「梨花媽媽，妳之前都亂花錢，結果每次到月底都這樣。」

我摸著梨花媽媽掛在衣櫃裡的裙子口袋，因為她什麼都往口袋裡塞，有時候會找出好幾枚硬幣。

「我有亂花錢嗎？」

梨花媽媽認真地思考起來，我忍不住嘆氣。

「妳上個星期不是買了皮包嗎？明明已經有類似的皮包了。」

「妳是說那個灰色的嗎？」

「對，就是外面有口袋的那個灰色皮包。」

「根本不一樣，我沒有這種款式的皮包，無論款式和尺寸都和我已經有的皮包不一樣。」

雖然梨花媽媽這麼說，但我覺得她的好幾個皮包都大同小異，為什麼需要那麼多顏色不同，款式只是稍微有一點點差別的皮包？

「而且妳不是還幫我買了開襟衫嗎？我的個子和去年差不多，穿家裡有的衣服就夠了。」

梨花媽媽幾乎每個月都會為我買新衣服，但我已經五年級了，身高不會一下子長很多，家裡的衣服已經夠穿了。

「優子，妳是認真的嗎？」

梨花媽媽停止找零錢，仔細打量我的臉。

「我是認真的。」

「妳是女生，不要說這種話，並不是因為長高了，衣服穿不下了才要買。每年不是都有流行的款式嗎？自古以來不是都說，再省也不能省下打扮的錢嗎？」

「我才沒聽說過這種話。穿去年的衣服也不會死，不吃東西才會死。反正下個月不可以再買衣服了。」

我加強語氣說。

「優子，妳才小學五年級，說的話卻像老人家。好，好，我知道了。」梨花媽媽一本正經地說完後，開始看電視。即使嘴裡嚷嚷著沒錢了，但她好像無所謂。希望至少可以再找到一百圓。我翻著梨花媽媽塞在衣櫃裡的每一個皮包。

「啊，妳還放在包裡，妳要趕快幫我寄出去啦。」

我發現塞在深處的一個皮包裡的信，拿到梨花媽媽面前說。

「啊，啊啊，妳是說這個，好，我明天去寄。」

「妳還不趕快寄，我都要寫下一封信了。」

「對不起，對不起。」

「不知道爸爸有沒有收到……都沒有收到他的回信。」

「我也不太清楚，秀秀也很忙，而且信應該會很久才能寄到巴西吧。」

梨花媽媽看著電視說。

爸爸在我升上小學五年級的春假離開，到現在已經過了七個月，自從爸爸離開後，我每個星期都寫信給他，告訴他學校的情況，以及和梨花媽媽的生活。我有很多話想要告訴爸爸，每個星期都寫好幾張信紙，但因為我不知道要怎麼寄去巴西，所以都請梨花媽媽幫忙寄。雖然梨花媽媽每次都說「好」，但有時候會放在皮包或書桌的抽屜裡忘了寄出去。我知道應該和這件事沒有關係，但我從來沒有收到爸爸寄回來的信。梨花媽媽說「大人不會常常寫信」、「爸爸忙著適應巴西的生活，根本沒時間寫信」，但之前這麼關心我的爸爸竟然連寫信的時間也擠不出來，看來真的很忙。外國的生活真的那麼辛苦嗎？我和梨花媽媽為了適應新生活，也整天都很忙。

在爸爸離開大約兩個月左右，梨花媽媽說「光靠爸爸的生活費沒辦法過日子」，開始出去工作。一個月後，她又說「付不出房租了，而且我們兩個人住這個房子太大了」，帶著我搬去了小公寓。雖然離之前住的地方走路只要五分鐘，但居住環境完全不一樣，只有兩個房間，廚房和客廳都很小，而且房子也很舊，外牆是灰色，水泥樓梯也有裂痕。第一次看到時，我差一點脫口說「我不想住這種地方」，但梨花媽媽工作很辛苦，我當然不可以說這種話。

「房租只有原來的一半。」因為梨花媽媽這麼告訴我，我以為搬家之後的生活不必再這麼拮据，沒想到我太天真了。梨花媽媽只要手上有錢，就會忍不住花光，所以在和她一起生活的第一個夏天接近尾聲時，存款全都用光了，秋天之後，常常聽到她嘆息「這個月又沒錢了」。

「啊，找到了！五十圓。」

我把手伸進梨花媽媽放了信的那個皮包，找到了五十圓，忍不住叫了起來。

「哇，太好了，所以我們家現在的總財產有八百五十圓了。」

梨花媽媽從我手上接過五十圓硬幣後說：「啊，終於變有錢人了。」然後打開了電熱毯的開關。

「即使多了五十圓，一天也只能用一百七十圓。」

我把電熱毯的溫度調到最弱，皺起了眉頭。十一月中旬過後，天氣的確變冷了，但這種程度還可以忍耐。

「一百七十圓，好像有點辛苦。」

「很辛苦啊，幸好家裡還有米，至少有飯可以吃。至於菜……我去問房東奶奶，看能不能向她要蔬菜，然後再買雞蛋和雞肉，應該就可以撐過去了。」

「我早餐想吃麵包。」

即使已經面臨這種狀況，梨花媽媽仍然提出任性的要求。

「那就去要吐司邊回來。商店街的那家麵包店會把吐司邊裝在塑膠袋裡放在店裡，可以免費索取。」

「啊？不買麵包，只去索取吐司邊嗎？」

梨花媽媽皺起眉頭。

「因為我們沒錢啊，有什麼辦法。我去問房東奶奶可不可以送蔬菜給我們，妳去拿吐司邊。」

「唉，唉，我真討厭窮日子，尤其天冷的時候，體會更加深刻。」

雖然她嘴上這麼說，但我覺得她根本不在意，所以才會每個月都把錢花光。而且她從一開始當我的媽媽時就這樣，無論怎樣的生活，她都能夠樂在其中。

「我原本覺得保險業務員的工作可能不太適合我，沒想到超適合，可以和各式各樣的人聊天，而且大家都很喜歡我的親切。」
剛開始工作時，梨花媽媽也這麼信心十足。

13

公寓後方那一棟房子種了很多花草樹木。這棟老舊的大平房就是房東奶奶的家。房東奶奶比我的外公、外婆年紀更大，她的丈夫多年前過世了，之後她就一個人住。自從搬來這裡的那一天拜訪了房東奶奶後，我便不時來這裡繳房租。

房東奶奶第一次見到我們時說：「這麼年輕的媽媽帶著女兒生活，一定很辛苦。」梨花媽媽看起來的確很年輕，我很擔心房東奶奶發現我們沒有血緣關係，因為那時候我一直以為一定要有血緣關係才可以叫母女。

所以，搬來這裡的第一個月月底，我去付房租時問房東奶奶：

「我媽媽看起來真的很年輕嗎？」

房東奶奶豪爽地笑著說：

「妳媽媽打扮得很年輕，但實際年紀應該不小了吧？」

梨花媽媽當時才三十歲，所以年紀並不算大，但聽到房東奶奶這麼說，我也笑著說：「因為媽媽喜歡化妝和打扮。」和房東奶奶聊天幾乎都這樣，會在不知不覺中跟著她開朗起來，無論遇到再大的事，都覺得變成了小事一樁。

不知道是不是因為房東奶奶一個人住的關係，我去找她時，她看起來都很高興。雖然她總說自己「耳朵越來越不靈光」，但每次都在我按門鈴之前就走出來了，而且每次都送我很多在農田裡採收的蔬菜，和她朋友送她的和菓子。

可能是因為我沒辦法再見到外公、外婆的關係，所以我很喜歡去房東奶奶家。

在和梨花媽媽說好要去向房東奶奶要蔬菜的隔天，我放學回家後，就立刻去了房東奶奶家。

「天氣變冷了，妳們住在那裡會冷嗎？因為房子舊了，所以風都會鑽進去。」

房東奶奶帶著我來到客廳，為我倒了熱茶。

「沒關係，我家有電熱毯。」

我吃著房東太太給我的仙貝，醬油味的大仙貝發出很脆的聲音，房東奶奶笑著說：「優子，妳的牙齒真好。我打算把農田收了，也沒有體力繼續照顧了。」

房東奶奶邊說，邊從門口的水泥地那拿了用報紙包起的白菜和蘿蔔給我。

「是嗎？太可惜了，我可以幫忙啊。」

「妳要上學啊，而且種那麼多也吃不完，每次都剩下許多。」

「妳可以送給叔叔啊。」

房東奶奶的兒子和媳婦住在離這裡開車不到十五分鐘的地方，我以前曾經遇過他們好幾次。

「即使送給他們也吃不完，幸好妳們也願意幫忙吃。」

房東奶奶說完，摸著自己的腿。她的膝蓋不久之前受了傷，每次站起來或是走臺階時都很吃力。

「我煮了白菜和油豆腐燉菜，還有醃蘿蔔，等一下記得帶一些回去。」

「好，謝謝，太好了。」

即使我什麼都不說，房東奶奶也會送我蔬菜，所以梨花媽媽說，沒必要把沒錢的事告訴房東奶奶，但我想讓房東奶奶知道，她送的白菜和蘿蔔對我們大有幫助。

「昨天媽媽還在說，家裡只剩下八百五十圓，吃飯該怎麼辦。」我笑著。

房東奶奶說：

「幸虧妳家沒錢。」

「為什麼？」

「因為如果妳家有很多錢，什麼都可以買，就不想要這麼醜的白菜和蘿蔔了。」

「原來是這樣。」

看來沒錢也稍微有一點好處。

「對了，我帶波吉去散步。」

我聽到玄關傳來狗叫聲，站起來說。

波吉是房東奶奶家養的中型犬，自從房東奶奶的膝蓋受了傷，無法帶牠出門散步後，只要牠發現我來房東奶奶家，就會汪汪叫，要我帶牠去散步。

「啊，謝謝，真是太好了。」

「那我去散步了。」

「小心別著涼了。」

「嗯！」

我圍好房東奶奶之前送我的圍巾，和波吉一起走出房東奶奶家。

波吉的散步路線從房東奶奶家來到大馬路後，再沿著坡道往下走去河邊。我每個星期會帶牠去散步一次左右。

「牠和我一樣，已經是老人家了。」

房東奶奶口中的老人家波吉既沒有興奮，也沒有蹦跳，只是靜靜地散步。我和波吉走路的速度剛好差不多。

「哇，有好多落葉。」

河邊的路上有許多從樹上掉落的落葉。

「秋天也快結束了。」

無論我說什麼，波吉都只是低聲「汪汪」而已，但我總覺得牠聽得懂我在說什麼，所以在散步時都會和牠聊天。

「你看，太陽快下山了，現在才五點多而已。」

樹上的葉子紛紛掉落，太陽也早早就下山了，風景很肅殺，寒風刺骨，到處可以感受到即將邁入冬天的徵兆。

接下來應該會越來越冷。我坐在可以看到河流的長椅上，每次在散步中途，都會和波吉在這裡看夕陽。這是我們之間的儀式。太陽慢慢靠近的水面閃著粼粼波光。

「小幸，我們用跑的，趕快回家準備晚餐。」

「今天爸爸會早回家嗎？」

「對啊。」

「太好了。」

我聽到一對母女拎著菜，快步從我身後走過。

「媽媽抱抱。」

「還可以再走一段吧。」

「抱抱，抱抱！」

那個媽媽抱起了吵鬧的小孩，我聽到她說「喔，妳真重啊」的聲音。

為什麼在傍晚散步的人，身上都會散發出溫暖的空氣？

雖然梨花媽媽說「尤其天冷的時候，對貧窮的體會更加深刻」，但我覺得不光是這樣而已，天冷的時候，也會深刻體會到獨自被留下的孤獨。

天冷的時候，很快就天黑了，和同學一起玩的時間也變短了。美奈今天要去補習班，小奏說今天是她爸爸的生日，所以不能和我一起玩。

我的爸爸是在九月生日，今年爸爸會一個人過生日嗎？我有時候會想起爸爸的事，只要一旦想起爸爸，就會同時回想起很多事。為爸爸送行時機場的景象、我說要留在日本時，爸爸臉上的表情，還有一起去動物園的時候，入學典禮的時候，和我很小的時候，爸爸抱著我，把我高高舉起時粗壯的手臂。

一旦記憶湧現，就再也無法克制。我很希望可以回到爸爸以前在身邊的日子，我無法控制自己的情緒。因為已經回不去了，所以只能哭一下，讓自己的心情平靜下來。

帶波吉出來散步是很好的運動，而且房東奶奶很照顧我們，所以我主動提出想要幫忙，但散步最大的優點，就是可以和波吉坐在一起流淚。如果躲在家裡哭，我可能會一直走不出家門；如果我忍著不哭，早晚會出問題。但是，在遼闊的天空下，看著河流哭，就會覺得眼淚和回憶都會隨著河流而去。

我並沒有不幸。和梨花媽媽的生活很開心，但仍然會感到寂寞，仍然會很想爸爸，這種心情無法輕易消化。

當逼近水面的橘光水色更深時，波吉大聲地「汪」了一下。

「啊，我們該回家了。」

如果太晚回家，房東奶奶會擔心。

當初是我自己做出了選擇。我選擇了梨花媽媽，而不是爸爸。我相信如果和爸爸在一起，我也會感到不同的寂寞。現在唯一能做的，就是過好眼前的生活。哭過之後，好像解決了一件事，可以重新振作，告訴自己「現在不是流淚的時候」。

「好，走吧。」

當我站起來時，波吉又大聲地「汪」了一下。

14

十二月中以後，幾乎都是陰沉的日子，太陽完全沒有露過臉。明明還不到中午，我走在烏雲密布的天空下，從學校去房東奶奶家，準備把從結業典禮上領到的成績單拿給她看。

「優子，妳真聰明啊。」

房東太太看了成績單後稱讚我。

「有嗎？」

和最後一次給爸爸看的成績單相比，少了五個「優」，算數只得了「繼續努力」。

雖然班導師說，讀書是為了自己，但為我的成績感到高興的人減少，動力也會減少。

「我的成績越來越退步了。」我說。

「那只是老師隨便打圈叉而已，不必放在心上。」

房東奶奶笑著，又看向評語欄。

「我來看看老師的評語，圖書管理員的工作很認真負責，個性耿直。友愛同學……好像沒什麼新意。」

「對啊。」

我喝著房東奶奶為我泡的熱可可點了點頭。

去年之前，我還為老師寫的評語感到高興，上了五年級之後，我發現老師寫給每個人的評語內容都差不多。

老師這次寫給我的評語和彩月第一學期的評語幾乎一樣，只是把圖書管理員改成口令員而已。雖然彩月和我的個性不一樣，但班上有三十八個學生，老師的評語大同小異也是無可奈何的事。

「真希望老師可以再仔細觀察學生，如果要寫優子的評語，嗯，可以寫對鄰居很有禮貌，會幫媽媽做事，還會幫忙帶鄰居家的狗散步，個性開朗爽快，可愛……」

我聽了房東奶奶的話，忍不住漲紅了臉。

「這樣用力稱讚，會覺得好心虛。」

「但奶奶說的都是實話啊，只不過有點像溺愛小孩到失去理智的父母。」

房東奶奶一見我害羞，便忍不住笑了起來。

「失去理智的父母？」

房東奶奶是說梨花媽媽失去理智嗎？因為之前從來沒有聽過有人這麼說，所以我很驚訝。

「對，沒錯，就是覺得自己的小孩太可愛，比實際更加出色的意思。話說回來，雖然我說自己是失去理智的父母，但其實我們並沒有血緣關係。」

房東奶奶邊削蘋果邊說。

自從和爸爸分開之後，我身邊就沒有人和我有任何血緣關係。如果這算是溺愛小孩失去理智的父母，梨花媽媽失去理智的情況很嚴重。

「啊，真好吃。」

我吃著房東奶奶為我削的蘋果。有點硬的蘋果很脆，裡面像蜜一樣甜。

「冬天坐在暖爐桌裡吃水果簡直就是人間天堂。」

房東奶奶和我一起吃蘋果時說：「雖然我全身上下到處有問題，但幸好牙齒還很健康。

「對了對了，我已經決定明年要去護理之家了。」

房東奶奶好像突然想到似地說。

我不太瞭解去護理之家的意思，把嘴裡的蘋果吞下去之後問：「什麼意思？」

「護理之家就是養老院，我的腿越來越不靈活了。去年骨折之後，雖然治好了，但行動越來越不方便。」

小學時的交流會曾經去過養老院，那裡有很多老人，當時大家一起唱歌，玩一些簡單的遊戲。

「養老院不是白天去，晚上就回家嗎？」

「不，我打算住在那裡。因為那裡有醫生，也有照護的人，還會提供三餐，不是比一個人住在家裡更輕鬆嗎？」

房東奶奶開心地說。她的腿受傷之後，走路都要用拐杖，出門也很辛苦，但她很會做菜，也很健談，身體還很好。

「妳不用搬去那裡啊，阿姨有時候不是會來這裡？而且如果妳要買什麼東西，只要告訴我，我隨時都可以幫妳買。」

房東奶奶聽了我的提議後說：

「比起自己的兒女，請護理之家的人照顧更輕鬆。」

「真的嗎？」

房東奶奶看起來不像在說謊，也不像是在逞強，但住在養老院比住在自己家裡更好聽起來實在太奇怪了。

「我說的是實話，因為養老院有許多照顧老人的專家，而且有時候自家人覺得很煩的事，換成是外人，反而可以更圓滿。」

「是這樣嗎？」

為什麼外人比自己人相處更圓滿？我完全不能理解。

「所以呢，」房東奶奶「嘿喲」一聲站了起來，打開了衣櫃的抽屜。

「這個是要給妳的。」

房東奶奶又「嘿喲」一聲，花了很長時間才坐下來，遞了一個信封給我。那個信封很厚。

「這個要給妳。」

「我可以打開嗎？」

「當然可以。」

我等房東奶奶點頭之後，打開了信封，發現裡面是錢，而且是一疊一萬圓的紙鈔。

「這是什麼？」

我從來沒看過這麼多錢，驚訝地看著房東奶奶的臉。

「這是什麼？這是錢啊，是錢啊，裡面有二十萬圓。」

房東奶奶輕描淡寫地說著，但這麼大的金額讓我忍不住提高了音量。

「二十萬？」

「對啊。」

「為什麼有這麼多錢？而且為什麼要給我？」

「我希望妳拿著這筆錢，因為我要搬離這裡，所以想把家裡的東西都清理乾淨。」

房東奶奶喝著茶說。

「清理？錢不用清理啊。不，不行，我不能收下。」

我把信封闔了起來。雖然我家很缺錢，但這麼大的金額，我不能收下。

「這是我去養老院之前的請求，妳就收下吧。」

「不行，媽媽會生氣。」

「我不是給妳那個扮年輕的媽媽，妳不能告訴媽媽，這是奶奶給妳的。」

「這樣不好，絕對不行。」

無論我怎麼拒絕，房東太太都很堅持。

「要不要用是妳的自由，妳只要收下就好。」

「但是……」

「錢再多也不會礙事。」

「房東奶奶，那妳就自己留著啊。」

房東奶奶聽我這麼說，哈哈大笑起來。

「妳說得對，但這些錢已經是妳的了，在妳遇到困難時，也許對妳有幫助，在妳覺得走投無路時，也許可以幫上一點忙。妳也可以在遇到想要解決的事時動用這筆錢，反正就當作是護身符放在身邊。」

房東奶奶硬是把信封塞在我手上。

「這件事已經談完了，妳趕快把信封放進皮包。對了，關於接下來的寒假……」

房東奶奶開始和我聊下一個話題。

我在寒假時幫忙房東奶奶整理她的家。很多養老院都已經滿了，所以房東奶奶必須去住一個很遠的地方，波吉會送去房東奶奶的兒子家。

我必須堅強面對的時刻來了。看到房東奶奶家裡的東西越來越少，我不由得這麼想。

第三學期會在轉眼之間就結束。在走過冬天、迎接春天時，我將升上六年級。到時候就要大大方方走進麵包店向老闆要吐司邊，也要督促梨花媽媽要更有計畫地生活，根本沒有時間看著河面流眼淚。

新年之後，房東奶奶的兒子和媳婦就送她去養老院了，我來為房東奶奶送行。

「優子，妳要多保重。」

「房東奶奶，妳也要……」

雖然我有很多話想說，卻什麼都說不出來。

「妳不要露出這種表情。」

「但是，想到以後再也見不到妳了……」

「即使見不到了，我還活得好好的。只要我還活著，就可以為妳的幸福祈禱，也可以默默聲援妳。」

房東奶奶說著，握住了我的手。她的手很皺很乾，但很溫暖，我遲遲不願鬆開她的手。

即使不是自己的親生父母，離別仍然是一件痛苦的事。雖然我之前發誓不能再哭了，但眼淚還是不爭氣地流了下來。

房東奶奶和爸爸，外公和外婆，有越來越多人只能在回憶中相見，但是我不能一直沉浸在過去。就連年邁的房東奶奶也即將展開新的生活，我也不能整天寫信給遲遲沒有回信給我的爸爸。即使是父女，一旦分開就結束了，我要好好珍惜眼前的生活，好好珍惜目前陪伴在我身旁的人。我目送載著房東奶奶的車子遠去，默默下定了決心。

我至今仍然沒有動用房東奶奶當時給我的二十萬圓。這是不是代表我還沒有遇到真正的困難？

＊

15

「晚餐吃什麼？」

我寫完功課走進飯廳，立刻問森宮叔叔。因為飯廳內滿是大蒜的味道。

「當然是餃子啊，我加了很多大蒜和韭菜。」

正在廚房的森宮叔叔一臉得意的表情回答。

「我已經煎好了，妳端去桌上。」

「還沒到週末，竟然吃餃子……明天還要上學啊。」

森宮叔叔把裝在大盤子裡的餃子遞給我，我端去桌上。煎得又香又酥脆的餃子看起來很好吃，但味道未免太濃烈了。

「接下來幾天會連續吃餃子，趕走妳的夏天倦怠症。我今天做了五十個。」

「不會吧？而且我根本沒有倦怠症啊。」

我把三大盤餃子放在桌上，森宮叔叔合起雙手說：
「來吧，趁熱吃吧。」
光是看到滿滿三大盤的餃子，感覺就已經飽了。
「無論大蒜還是韭菜，我都加了比平時多一倍的分量，一定可以擊退倦怠症。」
森宮叔叔把一個餃子送進嘴裡說。
「吃這麼多大蒜，嘴巴應該會很臭吧……」
「有什麼關係嘛，我也多加了蔬菜，所以沒有想像中那麼膩，吃起來很輕鬆啦。」
森宮叔叔又把第二個餃子送進嘴裡，我也吃了一個餃子。雖然味道很重，但口感很清爽，的確不會覺得膩。
「的確很好吃啦。」
「對不對？」森宮叔叔聽我這麼說，用力點了點頭。
「不僅好吃，還可以增強體力，餃子簡直就是最棒的食物，只要吃了餃子，就可以打敗墨田、矢橋和矢守。」
「矢守和我沒有關係，而且她們也不是因為我倦怠而找我麻煩。」
我在說這句話時，想起白天在教室裡說了自己的身世，班上的同學都露出了帶著同情和充滿好奇的表情。雖然我覺得自己只是輕描淡寫帶過，但每次提到自己的身世，都覺得很難完整地表達。
「喂喂喂，有時間在那裡無精打采，還不如趕快吃。」

森宮叔叔看到我陷入了沉思，把餃子放進了我的盤子。餃子不大，應該可以吃好幾個。我張大了嘴，把餃子送入口中。

「雖然這並不是吃餃子增強體力就可以解決的問題。」

「但是，比起整個人懶洋洋，當然是體力充沛更有勝算。」

「體力充沛當然很好，不對，搞不好會因為大蒜味太臭，別人更加討厭我，萬一全班的同學都避開我怎麼辦？」

我嗅聞著用筷子夾起的餃子，雖然令人食指大動，但大蒜和韭菜的味道真的很刺鼻。

「如果是這樣，就可以認為大家並不是因為妳的身世或是性格避開妳，而是因為大蒜味的關係，這樣心情不是會比較輕鬆嗎？」

「才不是呢！因為臭味讓人避之不及才最慘。」

「反正千錯萬錯都是大蒜的錯，這麼一想，就覺得餃子不僅可以增強體力，還可以扛起被討厭的責任，簡直就是萬能食品。」

森宮叔叔自說自話，「啊啊，好想來點酒。我可以喝酒嗎？」他走去冰箱拿啤酒。

森宮叔叔平時很少喝酒，他經常說：「萬一妳發生什麼意外，不是要開車送妳去醫院嗎？電視劇中不是經常看到母親半夜抱著孩子跑去醫院，然後敲醫院的門說，請開門！我兒子發高燒了！」

如果真的發生了緊急狀況，可以叫救護車，而且我已經是高中生了，那種需要半夜緊急送醫的小孩，幾乎都是小嬰兒吧？即使我這麼說，森宮叔叔也堅稱「為人父母必須要有自我犧牲的心理準備才能勝任」，但每次吃餃子或是關東煮這種很適合配酒的晚餐時，他就大喝特喝。他的心理準備還真是雙重標準。

「請便，想喝多少就喝多少。」

我說。

「那我就恭敬不如從命了。」

森宮叔叔把啤酒倒進杯子。

「吃餃子果然就該配啤酒，啊，妳要不要也一起喝？」

「怎麼可能嘛。」

「對喔，只不過我一個人喝有點不好意思啊。」

森宮叔叔嘴上這麼說，但還是咕嚕咕嚕大口喝著啤酒，把餃子送進嘴裡。

看到他大快朵頤的樣子，我也大口吃起了餃子。既然已經吃了，再多吃幾個也一樣，只要等一下喝牛奶，應該就能夠消除臭味。

「不管是餃子還是春捲，這種包起來的食物，空氣感最重要。」

森宮叔叔仍然吃得津津有味地說。

我們開始吃第三盤餃子，所以已經吃了三十個？

「餃子的空氣感是怎麼回事？你喝醉了嗎？」

「怎麼可能？女兒面臨因為大蒜臭味被班上同學排斥的狀況，我怎麼可能喝醉？無論餃子還是春捲，不能把餡包得太紮實，要稍微留一點空隙，讓裡面有一點空氣，吃起來更容易入口。」

「原來是這樣。」

森宮叔叔即使沒有喝醉，也很愛聊食物的事。吃個餃子還要考慮什麼空氣感太麻煩了，雖然我覺得「又來了」，但還是點了點頭。

「內餡有空隙，煎起來才會有這種鬆脆的口感。」

「是喔，好厲害。」

餃子內餡的高麗菜和韭菜都切得很細，可以很順暢地吞下去，完全不會在嘴裡留下任何殘渣。蔬菜事先充分將水瀝乾，即使稍微冷掉之後，也不會變得軟趴趴，的確很好吃。姑且不論什麼空氣感，這絕對是用心製作出來的味道。我正想這麼說，但擔心又打開了森宮叔叔的話匣子，所以就把話吞了下去。

「因為餃子不大，所以我吃了不少。」

我夾起最後一個，早就已經把大蒜味這種事拋在腦後。

「兩個人吃五十個還真的不算少。」

森宮叔叔心滿意足地把啤酒喝完了。

「只吃餃子也可以吃這麼飽。」

「對不對？妳明天一定可以所向無敵。」

「希望如此。」

「話說回來，也不必太著急，如果明天學校的事還是沒有解決，我就再做餃子，反正我也已經買好了明天的食材。」

森宮叔叔微微笑著說。

餃子雖然好吃，但連續兩天都吃餃子太膩了。真希望明天班上的氣氛可以好轉，這麼一來明天晚餐就可以吃其他食物了。我內心祈禱著，倒了滿滿一杯牛奶。

隔天，我一走進教室，林和水野就對我說：

「我問妳，聽說超級帥？」

「什麼？」

「妳爸爸啊，聽說就像是漫畫中走出來的人。」

「昨天放學後，我們一直在討論這件事。」

為什麼突然問我這種問題？我走向自己的座位感到納悶，有點搞不清楚為什麼平時很少有機會聊天的這兩個同學會找我說話。

「聽說妳爸爸還會下廚？」

「我們還聽說他很有紳士風度，同學去妳家時，也會很貼心地招呼。」

該不會是說森宮叔叔？我很好奇她們到底從哪裡聽說的。

「我說了之前去妳家的事。」

史奈在離我有一點距離的座位上說。

「原來是這樣，但他一點也不帥啊。」

我聳了聳肩。

「真的嗎？不過真羨慕妳繼父又帥又親切。」

水野似乎發揮了太多想像空間，用陶醉的聲音說。

「我爸爸有點脫線，而且神經很大條，本尊並沒有像漫畫中那麼出色。而且他昨天做了超多餃子，吃得我胃都快撐破了。我嘴巴應該很臭，所以最好不要靠近……雖然我已經喝了很多牛奶。」

我據實以告，林笑著說：「妳說這種話也有點脫線啊，原來住在一起真的會越來越像。」

「才不像，才不像，我怎麼可能像他？」

像森宮叔叔就傷腦筋了。我拚命否認，墨田和矢橋走進教室。她們一出現，教室內的氣氛就不一樣了。

「那就先這樣……」、「改天再聊」。

林和水野前一刻還笑容滿面，向我打完招呼後就匆匆走回自己的座位。

高中生活並沒有這麼平靜，不是吃餃子就可以輕鬆解決。幸虧我睡前和早上都喝了牛奶，好像別人並沒有因為我嘴巴臭而逃走。

這一天，當矢橋和墨田不在的時候，好幾個對我的身世好奇的同學都來找我說話，也有人語帶同情地說：「沒想到妳吃了不少苦。」萌繪也主動和我說話：「竟然只有史奈見到妳爸爸，太不夠意思了，下次我也要去見妳爸爸。」吃午餐時，我仍然一個人；放學時也一個人回家，但班上的氣氛的確稍微緩和了。我的身世似乎偶爾也能夠發揮正面的效果。

16

「今天晚餐真的又要吃餃子嗎？」

看到餐桌上的大量餃子，我發出了近乎慘叫的聲音。

「對啊，我昨天不是說了嗎？還要繼續為妳加油。」

森宮叔叔俐落地整理餐桌時，一臉理所當然的表情。

「唉！連續兩天吃餃子有點吃不消欸。」

「優子，怎麼可以為連續吃餃子這種事沮喪呢？如果是這樣，妳根本無法克服任何難關。」

「好啦好啦，我會吃啦。」

只不過是吃餃子，有那麼誇張嗎？我立刻坐了下來，避免他繼續危言聳聽。

「好，那就開動了。」

「開動了……咦？今天的餡、不是餃子。」

我吃了一個餃子，忍不住偏著頭。我剛才還在想，完全沒有聞到大蒜和韭菜的味道，結果發現裡面包的是紫蘇、起司和雞胸肉。
「沒錯，我今天做了清爽版餃子。」
森宮叔叔得意地說。
「原來是這樣。啊，這是洋芋沙拉口味。」
我咬了第二個餃子，看著內餡說。
「是不是很好玩？總共有三種不同的內餡，還有一種是菠菜和蝦仁。」
「難怪今天廚房沒有臭味，但雞胸肉、蝦仁和洋芋沙拉的內餡，這算是餃子嗎？」
我接著吃了一個蝦仁餃子。富有彈性的蝦仁雖然好吃，但不像昨天的餃子那麼震撼。
「既然是用餃子皮包的，當然就是餃子啊。」
「也對，但沒有加大蒜，可以增強體力嗎？」
雖然我並不是想吃大蒜，只是感到好奇，所以這麼問。
「當然可以啊，因為看起來就是餃子。無論食物還是人，外表的重要性占了九成。」
森宮叔叔在說話的同時，把餃子送進嘴裡，但因為並不是正統的餃子，所以他今天似乎並不想喝啤酒。
「這樣啊，該不會是你今天在公司被同事說嘴巴很臭？」
蝦仁和雞胸肉的餃子也很好吃，但還是無法像正統餃子一樣刺激食慾。沒想到才第二天，森宮叔叔就放棄了正統餃子，其中一定有蹊蹺，於是我這麼問他。

「被妳發現了？」

森宮叔叔聳了聳肩。

「你煞有介事地說我需要增強體力，結果你自己這麼容易受打擊。」

我不難想像他被大家說嘴巴臭，然後不知所措的樣子，但既然已經宣布今天也要做餃子，只能用創意餃子蒙混，這種敷衍的手法太像是他的作風了。

「妳去學校時，大家沒有避著妳嗎？」

「班上的人本來就避著我啊。」

我語帶挖苦地說，沒想到森宮叔叔竟然不以為意地說：

「對喔，真羨慕本來就被討厭的人。大家不是都覺得我很聰明瀟灑，在工作上很能幹嗎？結果突然滿嘴大蒜味，大家都嚇壞了。」

呃，大家口中那個很有紳士風度、很貼心的繼父是在說他？因為有太多可以吐槽的點，我最後只說了「這樣喔」。

「餃子有沒有稍微發揮一點效果？」

「並沒有。」

我夾起蝦仁餃子放在盤子裡。洋芋沙拉餃軟趴趴，雞胸肉吃起來很不過癮，很快就膩了。創意餃子還是蝦仁口味最好吃。

「是喔，那明天只能讓活力餃子復活了。」

「這樣的話，你在公司不是又會被討厭了嗎？不是毀了你剛才說的什麼……聰明瀟灑，工作能幹的形象嗎？」

森宮叔叔聽了我說的話，一臉嚴肅的表情回答：

「那也沒辦法啊，只要對女兒有幫助，自己的好感度根本不重要。」

「我對你的好感度沒有興趣，但隔了一天又有大蒜味，別人會更討厭我。」

「問題是事態並沒有好轉，只能繼續為妳增強體力啊，還是妳有其他的方法？」

「雖然沒有其他的方法，這種事也只能等待時間解決。」

在學校發生的糾紛，無論再怎麼努力，也無法迅速解決，只能等待班上的氣氛慢慢改變。

「那就悄悄累積能量，等待時機的到來。」

「不需要悄悄努力，而且今天有幾個同學找我說話。」

「是嗎？」

「是啊。」

我點了點頭，森宮叔叔喜出望外地說：

「看吧！餃子奏效了！」

「和餃子沒有一絲一毫的關係。」

並不是因為我增強了體力，導致事態發生了變化，而是大家有點厭倦排斥我了。

萌繪已經不再生我的氣，墨田她們得知了我的身世之後，也很難再挑剔我什麼。

「我猜想再過十天，應該就可以恢復原狀了。」

「原來是這樣。」
「所以不需要再靠餃子助陣了。」
「真的嗎？如果吃了餃子，可以讓原本十天縮短成三天。」
「不用了。」
沒錯，我覺得根本不需要著急。課間休息時一個人打發時間，放學後一個人回家並不是一件多痛苦的事，我也不感到寂寞。雖然我知道這種狀況並不是好現象，但獨來獨往之後，我發現心情很平靜。之前在學校時和同學在一起，回到家時，又和沒有血緣關係的家人在一起。這次徹底形單影隻後，體會了腦袋和心靈完全放鬆的感覺，也許可以說是鬆了一口氣。正當我在想這些事時，森宮叔叔把相同形狀的餃子都放在我的盤子中說：
「洋芋沙拉餃全都給妳吃。」
「為什麼？」
「我覺得洋芋沙拉不適合做餃子，軟趴趴的，我不喜歡吃熱沙拉。」
森宮叔叔皺起了眉頭。
「我也是啊。」
「但女生不都喜歡吃洋芋沙拉嗎？拜託了。」
他也太一廂情願了。即使是父女，也沒有人會像他臉皮這麼厚，真是羨慕這種人。
「好，好，我吃、我吃。」

我已經沒有力氣反駁，喝著茶，把洋芋沙拉餃全都吃完了。

之後又吃加了無臭大蒜的餃子，週六吃了加了大量大蒜的餃子，我說吃膩了，結果森宮叔叔又用餃子皮包了蔬菜和起司。墨田在這段期間交了一個大學生男朋友，矢橋她們整天都在討論這件事，漸漸對我失去了興趣。在九月即將結束時，萌繪和史奈約我「放學一起回家」。

「對不起，沒想到事情會鬧得這麼大。」

走出校舍時，萌繪這麼對我說。

「並不是妳的錯。」

我發自內心這麼說。與同年齡的人相處，有時候即使沒有人做錯什麼事，也沒有什麼特別的理由，摩擦卻還是依然會發生。

我們三個人雖然相處時還有點尷尬，但走去車站的路上聊了很多。難得和朋友一起回家很高興。為什麼會這樣？即使只是聊一些無聊的事，和朋友在一起，就可以聊得很開心，很想和她們分享很多自己的事，也很想聽她們聊各自的情況。

我相信即使不吃餃子，事情也會以這種方式解決。世上大部分事情都會慢慢落幕，和自己採取的行動沒有什麼關係。

總之，必須擺脫餃子的糾纏了。森宮叔叔現在已經徹底忘記了原本是為了給我增強體力的初衷，只是一直在挑戰餃子皮包什麼會好吃這件事，但無論是正統的餃子還是創意餃子，我都吃膩了。

前。

隔天。

我和萌繪、史奈走到車站，然後搭公車回家。走到家門口時，發現濱坂在我家門前。

「你怎麼會在這裡？你家住在這附近？」

有幾個同校的學生和我搭同一班公車，但他們都比我更早下了車，我最後一個下車。我納悶地問，濱坂回答：

「我家就在學校附近，剛才騎腳踏車一路衝過來。」

他指著停在公寓入口旁樹叢前的腳踏車說。

「你騎得真快，竟然比我更快到我家。」

「是啊，因為可以避開車站前的塞車，而且也不需要像公車一樣一直停下來，更不必繞遠路。」

「是喔，腳踏車真厲害啊……所以你為什麼來這裡？」

「因為有事想要問妳。」濱坂說完之後，又補充說：「不是什麼重要的事。」

「這樣啊……啊，既然這樣，那裡的郵局後面有一個小公園，我記得公園裡有長椅，我們去那裡。站著說話太累了。」

雖然高中的同學不會經過這裡，但可能會被森宮叔叔撞見。如果他看到我和濱坂在一起，一定會嘻皮笑臉說一些莫名其妙的話，到時候會很麻煩，於是我這麼提議。

晚上六點的公園內靜悄悄，不見小孩子的身影。不久之前，這個時間天色還很亮，現在連陽光都躲起來了。一旦進入秋天，就會飛快地衝向冬天。

「沒有人的公園真的超安靜。」

濱坂用手撥了撥老舊的木頭長椅後坐了下來。

「是啊。」

我在他旁邊坐了下來。他找我有什麼事？不可能是向我告白，我完全猜不透。

「我聽三宅說，是因為我的原因？」

「什麼原因？」

我不知道他在說什麼，忍不住問道。

「就是那個啊，要怎麼說，就是墨田她們找妳麻煩，還有和田所吵架的事。」

「喔，喔喔，原來你是說那件事。那件事已經沒關係了。」

「沒關係？為什麼會變成這樣？」

「為什麼？」

「因為三宅說是因為我的原因，所以我很好奇。」

這件事已經解決了，所以我不太想再提，但濱坂一再拜託，希望我告訴他，於是我就把萌繪希望我為他們牽線的事告訴了他。現在說這件事時，真的覺得很無聊，搞不懂事情為什麼會變得這麼複雜。

「原來妳上次找我去美術教室是為了這件事。」

濱坂似乎恍然大悟，不停地附和著「原來是這樣」、「喔，這樣啊」。

「但萌繪現在已經有男朋友，我們也言歸於好，這件事已經結束了。」

濱坂聽到我這麼說，露出了不可思議的表情說：

「既然田所拜託妳，妳應該告訴我啊，為什麼隱瞞呢？」

咦？這種事告訴當事人比較好嗎？

「因為我想你們不會交往……而且我以為你可能會不高興。」

「雖然我不會和她交往，但有人對我有好感，我怎麼會不高興呢？」

「這樣啊，你說得對。」

聽他這麼一說，我覺得有道理。轉達朋友說喜歡他，並不是什麼不好的事。

「而且如果妳當時告訴我，就可以和田所說清楚了。」

「是啊……」

難道是我做錯了嗎？也許我自認為這樣對濱坂很失禮，卻剝奪了轉達萌繪心意的機會，也剝奪了濱坂瞭解萌繪心意的機會。

「啊，我並不是在責怪妳。因為我覺得妳之前遇到那些衰事很傷腦筋，聽到是因為我的原因，嚇了一大跳。」

濱坂看到我陷入沉思，這麼對我說。

「不是因為你啦。」

「那就好。雖然我剛才自以為是地說什麼如果妳告訴我，就可以解決問題，但搞不好反而會把事情搞得更複雜。」

「不會啦，是我把事情變複雜了。」

「嗯，因為妳這個人不夠圓滑。」

「會嗎？我覺得自己算是很八面玲瓏欸……」

濱坂聽了我的話，皺起眉頭說：

「妳在開玩笑吧？」

「我沒開玩笑，我換了好幾個爸爸、媽媽，我覺得自己精通對於各種狀況的應付。」

「哪有啊，完全沒這回事。」

濱坂哈哈大笑起來，沒有陽光的公園內靜悄悄的，也吸收了他的笑聲。

「這就奇怪了，我和每個人的關係都很好啊。」

梨花媽媽、泉之原先生，還有森宮叔叔，我和每一個爸爸、媽媽都建立了不錯的關係，這不就叫八面玲瓏嗎？

「雖然我不是很瞭解狀況，但可能妳的這幾個爸爸、媽媽都很疼妳吧。」

「嗯，那倒是。」

「所以即使妳不夠八面玲瓏，也這麼過來了，有很多父母也不錯啊。」

「是嗎？」

至今為止，從來沒有人為這件事羨慕過我。和自己有血緣關係的父母在身邊，不是最理想嗎？

「我差不多該回家了，我媽應該一邊在煮晚餐，一邊在唸我去補習班上課快遲到了。」

看到濱坂站起來，我也跟著站了起來。

「不好意思，特地把妳叫過來問這種事。」

「不，謝謝你來找我，那就明天學校見。」

「嗯，明天見。」

走出公園，濱坂騎上了腳踏車。

「妳路上小心，啊，妳家就在附近。」

「是啊，你才要路上小心。」

目送腳踏車遠去後，我快步走回家裡。森宮叔叔應該又在做餃子。我昨天對他說：「現在已經沒事了，不用再吃餃子了。」但森宮叔叔仍然不肯罷休，說什麼「還要繼續追求餃子的各種可能性」。

沒想到一踏進家門，聞到的不是餃子味，而是咖哩的香味。

「咦？今天不吃餃子了？」

森宮叔叔正在廚房炒蔬菜和絞肉。

「對，今天吃肉末咖哩。」

「為什麼？」

雖然為終於擺脫餃子鬆了一口氣，但看到已經對餃子入迷的森宮叔叔竟然開始做別的菜色，更令我感到驚訝。

「沒為什麼，我已經做好了。妳趕快去洗手、漱口、換衣服，把餐桌整理一下。」

森宮叔叔拿起平底鍋，匆匆對我說。

「好啦好啦，你不必提醒，我也全都會做。」

森宮叔叔真囉唆。我皺著眉頭走去盥洗室。

晚餐吃的是加了大量番茄、洋蔥的肉末咖哩。肉末咖哩和普通的咖哩不太一樣，爽口的辛香料味道很刺激食慾。

「肉末咖哩最大的優點就是不需要長時間燉煮，來，趕快吃吧。」

森宮叔叔一坐上餐桌，便立刻對我說。

「原來是這樣，那我就開動了。」

好久沒有吃不用餃子皮包起來的食物了，我立刻吃了起來。不需要思考裡面到底包了什麼東西，可以直接送進嘴裡簡直太棒了。

「啊，太好吃了，雖然口感很清爽，但味道很有層次。」

「是不是很好吃？番茄醬、咖哩粉、伍斯特醬、高湯和醬油，我全都加了。」

森宮叔叔也一口接一口。

「你放棄追求餃子的各種可能性了嗎？」

「是啊，妳已經這麼活力十足了，我覺得沒必要繼續吃餃子了。年輕人精力太旺盛，不知道會闖什麼禍。」

「我沒有精力太旺盛，只是心情完全沒有沉重的感覺了。」

和朋友在一起，就覺得高中生活很愉快。不知道是否因為重拾了以前的學校生活，還是因為終於吃到了餃子以外的食物，我覺得自己真的餓壞了，把肉末咖哩一口接著一口送進嘴裡。

「接下來五年都不想再吃餃子了，啊，如果妳又倦怠的話，我還會再做。」

我也吃餃子吃到膩了，雖然五年有點太誇張，但半年之內都不想再看到餃子了。

「我已經沒事了。」

我明確地對森宮叔叔說，確保接下來這一陣子都不必再吃餃子。

「我想也是，因為妳臉上的表情看起來神清氣爽。」

「是嗎？」

「雖然我猜想應該是擺脫了餃子的關係。」森宮叔叔笑著說。

「那倒不是。」我把傍晚和濱坂之間的對話告訴了他。雖然我吃膩了餃子是事實，但也很感謝他為我做餃子。

「這樣啊，看來濱坂這個年輕人很不錯嘛。」

森宮叔叔聽完我說的話，表達了自己的感想。

「嗯，是啊。」

「濱坂說得沒錯，如果當初妳把話轉達給當事人，就不會有後續這些麻煩事了。」

「是啊，我一廂情願地認為濱坂會很傷腦筋，預測他們一定合不來，但這種事其實由不得我來決定。」

我回想起濱坂說的話。這是他們兩個人的事，應該把權限交給當事人。

「是啊是啊，妳在某些方面很傲慢。」

森宮叔叔只是附和，但我忍不住大聲質問他：「你這句話是什麼意思？」從來沒有人說我傲慢。

「因為妳向來覺得自己所做的一切都很正確。」

「我才沒有這樣，而且你憑什麼這麼說我？」

我忍不住反駁。

「因為只有父母才會指出這種缺點，所以只能由我來說。」

森宮叔叔自大地說。

「我哪裡傲慢？」

「比方說，買洗衣劑的時候，我說要用洗衣膠囊，洗衣服的時候只要丟進去就好，妳說買洗衣粉比較便宜。我想買免洗米，可以省去洗米的麻煩，但妳說太貴了，堅持要買普通的米。」

森宮叔叔一臉得意地羅列我的罪狀。

「這哪是傲慢？這叫節儉。」

「家裡又不缺錢，在這些小地方奢侈一下又何妨？要多利用方便的東西，但妳認定不能浪費錢，不能偷懶，節儉是正確的行為。唉，這就是傲慢、傲慢。」

森宮叔叔一臉得意地說著「傲慢」，吃著咖哩，但是，當我賭氣地說「那就買免洗米啊」，他竟然若無其事地說：「我才不買，自己洗了再煮的米比免洗米好吃。」

「你這是故意找碴嗎？」

「我要說的是，妳認為浪費錢是一件壞事，但我認為花錢可以省很多事，這也沒什麼不好。」

「是沒錯啦。」

我並不是認為非節儉不可，而且也不至於嚴重到可以稱為傲慢，但我能夠理解森宮叔叔想要表達的意思。

在排優先順序時，朋友並不是最優先。如果不知道要以什麼最優先，就可以把正確的事放在首位，只不過我還不夠優秀，無法決定什麼才是正確。

「那下次買洗衣膠囊試試。」我對森宮叔叔說。

「太好了，我一直想試試看，只要放一顆在洗衣機裡就行了，簡直太棒了。」

幾乎每次都是我在洗衣服，但森宮叔叔說得眉飛色舞。

「那真是太好了。」

我心不在焉地聽著森宮叔叔得意的發言，繼續吃著肉末咖哩。

肉末咖哩有淡淡的辛辣味，除了洋蔥以外，還加了香菇、胡蘿蔔、菠菜、青椒和茄子等各種切得很細的蔬菜。

「森宮叔叔，其實你很喜歡下工夫啊。」

森宮叔叔聽了我的話，一臉驚訝地問：

「什麼意思？」

「我是說，這個肉末咖哩超好吃。」

「是不是很好吃？餃子重要的是空氣感，但肉末咖哩剛好相反，關鍵在於如何把食材炒紮實……」

他又開始了。不光是餃子，連肉末咖哩也有一番大道理可說。我聽著他的長篇大論，嘴裡塞滿了肉末咖哩。咖哩明明很辛辣，但洋蔥和胡蘿蔔甜甜的很好吃，森宮叔叔一定花了很多時間炒得很充分。無論心情沮喪時，還是活力充沛的時候都有人為我做飯，也許這件事比任何菜餚帶給我更大的力量。

17

十月中旬過後，秋意一下子變深了。完全感受不到一絲暑氣，即使穿冬天的衣服也覺得有點冷。

我覺得迎向一年終點的速度比去年更快。也許是因為必須面對畢業和考大學之類的事，季節比往年更快速沉入寒冷黑暗的冬天，但校內的各項活動還是照常舉行，像是第二學期最後要舉行的合唱比賽。

從中學的時候開始，大家對合唱比賽的投入程度就讓我感到不可思議。尤其是升上高年級後，每個班級每年都會為了爭奪冠軍卯足了全力。

在大庭廣眾之下唱歌很害羞，而且明明很多人上音樂課時根本不認真，但為什麼對合唱比賽就這麼投入？難道一起唱歌的暢快感覺超越了青春期的煩惱嗎？

「森宮同學，那就決定由妳負責鋼琴伴奏。」

班長田原在放學前的班會課宣布，班上響起了稀稀落落的掌聲。上了高中之後，伴奏的人幾乎都是固定的人選。合唱的伴奏很難，而且很少人會彈高中生唱的歌，所以每次都選出相同的人。

我從中學三年級後，每次合唱比賽都被指定當伴奏。那是因為上中學後，我學了三年鋼琴，雖然就學鋼琴的人而言起步算很晚，但那時候每天都練鋼琴。也許是因為這個原因，就在不知不覺中培養了實力，在開始學鋼琴的半年後，就可以輕鬆為中學的合唱伴奏了。目前家裡只有電子琴，因為習慣了輕碰鍵盤就可以發出聲音，所以到時候必須用音樂教室的鋼琴好好練習。

「放學之後，菊池老師要找所有伴奏的同學開會，妳等一下記得去音樂教室。」

班會結束之後，向井老師把樂譜交給我。

我們二班這次要唱〈一天的早晨〉。去年也有三年級的班級唱這首歌，所以我曾經聽過。歌曲從一開始的悠揚漸漸變得有力，是一首很適合合唱的壯麗歌曲。

啊，真想趕快彈看看。看到樂譜，腦海中就響起了歌曲的旋律，興奮地很想彈奏這些音符。

「妳沒問題嗎？離考大學的日子不多了，我想生活應該變得很忙碌。」

「沒問題，我會努力。」

合唱比賽在十一月二十日舉行，有一個月的時間。有這麼長時間，我應該能夠彈好。

「是嗎？但要記得不要影響課業。」

向井老師叮嚀我。

放學後，三年級各班的伴奏者都集中在音樂教室。在合唱比賽之前，教音樂的菊池老師會多次指導。在初期階段，合唱的同學也主要以聲部練習為主，不需要鋼琴伴奏，所以可以分別練習。

一班的久保田、四班的多田和六班的河合都是女生，三班的島西是男生，雖然大家都換了班級，但聚集在音樂教室的都是和去年一樣的老面孔。

「我聽說五班這次由早瀨負責伴奏，他還沒來嗎？」

菊池老師問我們。

早瀨。我從來沒有聽過這個名字。去年有一個姓宮古的女生，難道今年換了人嗎？

等了幾分鐘，早瀨仍然沒有出現，菊池老師等得不耐煩了，對我們說：

「奇怪了，有誰願意去叫他？」

「我想他應該已經回去了。」

三班的島西小聲地說。

「咦？沒有人通知他嗎？」

「不，他應該去上鋼琴課了。」

「喔喔，他以才藝班為優先，算了，沒關係，反正今天只是說明而已。」

菊池老師很乾脆地說完，把影印的排練單發給我們。在合唱比賽之前、放學後要來練習鋼琴。在下一次全體練習後，兩人一組練習，每隔三、四天，我的名字就出現在排練單上。

「三天後，所有人要再次集合，請大家好好練習，盡可能做到能夠彈奏出各自的曲子。」

菊池老師說完之後就讓大家解散了。

「喂！」

身旁突然響起一個聲音，我抬起頭，看到森宮叔叔站在那裡。

「哇！嚇了我一大跳。」

我回到家之後，就一直在自己的房間練琴，聽到聲音，慌忙把耳機拿了下來。

「我已經叫了妳三百次，晚餐做好了，而且也已經冷掉了。」

森宮叔叔皺著眉頭說。

「對不起，對不起。」

我覺得他說話太誇張，但一看時間，竟然快八點了。我一直在彈鋼琴，完全沒有發現森宮叔叔已經回家，也沒有發現他已經做好了晚餐。

「又是惡夢般的合唱比賽季節。」

當我們在餐桌坐下後，森宮叔叔說。

「唉呀唉呀，別這麼說嘛。啊，看起來好好吃。」

今天的晚餐是蕈菇飯、鋁箔紙蒸烤鮭魚和味噌湯。很多的秋季食材，全都香氣十足。我用力吸了一口氣，合起雙手說：「開動了。」

「合唱比賽會持續到什麼時候？在結束之前，妳整天都會躲在自己房間，敲門也不應聲，真希望可以趕快結束。」

森宮叔叔把蔥花放在蕈菇飯上時說。

「合唱比賽在十一月二十日舉行，只練習一個月而已。」

「哇，這麼久，這種黑暗的日子竟然要持續三十天。啊，優子，妳也加點蔥花啊。」

「喔，好啊。你不要這麼說嘛，你以前讀高中的時候，合唱比賽時不是也很開心嗎？」

我接過裝蔥花的碟子說。森宮叔叔無論吃什麼都喜歡加點佐料，所以我們家總是備了很多蔥花。

「合唱比賽嗎？三年級的合唱比賽，大家應該都只是應付一下而已，因為快考大學了。」

「真的嗎？大家應該都很賣力演出，只是你沒發現而已。」

森宮叔叔這個人，應該從高中時就和周圍的人格格不入。他聽了我的回答，若無其事地說：

「那也無所謂，反正我不喜歡唱歌。」

「真可憐啊……」

「喂，妳不要真的露出同情的眼神看我。」

森宮叔叔皺著眉頭說完，繼續把蔥花放在蕈菇飯上。

蕈菇飯裡放了蕈菇、羊栖菜和豆皮，所有食材都很入味，米粒也吸收了蕈菇的香氣，蔥花新鮮清脆的口感成為出色的點綴。我在飯上加了滿滿的蔥花。

「有了蔥花，不管幾碗飯都吃得下。好，那我就趕快吃完，趁睡覺前再去練習一下鋼琴。」

合唱比賽即將來臨，可以去音樂教室彈平臺鋼琴，最後還要和全班合音。光是想像這些事，就忍不住感到興奮。

我興奮地大口吃著飯，森宮叔叔重重地嘆著氣：「真受不了。」

早瀨也加入了三天後的伴奏練習，六個人都到齊了。

之前聽久保田說，早瀨很早就開始學鋼琴，而且以考音樂大學為目標，所以我想像他應該是瘦瘦高高、滿腦子只有鋼琴的人，沒想到本人身高體壯，手和腳都很大，個性活潑，感覺像是籃球或游泳高手。因為宮古的手指骨折，所以這是他第一次擔任合唱的伴奏。我注視著早瀨的手指，不知道他粗大結實的手指會彈出怎樣的音樂。

「今天老師想瞭解你們彈鋼琴的感覺，所以可以盡情發揮，即使彈錯也沒關係。同時，聽其他同學彈琴也是一種學習。一班的久保田同學，那就從妳開始。」

久保田被老師點到名後，坐在鋼琴前。

一班的合唱曲目是〈彩虹〉。久保田纖細的手指彈奏出輕盈細膩的旋律。從小學一年級就開始學鋼琴的久保田果然是高手，只練習了三天，就可以彈出完美的樂曲，沒有彈錯任何一個音。

「雖然不夠有力，但彈得很好。那就下一位，森宮同學。」

聽完久保田的演奏，我正在鼓掌，被菊池老師點到了名。雖然我可以完成整首曲子，但在久保田後面彈，一聽就會知道我技不如人。也許是因為內心有這種自卑，我鞠了躬之後才開始彈奏。

電子琴和鋼琴的琴鍵完全不同，如果用平時彈電子琴的方式彈琴，手指會在琴鍵上打滑。〈一天的早晨〉有很多轉調，整首歌的曲調多變，我一心只顧著按對琴鍵，無暇顧及情感的轉換。最嚴重的問題是我已經習慣輕輕碰觸電子琴，無法用力按下琴鍵，有好幾個音都彈得太輕了。

在我彈完之後，菊池老師對我說：「沒關係，今天才第三天。」剛才久保田彈完時，老師說她「彈得很好」，可見我彈得完全不行。我要努力練習。我又鞠躬說了聲「對不起」。

在我後面彈的島西已經記住了樂譜，正確無誤地彈出了整首樂曲，而且有強弱緩急，完全掌握了整首樂曲。四班要挑戰福音歌，所以多田為節奏問題陷入了苦戰，但由於她的鋼琴基礎很紮實，所以讓聽的人也感到安心。啊，大家都彈得好棒。正當我感到佩服時，聽到老師說「下一個，早瀨同學」。他到底會彈出怎樣的鋼琴？我豎耳等待，早瀨沒有帶樂譜就直接坐在鋼琴前，椅子似乎太高了，他駝著背突然彈了起來。

五班的合唱歌曲是〈大地讚頌〉。

在早瀨彈第一個音時，我覺得音樂教室的空氣頓時變得不一樣了。早瀨悠然地敲著琴鍵，每一個音都很出色，即使是輕微的音，也響徹整個房間。他又粗又長的手指每次按下琴鍵，就會彈奏出滋潤的音色。我從他彈的第一小節開始，就徹底被他的演奏吸引。

明明是鋼琴獨奏，但沉穩飽滿的音色宛如在聽管弦樂團演奏，又像是在聽合唱。音色直接滲入人心，令人震撼，太優美動聽了，整個人好像沉浸在樂聲中。我以前從來沒有聽過這麼優美的鋼琴。

「哇，好厲害！太厲害了。」

我陷入了好像在音樂廳聽演奏的錯覺，當早瀨演奏結束時，忍不住鼓掌，對坐在我旁邊的久保田表達了感想。

之後是六班的河合彈奏，但我已經聽不到任何聲音，我的耳朵裡只剩下早瀨的琴聲。

「從明天開始，兩人一組在這裡練習，請各位同學根據排練表單上的時間來這裡。如果那天剛好有事，可以相互調整。各位同學一定可以彈得更好，加油！」

菊池老師最後這麼對我們說。

一定可以彈得更好。早瀨已經彈得這麼好了，還有進步的空間嗎？我無論如何都想再聽到他彈得更棒的樂曲。

「早瀨的鋼琴也彈得太好了。」

從學校走去車站的路上，我對身旁的久保田說。

「對啊。」

「原來有很多人彈得很棒，只是我不知道而已。」

雖然還不到五點，但夕陽已經靜靜籠罩十一月的天空，沒有陽光溫度的空氣瀰漫四周，我把變冷的手放進了口袋。

「早瀨之前只想自己練琴，所以沒有參加合唱比賽的伴奏，今年因為宮古手指骨折了，他才勉強答應。」

久保田說。

「原來是這樣。」

「在中學二年級之前，我和他在同一個音樂教室上課，但他中途彈得比老師更好了，結果就沒有繼續在那裡上課了，現在都搭一個小時電車，去其他教室上課。」

「是喔，好厲害。」

「妳才厲害啊。」

「我哪有厲害？」

我聽了久保田的話，忍不住偏頭納悶。

「妳不是沒有學鋼琴嗎？而且家裡只有電子琴，竟然還可以伴奏，我覺得妳比早瀨更厲害。」

「我在中學時學過，在拿到樂譜之後，就一直用電子琴練習，已經練到連我爸爸都快要跟我翻臉了。」

久保田聽到我這麼說，搖晃著一頭漂亮的長髮笑著說：「妳在練習，妳爸爸竟然和妳翻臉，妳爸爸也太有趣了。」

森宮叔叔昨天也氣鼓鼓地說：「唉，吵死了，我耳朵都快出問題了。」我都戴著耳機練習，他根本聽不到，根本是在找碴。他似乎對我草草做完其他事想要專心練琴感到很不滿。今天回家，就難得由我來做晚餐吧。

「我要去超市買東西再回家。」我在車站前向久保田揮手道別。

我為什麼會彈鋼琴？不光是久保田，所有同學都感到很納悶。難道是因為大家都覺得只有家境富裕的同學才會學鋼琴嗎？我換了好幾次父母，有一段時間，每逢月底就必須去向麵包店要吐司邊，鋼琴對我來說，或許真的是遙不可及的樂器。

但是，我在中學一年級到三年級期間，的確過著每天與鋼琴為伍的生活。

18

上了小學六年級後，有好幾個同學都在學鋼琴。小奏的爸媽為她請了鋼琴家教來家裡上課，美奈說她開始去山葉音樂教室學琴。我曾經在美奈家聽過她們兩人彈鋼琴，優美的音色和口風琴完全不同，可以彈出從高音到低音的各種音符，只要動動手指，就可以彈奏出各種不同的音樂。我忍不住也想彈鋼琴。

「我好想學鋼琴。」

雖然我知道鋼琴很貴，但並沒有想太多，在和梨花媽媽一起吃晚餐時隨口說了這句話。那時候才八月初，也許是因為吃著漢堡排和湯的豐盛晚餐，所以忍不住說大話。

「鋼琴？」

梨花媽媽停下準備舀湯的湯匙問我。

「嗯，美奈和小奏都在學鋼琴，我聽她們彈鋼琴時覺得很棒，所以也有點想學。」

「是喔，原來妳想學鋼琴……」

梨花媽媽想了一下說：

「但住在這裡沒辦法學鋼琴。」

「為什麼？」

「因為鋼琴很重，而且這裡也放不下鋼琴，再加上練琴的聲音很吵，要住在有隔音設備的大廈公寓或是獨棟的房子才行。」

「這樣啊。」

原來並不是只要買鋼琴這麼簡單，既然必須搬家才能買鋼琴，那就只能放棄了。當我得知學鋼琴的門檻比我想像中更高之後，就把這件事拋在腦後。

沒想到一個月後，梨花媽媽對我說：

「妳學鋼琴的事，我會想辦法。」

「想什麼辦法？」我驚訝地問。

「我會讓妳有辦法學鋼琴。」

梨花媽媽語氣堅定地對我說，聽起來不像在開玩笑。

「不是要搬家才行嗎？而且鋼琴也很貴……」

「雖然在我們這種租金便宜的公寓也可以學電子琴，但既然要學，就學真正的鋼琴，我絕對會讓妳有辦法彈鋼琴。」

「沒關係啦。」

我覺得一定需要克服很大的困難，既然這樣，我並不是非學鋼琴不可。

「妳不必客氣，妳不是想彈鋼琴嗎？」

「沒關係，反正我有口風琴。」

「喂，哪有人說口風琴可以代替鋼琴的，雖然需要花一點時間，但這件事包在我身上。」

梨花媽媽不顧我說不需要，向我拍胸脯保證。

鋼琴和可以彈鋼琴的房子都不是可以輕易買到的東西，梨花媽媽到底有什麼打算？我們的生活拮据，只能勉強餬口，我想不到有什麼方法可以解決這個問題。

但是，那天之後，梨花媽媽不時對我說「鋼琴的事快搞定了」、「馬上就有鋼琴了」。

半年之後，小學畢業典禮那一天，在晚餐後吃蛋糕時，梨花媽媽對我說：

「恭喜妳畢業了，雖然有點晚了，但我要送妳鋼琴做為畢業的禮物。」

「鋼琴？」

我看了周圍，根本沒有鋼琴。我很納悶，不知道梨花媽媽在說什麼，她笑著說：

「當然不在這裡，我要同時送妳可以彈鋼琴的大房子當禮物。」

「房子？我們要搬家嗎？」

「對，但在距離這裡不到十分鐘的地方，在妳就讀的中學學區內，所以不必擔心。」

我們要搬家？而且還有鋼琴？這到底是怎麼回事？我有點搞不清楚狀況，梨花媽媽得意洋洋地說：

「所以明天要搬家。」

隔天一大早，就有四個搬家工人來家裡。上次搬家時，梨花媽媽找了她三個男性朋友來幫忙，這次真的大手筆。

搬家工人中有一個女生，小心翼翼地幫忙把餐具和衣物裝進箱子。這些搬家工人動作都很俐落，我只能在旁邊不知所措地看著他們。

我什麼都沒做，狹小的公寓內就搬空了，搬家的貨車離開後，來了一輛計程車。梨花媽媽說，我們要搭計程車去新家。

突如其來的搬家。有很多搬家工人來幫忙，而且我們搭計程車去新家。一切發生得太突然，我根本忘了鋼琴的事。因為可以和小學的同學繼續讀同一所中學，所以搬家這件事並沒有讓我感到難過。在老舊的公寓住了兩年，雖然早就適應了這裡的生活，但房東奶奶已經搬走了，我對這裡並沒有留戀。只不過沒想到我們竟然可以搬家，難道梨花媽媽偷偷存了錢嗎？我從來不覺得她在存錢，我很納悶這一切到底是怎麼一回事，但我知道她這個人大膽不羈，異想天開，發生這種事也許不必太意外。我帶著滿腹疑問坐上了計程車。

計程車往高地的方向開了十分鐘左右，那裡是大家口中鬧中取靜的住宅區，梨花媽媽租了這一帶的公寓嗎？雖然搬新家讓人高興，但我不希望因此壓縮我們日常的飲食和生活費用，沒想到計程車停在即便位於一片大房子中、也顯得格外有分量且風格獨特的一幢房子前。

「優子，我們到了，趕快下車。」

「下車？在這裡？」

「沒錯，就是這裡。妳在上中學之前，同時得到了這棟房子、鋼琴，還有新爸爸。」

當我下車後，梨花媽媽在我耳邊小聲說道。

房子、鋼琴……什麼？爸爸？這是怎麼回事？有新爸爸是怎麼回事？

我的腦筋一片混亂，梨花媽媽毫不猶豫地走進房子。我擔心被丟下之後會找不到她，所以就跟著她走了進去。

車庫內停了兩輛大車子，庭院很大，鋪著碎石子，種了很漂亮的樹。房子用圍牆圍了起來，一走進大門，就無法看到外面。我以後要住在這裡嗎？我完全無法理解，不停地東張西望。穿越庭院，打開玄關的門，一名看起來很有氣質的阿姨出來迎接我們，然後帶我們走進客廳。我們之前住的公寓所有房間加起來都沒有這裡的客廳大，雖然布置很簡單，但就連我也知道，無論燈具、窗簾、觀葉植物還是掛畫都很高級。

「優子，歡迎妳。」

坐在客廳大皮革沙發上的叔叔一看到我，就站起來對我說。他一頭花白的頭髮，戴了一副銀框眼鏡。方臉、肩膀很寬，身體很壯，穿了一件米色開襟衫，看起來大約五十多歲，但當時的我覺得他很老。

我知道這個人將成為我的爸爸，但還是無法理解是怎麼回事，也不知道為什麼會變成這樣。

我充滿不安地看著梨花媽媽。

「這位是泉之原茂雄先生，我們上個星期去註冊結婚了，也就是說，他現在是妳的爸爸。」梨花媽媽簡單地向我說明後，重重地坐在沙發上，「啊，搬家真累人。」

「優子，妳也坐吧，我請人泡紅茶給妳們喝。」

泉之原先生示意我坐下，我靜靜地坐在梨花媽媽身旁。深棕色的沙發又大又柔軟，坐在沙發上時，整個人都陷了下去，好像被什麼吞噬了。

不一會兒，剛才帶我們入內的阿姨端了紅茶進來。豪華的茶杯是花卉圖案，盤子裡放著餅乾。

那個阿姨把紅茶放在我們面前時，泉之原先生向我們介紹。

「這位是吉見太太，負責打掃和做飯等所有的事，吉見太太很親切，優子，妳有任何事都可以請她幫忙。」

吉見太太是管家嗎？但她看起來不像是以前看的童話故事中出現的管家，就是很普通的阿姨，瘦瘦的，看起來乾淨俐落。我這個中學生怎麼可以吩咐比泉之原先生更年長的阿姨做家事？

梨花媽媽喝著紅茶，說著我們搬家的事，還說我讀的中學從這裡走路差不多十五分鐘。泉之原先生只是靜靜地附和。我很想趕快知道到底是怎麼回事，到底發生了什麼狀況，但我覺得不可以在這裡發問，只能等待和梨花媽媽單獨相處的時候。

聊完天之後，泉之原先生帶我們參觀了家裡。二樓是泉之原先生的臥室，和放了很多書的空間，然後他帶我到一樓最深處的房間說：「這裡是妳的房間。」房間內已經放了書桌和床，窗前掛了印有粉紅色小花的窗簾。

「希望妳會喜歡。」

泉之原先生說。

我還無法接受自己會住在這個家裡，以及這個叔叔是我爸爸這件事，但他已經為我準備了房間。很多事都接連決定了下來，我甚至不知道該高興還是拒絕。

一樓客廳旁是廚房和飯廳，隔著走廊是一間和室，旁邊的房間有一道沉重的門。

「鋼琴就放在這個房間。」

泉之原先生在說話時，打開了門。

「因為這個房間做了隔音，妳可以在這裡自由彈琴，任何時間都沒問題。」

酒紅色的平臺鋼琴放在房間正中央，鋼琴充滿威嚴，散發出漂亮的光澤，具備了讓我暫時忘記各種不安和疑問的力量。

「哇噢……」

我忍不住讚嘆起來。

「妳要不要彈看看？」

泉之原先生為我打開了琴蓋。

「但我什麼都不會彈。」

雖然我這麼說，但還是輕輕碰了琴鍵。和口風琴不一樣，重重的琴鍵沉到底之後，發出了清脆的聲音。我的指尖敲出的鋼琴聲比想像中更悅耳。

「欸欸欸，這是怎麼回事？怎麼回事？怎麼回事？」

參觀完整棟房子，當我和梨花媽媽一起走進為我準備的房間時，我立刻問她。

「哈哈哈，有沒有嚇一跳？」

梨花媽媽坐在床上，露出調皮的笑容。

「已經不只是嚇一跳而已，而是根本不知道發生了什麼事。」

我無論如何都不覺得這裡是自己的房間，所以坐在角落回答。

「現在妳就可以每天彈鋼琴了。」

「鋼琴？」

「對啊，妳不是想彈鋼琴嗎？」

梨花媽媽滿不在乎地說。難道她不知道我們的生活發生了和鋼琴無法相比的巨大變化嗎？

「我問的不是鋼琴，而是那個泉之原先生是誰？結婚是怎麼回事？我們為什麼會住在這裡？」

我接連問了好幾個問題。沒想到小學剛畢業，就發生了好像洶湧波濤般的巨大變化，我當然不可能平靜。

「妳不要一下子問這麼多問題，嗯，泉之原先生是我保險公司的客戶，開了一家規模不大的房屋仲介公司，他剛好說到家裡有鋼琴……因為他很穩重親切，所以我覺得還不錯，就和他結婚了。雖然沒有舉辦婚禮，但我們上個星期已經註冊了。」

梨花媽媽說得輕描淡寫，好像在談論電視上的連續劇。

「結婚？妳和泉之原先生之前是情人嗎？」

泉之原先生比我原本以為的更年輕，才四十九歲，但還是比剛滿三十二歲的梨花媽媽大很多歲，無論怎麼看，他們都不像是夫妻。

「嗯，如果要說是情人，也算是情人吧，但這個世界上也有所謂的相親，並不是只有情人才會結婚。」

「所以妳喜歡他嗎？」

我也知道有人是相親結婚，但在昨天之前，我完全不覺得梨花媽媽在和誰交往，沒想到現在已經結婚了，而且是和那個叔叔結婚，我完全無法理解。

「也不能說喜歡，但他不是壞人。」

聽了梨花媽媽的話，我無法不問：「因為他不是壞人，所以就結婚嗎？」

「妳到底是怎麼回事？因為他是好人，所以和他結婚也沒問題啊。妳可不可以不要這樣吵吵鬧鬧？這還不都是因為想要送鋼琴給妳嗎？」

梨花媽媽氣鼓鼓地說。

「鋼琴？」

「對啊，鋼琴，妳不是想要鋼琴嗎？」

我的確想要鋼琴，但為了鋼琴，需要付出這麼大的代價嗎？為了鋼琴，不惜改變生活，不惜有一個新爸爸嗎？

「雖然我說過想要鋼琴……但是，不至於為了鋼琴結婚啊。」

「結婚並不是什麼了不起的事，不管買衣服、買皮包給妳，妳都不覺得高興，難得妳主動說想要鋼琴，我當然無論如何都要滿足妳啊。」

梨花媽媽說完，露出心滿意足的微笑說：

「不要再說這些無聊的話了，總而言之，我希望讓妳早日可以彈鋼琴，妳明天就可以盡情地彈鋼琴，也要彈給我聽喔。」

梨花媽媽花了半年時間，和我建立了良好的關係之後才成為我的媽媽，這次是完全沒見過面的人一下子變成了我的爸爸，要我怎麼接受？我要如何接受這麼巨大的變化？

但是，我還是小孩子，就像我無法如願和爸爸一起住在日本一樣，也只能接受眼前所發生的事，只能聽從大人的決定。小孩子就只能這樣。我覺得自己藉由這件事瞭解到這一點。

這就是所謂的巨變。

搬去泉之原先生家的隔天，我的生活就完全變了樣。以前早餐只會烤片吐司填飽肚子而已，現在一家三口坐在餐桌，吃吉見太太煮的白飯、味噌湯、烤魚和燙青菜這些營養均衡的食物當早餐。以前還要忙著把洗好的衣服晾晒，現在吉見太太包辦了所有的家事，完全不必自己動手。

梨花媽媽辭了工作，整天無所事事，我也完全不用幫忙。房間隨時都打掃得很乾淨，洗乾淨的衣服放在床上，三餐都端到面前。吉見太太在洗好我們晚餐的碗盤後，才回去自己家裡。

我覺得這樣太麻煩吉見太太了，有時候吃完飯時，把自己碗筷端去廚房，或是想要幫忙擦桌子，吉見太太每次都委婉地對我說：「這是我的工作，妳坐著就好。」

兩個星期後，我終於發現自己想幫忙反而會妨礙吉見太太，所以就決定坐著不動，但內心還是覺得「習慣這種生活就完蛋了」。

因為和之前的生活簡直有天壤之別，所以每天的生活都有點不知所措。這裡的生活很優渥，但缺乏之前和梨花媽媽兩個人生活時的自由。雖然沒有人管東管西，卻不知道為什麼會覺得受困，幸好鋼琴可以消除這種不知所措和綁手綁腳的感覺。

我來這裡的隔天，泉之原先生就為我請了鋼琴老師來家裡教我。每個星期上兩次課，所以如果不每天練習，就跟不上進度。梨花媽媽為了讓我學鋼琴，不惜改變了自己的生活，所以我必須努力學好。當我專心面對鋼琴時，也就暫時把難以釋懷的感覺拋在腦後。

梨花媽媽說得沒錯，我很快就發現泉之原先生是個好人。他只是有時候問我：「適應這裡的生活了嗎？」不會擺出一副是我爸爸的態度，也很寬容地接受我叫他「叔叔」。

雖然我們每天一起吃早餐，但他工作很忙，晚上都在我睡覺之後才回家，星期六、日也經常不在家。也許是因為相處的時間很少的關係，即使過了一段時間，我和他之間的關係也沒有太大的變化。

這個成為我新爸爸的人個性溫和親切，生活富足，不必為三餐發愁，而且也可以彈鋼琴。雖然我對突然冒出來的爸爸和居住環境改變感到有點排斥，但並沒有到不滿的狀態。我這麼說服自己，不久之後，覺得就像是住在親戚家，雖然無法完全適應，但這就是我的生活。無論身體和腦袋都習慣了這樣的生活。

新生活已經滿三個月，在即將邁入夏季的某一天，我半夜醒來，想去廚房喝水，於是去了一樓，看到鋼琴的房間內透出了燈光。我以為自己忘了關燈，走到琴房前，從微微敞開的門縫中聽到了鋼琴聲。

怎麼回事？我打開房門，發現泉之原先生在裡面，正打開鋼琴的頂蓋，向裡面張望。

「叔叔，你在幹什麼？」

「喔喔。」泉之原先生聽到我的聲音，發出了驚叫聲，有點窘迫地看著我。

「沒幹什麼……我在調音。」

「調音？」

「對，稍微調一下。」

鋼琴的頂蓋都打開了，可以看到裡面。

「你會自己調音，太厲害了。」

我一直以為必須找專門的調音師來調音，所以發自內心佩服他。

「沒有沒有，我只是外行，跟著依樣畫葫蘆而已。我喜歡做修理東西之類的瑣事……這架鋼琴是我前妻小時候開始彈的舊鋼琴，我擔心有時候音會跑掉。」

明明是泉之原先生的鋼琴，但他就像是被發現在做什麼壞事，匆匆收拾了工具。

「叔叔，你也會彈鋼琴嗎？」

「不，完全不會。我前妻去世之後，就一直沒有人彈，所以這架鋼琴也很高興終於有人彈它了。」

我聽梨花媽媽說，泉之原先生的太太很早之前就因病離世，但這是我第一次聽到他提起太太的事，不知道該怎麼回答。

「啊，對不起，妳知道這是已經去世的人使用過的鋼琴，心裡應該會不舒服吧？」

泉之原先生向我鞠躬說道。

「沒這回事，我只是覺得我可以彈這麼珍貴的鋼琴嗎？」

「當然可以，很謝謝妳願意彈這臺鋼琴。」

「那就好，但是，你聽到鋼琴的聲音，會不會想起以前的太太感到難過呢？」

「嗯，已經是十多年前的事了。」

泉之原先生用平靜的語氣回答。

我的媽媽在十年前死了，我甚至沒有對媽媽的記憶，所以也無法回憶，但至今仍然為無法見到親生母親的這個事實感到痛苦。

「過了十年，就會忘記嗎？」

「不，不會忘記，沒有比自己的親人死去更悲傷的事了，但是，隨著時間的流逝，也會像這樣展開新的生活。這麼一想，該怎麼說，就可以活下去……好，今天就到此為止。」

泉之原先生在說話時，蓋上了鋼琴的頂蓋。

不知道叔叔的太太是怎樣的人？不知道對我搬來這裡有什麼想法？雖然我還想和叔叔多聊一聊，但是，泉之原先生說：

「啊，時間不早了，要趕快去睡覺，明天不是還要上學嗎？」既然他這麼說了，我也就不便多問，走出了琴房。

梨花媽媽來到這裡第一個月時說「簡直就像天堂」，但過了三個月之後，經常說「我無法呼吸」、「太拘束了」。

「啊，我無聊得快死了。」

九月中旬的星期天下午，梨花媽媽坐在客廳的沙發上吃餅乾時說。

「有人因為無聊而死掉的嗎？」

我喝了一口吉見太太為我倒的冰紅茶說。

「這麼無聊的話，應該有可能吧？我每天都這樣坐在這裡喝紅茶，妳還可以去學校，真羨慕妳。」

梨花媽媽皺著眉頭。

「那妳可以培養興趣愛好，也可以去學才藝。」

「我覺得不是這樣，」梨花媽媽突然壓低聲音，小聲地對我說：「我們要不要逃走？」

「什麼意思？妳要離開泉之原先生嗎？」

「嗯，這也不錯。」

「那鋼琴怎麼辦？妳之前不是一心想要讓我彈鋼琴嗎？」

「泉之原先生那麼有錢，即使我離開他，他應該也會給我買鋼琴的錢。」

「根本是異想天開。」

梨花媽媽有時候會胡言亂語，我對她皺起眉頭。

「優子，妳並不喜歡泉之原先生吧？即使離開他，也不會覺得難過。」

梨花媽媽盤腿坐在沙發上，她總是說「這個軟綿綿的沙發很難坐」，坐了五分鐘之後就會盤起腿。

「既不喜歡，也不討厭，但我覺得他是好人。」

我對這個突然冒出來的爸爸的感情，很難用喜歡和討厭來區分，只知道他並不是壞人。就像梨花媽媽之前說的，這就是我對泉之原先生所有的看法。

「是啊，但一直住在這裡會完蛋。」

「既然這樣，那就尋找讓自己不會完蛋的方法啊。」

雖然我知道梨花媽媽做不到，但還是這麼提議。

「優子，妳真會教訓人，是因為這種生活的關係嗎？我們離開這裡，重新過只有我們兩個人的生活，這樣一定更開心。嗯，就這麼辦。」

梨花媽媽似乎覺得自己想到了好辦法，拍了一下手。

「不要。」

「為什麼？妳不想再過窮日子嗎？」

「窮日子倒是沒關係，但我喜歡這裡的鋼琴。嗯，我想在這裡彈鋼琴。」

梨花媽媽聽我這麼說，氣鼓鼓地嘆著氣說：「哪裡的鋼琴還不都一樣。」

那天的晚餐時段。

梨花媽媽在炸竹筴魚上加了醬汁。

「啊，這個炸魚可以直接吃。」

吉見太太提醒她。

梨花媽媽好像沒有聽到吉見太太的話，淋了大量醬汁後，小聲地說：「真的不行。」

隔天，當我從學校放學回家後，梨花媽媽不見了。

我很驚訝，沒想到她真的走了，而且也很不安，不知道接下來該怎麼辦，但又覺得內心似乎做好了會發生這種事的心理準備。梨花媽媽想到什麼就會馬上付諸行動，不可能心有不滿，仍然繼續過這種日子。這裡的生活一定讓她感受到不同於每到月底都必須為三餐苦惱的壓力。而且她答應我的親生爸爸會撫養我，等過一陣子氣消了，應該就會回來這裡。我相信她會回來。

「優子，真對不起。」

梨花媽媽離開的隔天早晨，泉之原先生靜靜地向我道歉。

「如果有什麼困難，或是想要我幫忙的事，妳儘管開口。」

「我沒事。」

我小聲回答。

「那妳會繼續住在這裡嗎？」

泉之原先生露出擔憂的眼神看著我，我只能點頭。

梨花媽媽從離開的隔天開始，每天都會在傍晚上門。

她好幾次都對我說「我們一起離開」、「沒有妳怎麼行」，我對她說：「那妳可以回來啊。」她又一臉愁容地說：「我沒辦法。」雖然她說要離開，但幾乎每天都會回來，只是早上和晚上不在家，傍晚時就會出現，和我一起聊天。我並不覺得寂寞，也不覺得生活有太大的改變。

梨花媽媽離開之後，泉之原先生變得比以前更早回家，假日的時候也經常在家。但和我之前的接觸並沒有增加，我們既沒有聊天，他也沒有邀我一起出門。

梨花媽媽努力提供給我想要的東西，也用態度和言語表達她很珍惜我，但她的愛越強烈，就越讓我感到這種愛其實很脆弱。

這個家裡有人在隔壁房間豎起耳朵聽我彈奏最佳狀態的鋼琴。

我覺得這是當時唯一讓我能夠保持平靜的事。

19

合唱比賽的伴奏兩個人一組練習，但我和早瀨並沒有被安排在一起。我無法克制想要再聽他彈琴的慾望，就向多田提出，想和她交換日期，她說「和早瀨一起練習，馬上就被比下去，心裡超不爽」，二話不說答應了。

那是在老師聽了所有人演奏的兩天後，當我抵達音樂教室時，發現早瀨已經到了。他既沒有練習，也沒有在看樂譜，而是看著牆上那些作曲家的肖像畫。

「你好。」

我走進音樂教室，早瀨「喔喔」了一聲，看了我一眼，又立刻繼續看肖像畫。

要什麼時候開始練習鋼琴？你平時都怎樣練習？你喜歡哪一首樂曲？我腦海中浮

現許多想問他的問題，但他神情嚴肅地看著肖像畫，所以我一句話也問不出口。

「嗯，好像只有羅西尼。」

早瀨看完所有的肖像後說。

「什麼？」

羅西尼。音樂課上曾經教過，他是著名的歌劇作曲家。這個人怎麼了？

「妳看，這些肖像畫，每個人的表情都很可怕。貝多芬好像很不高興，巴哈和韓德爾故意裝出一副很有威嚴的樣子，大家都擺出一張臭臉。」

「嗯，好像是。」

我偏著頭，不知道他想要說什麼。

「但是妳看，這幾張肖像畫，只有羅西尼看起來好像在笑？嘴巴和眼睛都有淡淡的笑意。」

早瀨指著羅西尼胖嘟嘟的臉說。

「真的欸。」

肖像畫上的每張臉看起來都很可怕，所以以前讀小學時，大家都會說，到了晚上，那些肖像畫上的人眼睛就會動。但是仔細一看，的確只有羅西尼的表情看起來很悠然祥和。

「我很喜歡他。」

早瀨說。

既然他喜歡羅西尼，代表他也會彈奏歌劇的樂曲嗎？正當我想要問他時，菊池老師走了進來。

「不好意思，不好意思，班會課拖延了一點時間。那就開始吧。」

於是我們的談話也就到此為止。

「那就由二班的森宮同學先彈。」

「好。」

我坐在鋼琴前，把樂譜放在譜架上。仔細打量每一個琴鍵後，輕輕吐了一口氣。好，我可以彈了。我這麼告訴自己後，手指動了起來。

〈一天的早晨〉從悠揚的旋律開始，漸漸變得有力。我想像著合唱的歌聲，努力不要彈得太強烈，也避免彈得太快。和第一次彈的時候不同，手指沒有打滑，但很難彈出曲調的變化。我還是努力融入感情，總算彈完了。

「比上次進步多了。」

當我彈完時，菊池老師走到我身旁說。

「謝謝老師。」

「雖然沒有再彈錯，但有些地方還是彈得太輕，要努力克服。」

「好。」

「還有在轉調之後容易跟不上拍子。像這個小節……」

我聽著菊池老師的建議，悄悄觀察著早瀨。

不知道他對我彈的鋼琴有什麼看法，會不會覺得我彈得太差，根本聽不下去？早瀨若無其事地看著窗外，看不出他在想什麼。

「那接下來請早瀨同學來彈一下。」

他聽到老師這麼說，坐在鋼琴前，和上次一樣立刻彈了起來。既沒有調整呼吸，也沒有放鬆肩膀，一坐下來就立刻把手放在琴鍵上彈了起來。

早瀨彈的鋼琴從第一個音到最後一個音都很精采，不僅完全沒有彈錯，也沒有任何一個音彈得不夠紮實或是顫抖，每一顆音符都充滿活力。上次已經覺得很完美了，但這次比兩天前聽的時候更富有動感，更加細膩，我聽得入神，覺得渾身都興奮起來。

「早瀨，你的鋼琴彈得太棒了。」

走出音樂教室時，我對他這麼說。他的演奏具有一種讓人無法不說出內心感動的力量。

「呃，妳也是啊。」

「喔，我姓森宮，二班的。」

「森宮，妳也彈得很好。」

我哪裡彈得好？和早瀨相比，我的鋼琴只能勉強說是初學者。我搖了搖頭。

「你別安慰我了，我還要多練習。」

「是嗎？上次不是大家都彈了一次嗎？當時我就覺得妳彈得最好。」

早瀨的話即使是奉承，也未免太過頭了。我忍不住笑了起來。

「上次只有我彈錯。」
「姑且不論彈錯的地方，但明明不是自己的琴，妳卻很快就融入了音樂教室的鋼琴，一開始的音色就很柔和。」
「融入？」
走在一起時，才發現他真的很高。我微微抬起頭問他。
「對，不是自己平時彈的鋼琴，不是很容易彈不好嗎？」
「我不太……」
一定是因為我家只有電子琴的關係，因為完全不一樣，所以根本不會排斥音樂教室的鋼琴。
「我喜歡妳彈的鋼琴。」
「啊？」
「我喜歡妳彈的鋼琴。」
早瀨很乾脆地說，我的臉一下子紅了起來，心臟跳得比任何人向我告白時更快。
如果我平時不是用電子琴，而是用鋼琴練習，不知道會怎麼樣？在吃晚餐時，我又想起了早瀨說的話。如果我每天都用鋼琴練習，會彈得更好嗎？更能夠彈出讓早瀨說喜歡的那種音樂嗎？想到這裡，就情不自禁嘀咕說：
「啊啊，我好想要一架鋼琴。」

「鋼琴？」

「對啊，鋼琴。」

「喔，妳是說真正的鋼琴。如果我賺的錢夠多，就可以買三、四架鋼琴給妳。」

聽到坐在對面的森宮叔叔這樣回答，我大吃一驚。我剛才說的話太過分了。

「不不不，不是不是，電子琴就足夠了，我很喜歡電子琴。」

我慌忙否定，沒想到森宮叔叔喝完味噌湯後說：

「又來了，鋼琴和電子琴的音質完全不一樣，當然是真正的鋼琴比較好。」

「音質幾乎沒有太大差別，而且電子琴有電子琴的優點，只要輕輕碰觸就可以發出聲音，手不容易疲，而且戴上耳機之後，即使半夜也可以彈。」

「妳明明想要鋼琴，為什麼一直幫電子琴說好話？」

「沒有啊，我真的很感謝你買電子琴給我，只是在合唱比賽之前，經常有機會聽到鋼琴的聲音，突然這麼想而已，而且鋼琴很占地方，聲音也很吵，會吵到鄰居……」、

我拚命辯解，森宮叔叔重重地嘆了一口氣說：

「我已經完全瞭解了。」

「啊，對不起，是不是越描越黑……」

「優子，妳為什麼說了自己想要的東西之後，還要這麼拚命掩飾呢？」

森宮叔叔靜靜地說。

「因為……因為你為我做的已經夠多了……」

「夠多了是什麼意思?」

「讓我有房子可以住,也不必煩惱三餐,我完全沒有吃苦……」

「那是理所當然的事,讓兒女無憂無慮地生活不是父母的義務嗎?妳說這種話,讓我覺得莫名其妙。」

聽了森宮叔叔的話,我只能低下頭。並不是因為我太客套,也不是受到我們並非親生父女這件事的影響。只不過我已經不再是幼稚的小孩,不該覺得這個認識三年的人為我提供衣食無缺的生活是理所當然的事。

「對不起,唉唉,我剛才說的話太過分了……優子,妳別哭。」

森宮叔叔這麼說,我才發現自己哭了。

我並不是感到難過,只是在某種瞬間暴露出我們也許只是在努力不碰觸本質問題的情況下,和和氣氣地過日子,就會感到很無助。

「我完全沒事。」

雖然我想這麼告訴他,但只要一開口,會有更多眼淚流下來,所以我只能搖搖頭。

隔天早晨,當我走進飯廳時,森宮叔叔用比平時更輕鬆的語氣說:「早安,麵包烤好了。」

「謝謝,哇,看起來好好吃。」

雖然我在坐下時這麼說,但桌上的吐司和昨天一樣,我有點後悔自己說的話是不是聽起來太假。

開始吃早餐後，森宮叔叔好像覺得沉默是一件很糟糕的事，自始至終不停地說話，「今天天氣不錯，不，還是有點冷」、「車站前的超市最近在舉辦北海道特產展」，我也馬上附和說「這樣啊」、「聽起來很不錯欸」。

「已經十一月了，轉眼之間，一年就快過去了。」

「是啊。」

「我總覺得一年過得比一年快了。」

「是啊，太令人驚訝了。」

「合唱比賽快開始了吧，真讓人期待。」

森宮叔叔說完，聳了聳肩。

「我練習的時候，你一直說我很吵。你哪有期待？」如果是平時，我一定會這麼說，但這一天說不出口，只是點了點頭說：「對啊，快了。」

一旦發現雙方說話都很小心翼翼，就無法輕易搞笑、開玩笑了。小心選擇會避免場面尷尬的話很難，所以最好還是趕快吃完早餐去換衣服。雖然覺得今天的吐司特別難下嚥，但還是急急忙忙地塞進嘴裡。

「妳怎麼了？一直心不在焉。」

史奈在午休時這麼對我說。

「有嗎？」

「有啊有啊，上英文課時，被老師點到名，妳也都沒聽到。」

萌繪塞了滿嘴的飯糰說。

「唉，因為我和森宮叔叔發生了口角，反正關係有點尷尬。」

我據實以告。

上課時，我好幾次都忍不住想起昨天晚上的事，很後悔如果當時沒有說想要鋼琴，氣氛就不會那麼僵了，但又忍不住思考，這難道不代表我和森宮叔叔之間只是在維持表面的和諧嗎？

「森宮叔叔就是妳爸爸？」史奈問。

「對，就是和爸爸之間感覺有點尷尬。」

史奈和萌繪聽了我的回答之後，互看了一眼，噗哧一聲笑了出來。

「是不是很奇怪？都已經讀高中了，竟然還會和爸爸口角。」

看了她們的反應，我忍不住輕聲嘆息。

如果是親生父親，至今共同生活了十八年，彼此應該不會再發生什麼摩擦了。而且，十八年來建立了牢固的關係，也不會因為小事而鬧僵。

「不是不是不是，而是剛好相反。」

萌繪笑著說。

「相反？」

「會在意和爸爸吵架這種事才奇怪。像我覺得我爸很噁心，根本懶得和他說話。」
萌繪皺著眉頭說。
「我也是能免則免，每次和他說話，他就搬出一堆歪理囉唆半天，唉，超可怕。」
史奈做出渾身顫抖的樣子。
「怎麼會這樣？他們不都是妳們的親生父親嗎？」
「對啊，雖然是親生父親，但那種老頭又髒又煩。」
萌繪吐著舌頭。
「又髒又煩？」
家裡有這種人也太傷腦筋了，我忍不住問：「真的假的？」
「是不至於髒啦，但真的超煩，所以晚上盡可能躲在自己房間，就不必看到他了。」
史奈也說。
「爸爸都好可憐……」
如果他們知道女兒在背地裡這麼說他們，一定很崩潰。
史奈聽了我的嘀咕說：
「優子，我才羨慕妳。森宮叔叔看起來乾乾淨淨，又不是頑固老頭，而且還很年輕。」
「我也超羨慕，對了，要不要和我爸爸交換一個月？」
萌繪也表示同意。

「妳們是認真的？」

「當然是認真的，我也想和妳換爸爸。我高中畢業就要離開那個家，所以他就趁現在整天囉唆一些聽了很煩的事。」

「史奈，妳爸還好啦，哪像我爸，天氣這麼冷，他每天泡完澡之後，就只穿一件內褲在家裡晃來晃去，簡直就是變態。」

「我懂，他們是不是搞不清楚自己已經是老頭了？真希望他們可以顧慮一下周圍的人。」

看到萌繪和史奈你一言我一語地說著爸爸的壞話，我覺得全天下的爸爸都好可憐。同時又覺得即使在背後這樣拚命說爸爸的壞話，也可以住在同一個屋簷下，就證明血緣關係有多麼牢固。

就這樣過了一個星期，我和森宮叔叔之間仍然有點尷尬。

雖然氣氛不再像以前那麼僵，但我努力思考晚餐時可以聊的話題，希望氣氛可以熱鬧一點；也可以感受到森宮叔叔希望我們相處時可以更和諧。彼此的這種戰戰兢兢反而有點奇怪。

在離合唱比賽還有兩個星期的某天晚餐後，吃完森宮叔叔買回來的泡芙，正在喝紅茶時，他對我說：

「優子，妳想去練習鋼琴，不需要在這裡坐這麼久啊。」

「我並不是勉強自己坐在這裡，現在已經練得差不多了，所以不必像前一陣子那樣，把自己逼得那麼緊。」

「那就好。」

「森宮叔叔，你也不必特地買甜點回來。」

「我只是去客戶那裡，剛好看到有賣，順便買回來而已。」

「是嗎？昨天買蛋糕捲，前天也買了布丁……」

我說出口之後，才想到原本只是想表達不必特地買甜點回來，但又擔心聽起來像挖苦。

森宮叔叔淡淡地笑了笑說：「雖然我自己沒有察覺，但最近好像經常去附近有蛋糕店的地方辦事。」

唉，這種感覺到底是怎麼回事？這種不安定的感覺和剛開始與森宮叔叔共同生活時的不自在不太一樣，又不能像之前遭到班上女生排擠時那樣，試圖靠時間來解決。家裡只有我和森宮叔叔兩個人，在一對一的空間內，不可能自然而然地變成好像什麼事都沒有發生過。既然這樣，是否該攤開來說清楚，討論父女到底該如何相處？不，這太可怕了。一旦攤開來說明白，可能就無法再同住一個屋簷下，而且我們兩個人也都不知道父女該是什麼樣子。這種並不是決定性的裂痕，而是縫隙慢慢擴大的感覺令人悶悶不樂。不知道會慢慢以某種方式消失嗎？還是不是親生父女的我們，就只能帶著這份沉重，繼續生活在同一個屋簷下？

喝完紅茶回到自己的房間，我開始彈〈一天的早晨〉。

即使心情鬱悶，電子琴也還是可以彈奏出音符。即使情緒低落，只要按下琴鍵，就可以編織出正確的旋律。

合唱比賽的練習進入了中期，鋼琴和同學的合唱在三天前就已經開始配合。在我的鋼琴伴奏下，大家的歌聲優美得讓我想要停下手仔細聆聽。想必各聲部的同學都經過了充分的練習，因為任何聲部的聲音都很穩定，完美地融合在一起。

「哇噢，優子的鋼琴聲好優美。」

「有鋼琴的伴奏，感覺和聽CD唱時完全不一樣，唱起來也很有感覺。」

大家都這麼稱讚我那還有待加強的琴聲。

雖然有人說，樂器可以反映一個人的內心世界，但也許沒有人能夠分辨出這麼細微的差異。只要我按照樂譜正確彈奏，大家也能夠接受。

無論如何，我都要好好練習，要讓手指完全記住，絕對不能彈錯任何一個音。

我這麼告訴自己，然後反覆練習〈一天的早晨〉。

合唱比賽的十天前，當我去音樂教室進行第五次伴奏練習時，發現原本和我一組的島西竟然換成了早瀨。

「咦？早瀨，你是今天？」

「對啊，島西說要和我換。」

早瀨一臉歉意地回答了我的問題。

「原來是這樣。」

「妳覺得很衰嗎？」

「怎麼可能？沒有啊。」

我搖了搖頭。我可以聽到早瀨彈琴，怎麼可能覺得自己衰呢？

「那就好，因為其他伴奏的同學好像討厭我。」

「為什麼？」

「因為我覺得每次和我一起伴奏練習的人都想要和別人換。」

那是因為早瀨彈得太好了。其他伴奏的同學和我不一樣，幾乎都是認真在練鋼琴的人，和早瀨一起彈，就會覺得被比下去了。

「你想太多了，不可能討厭你啦。」

「是嗎？因為除了我以外，其他人都是從一年級就開始擔任合唱比賽的伴奏，我三年級才加入，在大家眼中完全是外行。雖然我從小就學鋼琴，但和伴奏是兩回事。」

早瀨似乎真的這麼認為。雖然他的琴聲震撼有力，但他的內心並不會咄咄逼人。也許是因為輪廓很深的五官很有成熟的味道，有一種讓人難以親近的感覺，但近距離接觸之後，就發現他完全沒有架子。

「那我們開始吧，練習已經進入最後的階段了。」

菊池老師一走進來，就立刻說道。

今天和上次相反，由早瀨先彈奏。他的琴聲一如往常。為什麼他彈的鋼琴可以這麼打動人心？〈大地讚頌〉雖然充滿動感，卻洋溢著祥和的光芒。在一旁聆聽時，會覺得自己也籠罩在這片光芒中。

但我遲遲無法專心彈奏。即使想要專注在樂曲上，還是會有一些雜念閃過腦海。坐在鋼琴前，就會不由得想起那天晚上和森宮叔叔的對話。越是想甩開不安定的想法，這些想法就越揮之不去，直到演奏結束，都一直甩不開。

「雖然沒有彈錯，但有點不夠流暢。」

菊池老師這麼評論，可能擔心打擊我的信心，又補充說：「但我覺得配上合唱應該就沒問題了。」

走出音樂教室時，早瀨對我說：

「難得聽到妳的琴聲這麼亂。」

「會嗎？」

「雖然偶爾會聽別人說心不在焉這個字眼，我覺得今天第一次親眼見識到。」

早瀨感慨地說，但我很受打擊，「原來情況這麼糟。」

「不是說這麼糟，但妳到底怎麼了？」

「不是啦，只是、那個，我和我爸爸有點口角……」

「和爸爸發生口角就會這樣心神不寧嗎？」

早瀨可能很驚訝，低沉的聲音在校舍內產生了回音。之前史奈和萌繪也這麼笑我，高中生為了和父親發生口角悶悶不樂似乎是一件奇怪的事。

「果然很奇怪嗎？」

「超奇怪啊。和父母發生口角不是家常便飯嗎？我和我媽整天都吵架。」

從位在北校舍的音樂教室必須穿越另一棟校舍，才能回到位在西校舍的三年級教室，所以有一段距離。我們聽著各個教室傳出的歌聲，沿著校舍走回各自的教室。

「這是因為，你和你媽之間建立了真正的信賴，絕對會包容對方的關係吧。」

「我也不知道，反正我媽很討厭。」

「有人會討厭自己的父母嗎？」

這次換我的驚訝聲在樓梯上產生了回音。

「很多人都討厭自己的父母啊。」

「真的嗎？你媽媽是你的親生媽媽嗎？」

雖然我知道問這個問題很失禮，但還是忍不住問，早瀨哈哈大笑說：「這是什麼問題啊？當然是親生的啊。不僅是親生的，而且我還和她長得很像，只是真的和她合不來，我媽永遠都覺得她自己是對的，所以和她在一起很累。」

我聽了早瀨的話，忍不住皺起眉頭。

我原本覺得早瀨、史奈還有萌繪，可以若無其事地數落自己的父母，是因為這種數落建立在彼此喜歡這種理所當然的感情基礎上，但難道也有例外嗎？

「我原本以為所有親子之間雖然都會吵架，但基本上感情很好。」

「森宮，看來妳是在受到關愛的環境中長大，所以才會這麼相信。」

「是、嗎？」

「是啊，我第一次看到有高中生為了和父親發生口角煩惱，而且你們為什麼會發生口角？」

「要怎麼說呢，我家的是電子琴，我說想要真正的鋼琴，結果氣氛就變得有點奇怪……」

因為我不想告訴早瀨和森宮叔叔沒有血緣關係的事，所以只說了口角的原因。

「妳彈的是電子琴？」

「嗯，對啊。」

早瀨可能覺得電子琴根本稱不上是樂器，我覺得好像在自暴其短，「嘿嘿嘿」傻笑起來。

「我第一次聽妳彈鋼琴時，還以為妳家的鋼琴一定超高級，所以才能夠一下子融入音樂教室的平臺鋼琴，彈出美妙的琴聲。當時就覺得一定是平時就用出色樂器的人才能夠彈出那種琴聲。」

「喔……」

我聽了早瀨的稱讚，不知道該如何回應，不置可否地應了一聲。

「我從來沒彈過電子琴，沒想到是這麼棒的樂器。」

「我也不太清楚……」

「妳也不太清楚？妳不是平時都在彈嗎？」
「嗯，是啊。」
早瀨實際彈過電子琴之後，就會覺得像玩具吧。我只能再度「嘿嘿」傻笑。
在合唱比賽的四天前，我在午休時間被向井老師叫了出去。
我知道老師為什麼找我。昨天的英語小考我只考了六十分，今天的社會課單元測驗成績也不到五十分。最近的小考成績都很差，不知道是不是因為家裡氣氛有點不自在的關係，這一陣子無論做什麼事都無法專心。
「森宮同學，雖然只是小考，但這種成績會不會太差了？」
一走進升學指導室，老師立刻這麼對我說。
「呃……對不起。」
我在坐下的同時向老師道歉。英語小考是複習考，照理說可以寫出八成的內容，我也從來沒有考過八十分以下的成績。我深刻體會到，如果不複習，成績就會這麼慘不忍睹。
「而且妳上課也心不在焉。」
「有嗎……？」
雖然我覺得挨罵也是無可奈何，但原來已經嚴重到老師認為我心不在焉的程度。我忍不住苦笑起來。

「是因為練習伴奏的關係嗎？」

「不，和伴奏無關。」

我語氣堅定地否認。相反地，幸好有彈鋼琴的時間，讓我可以稍微分心。如果不需要練習伴奏，在家的時間應該會更加坐立難安。

「那是什麼原因？最近和同學之間似乎關係也不錯，班上的同學也經常和妳聊天。」

我不由得佩服老師，原來她很瞭解教室內的狀況。這時，聽到老師語氣嚴厲地說：

「小考成績這麼差，不可能沒有原因吧？」

「也不能說是原因……」

我看向升學指導室內的架子，思考著該如何表達。架子上放滿了參考書和招生簡介，合唱比賽結束之後，就要準備考大學了，成績的確不能繼續退步了。

「想必是很嚴重的事，才會讓妳無法專心讀書。」

「嗯……」

「到底是什麼原因？」

「那個、就是、因為、和我爸爸的關係有點緊張。」

老師在問出原因之前，顯然不會放過我，所以我據實以告。向井老師露出了狐疑的表情。

「關係緊張？和妳爸爸？」

「呃，啊啊，不是，不是老師想的那樣。」

為了避免老師誤會和我繼父之間發生了什麼嚴重的問題，我把和森宮叔叔之間的事說了出來。

「原來是這樣，看來妳爸爸也很關心妳，但說起來有點奇怪，妳之前和同學吵架時，倒是完全不放在心上。」

「是啊……要怎麼說，要像家人一樣生活比想像中更不簡單，彼此都會不必要地過度在意。」

「但是妳都叫妳爸爸森宮叔叔，不是嗎？」

「是啊，嗯，森宮叔叔感覺也不像是爸爸。」

無論泉之原先生還是森宮叔叔，都從來沒有強迫我叫他們「爸爸」。長大到某個年紀，開口叫不是真正的家人「爸爸」太奇怪了。姑且不論承不承認對方是不是自己的爸爸，我覺得只有面對小時候一起生活的人，才能毫不猶豫地開口叫「爸爸」。

「雖然我也不太瞭解什麼是所謂普通的父女關係，但其實不需要追求那種常見的親子關係，不是嗎？」

向井老師瞭解了我成績退步的原因後，用輕鬆的語氣說。

「是啊……」

「會在意同住在一個屋簷下的人是理所當然的事，這並不是因為客套，而是代表彼此珍惜，不是嗎？」

「應該、是吧。」

「我相信經常會發生類似的情況，家人和朋友一樣，有時候會發生摩擦，或是不小心說出了內心話而導致關係有點僵，但彼此不就是在這樣的過程中建立關係嗎？」

「是嗎？」

「森宮同學，雖然妳在某些方面很冷靜，但其實在認真思考某些問題，或是認真和別人相處時，自然會產生摩擦，如果對任何事都無所謂，不是很無趣嗎？」

我想起去年升學面談時，老師說我倒是有認真思考升學的問題，所以這代表我現在稍微深入思考了家人的事嗎？

「話說回來，妳對和同學之間的摩擦滿不在乎，和爸爸發生口角，就會無心讀書，可見平時在家裡一定很舒服自在。」

向井老師靜靜地笑著說。

「我也不知道……之前在班上和同學吵架時，爸爸每天都做餃子給我吃。」

「餃子？」

「對，我爸爸很喜歡做各種食物給我吃，說什麼精神不好時要吃餃子，開學典禮時要吃炸豬排飯，快夏天的時候又每天做果凍給我吃……咦？這種時候，即使我勉強自己硬撐，他也從來沒有氣鼓鼓地叫我不必顧慮那麼多，他該不會以為我很愛吃餃子吧？」

老師聽了我的話，噗哧一聲笑了起來。

「你們父女真有意思。」
「不，也是啦。」
我也跟著笑了起來。回顧我們每天的生活，的確覺得很開心。
「既然有這樣的爸爸，妳的成績更不能退步了。」
老師收起了前一刻的笑容，恢復了平時的嚴肅表情。
「總而言之，妳要更用功讀書，考試不等人。」
「我知道了。」
我用力點頭。

這天晚上，吃完晚餐，我正在收拾桌子，森宮叔叔說：「優子，妳坐下來。」
「什麼事？」
我坐了下來，以為又要吃蛋糕。
「這個。」
森宮叔叔一臉嚴肅的表情，把什麼東西遞了過來。
「這是什麼？」
我接過來一看，發現是存摺。他為什麼拿這種東西給我？
「妳打開看看。」
森宮叔叔在我對面坐下來後說。

「真的可以打開看嗎？」

「嗯。」

我從來沒有看過別人的存摺。雖然我覺得好像不該這麼做，但還是輕輕翻開，忍不住叫了起來。我被存款的金額嚇到了。

「一千八百九十六萬圓!?森宮叔叔，原來你是有錢人？」

「沒錯，我從一流大學畢業，在一流企業任職，工作很努力。」

森宮叔叔嘿嘿笑了起來。

「也太厲害了。」

「是不是很厲害？」

「但為什麼突然給我看這個？」

我現在知道他是有錢人，但為什麼告訴我？我把存摺還給他時問。

「沒為什麼，因為我想用這些錢買鋼琴，然後搬去隔音設備完善的大廈公寓。」

森宮叔叔說。

「什麼意思？」

「哪有什麼意思？就是要買鋼琴和大廈公寓的意思。」

「騙人的吧？」

「沒騙妳。梨花即使沒有錢，不是也努力讓妳有鋼琴可彈嗎？我有錢，為妳買鋼琴很理所當然。」

「哪有理所當然？」

並不能因為有錢，我想要什麼就給我買什麼。我強烈主張「我不想搬家，也不需要鋼琴」。

沒想到森宮叔叔小聲地說：

「但這樣下去，妳不覺得我表現最差嗎？」

「什麼表現最差？」

「就是身為妳的父母啊，和妳的其他父母相比，我不是就被比下去了嗎？」

「什麼嘛。」

沒想到他剛才給我看存摺，現在又說這種話。森宮叔叔不顧我滿臉狐疑，繼續說了下去。

「水戶先生和妳有血緣關係，原本分數就很高，而且妳也和他長得很像，妳小時候他還幫妳換尿布、餵妳吃飯、抱妳，教妳說話，水戶先生在照顧妳這件事上最費心。」

「那是因為我以前還小啊。」

「接下來是梨花。她很有行動力，可以為了妳做任何事。雖然和妳沒有血緣關係，卻把妳從妳爸爸手上搶過來，承擔起照顧妳的責任。認為有必要時，就和有錢人結婚，那種勇於拋開一切的熱情，不也可以得到身為父母的高分嗎？更何況女人光是具備了母性，起始分數就很高了。」

「什麼起始分數啦！」

森宮叔叔不理會我的吐槽，繼續說著他的歪理。

「泉之原先生很有錢，雖然我很想說錢根本不重要，但教育很花錢，錢可以解決很多問題，而且他看起來就很有威嚴。那種很嚴格的人，只要稍微溫柔一點，就可以加很多分。」

「所以現在到底是在評比什麼？」

「我是說，假設在舉辦妳的父母錦標賽，但我當妳爸爸時，妳已經是高中生了，不需要太多照顧，而且還可以幫忙分擔家事，我根本無法充分發揮身為父親的才華。雖然我知道自己看起來沒有父親的樣子，但我根本無處發揮實力，妳不覺得對我很不利嗎？」

「我不知道你到底在說什麼。」

因為森宮叔叔看起來很認真，所以我拿出耐心聽他說完，但最後還是忍不住笑了起來。

「太好笑了，什麼父母錦標賽啦。」

「也不是真的錦標賽，但不是會比較嗎？像是水戶先生在所有父親中最出色，當泉之原優子時最快樂，諸如此類的。」

「會比較嗎？」

「會啊，通常都會啊。像我就會覺得大學時交的女朋友很可愛，但工作之後交的女朋友個性最好。」

「我不知道你女朋友的情況，但每個父母都不一樣，根本沒辦法比較。泉之原先生雖然會默默守護我，但相處的時間很少，梨花媽媽不惜一切代價讓我學鋼琴，但最後不是丟下我離開了嗎？每個人表達愛的方式和愛的種類都不一樣。」

「原來如此。」森宮叔叔聽我說完之後，點了點頭。

「所以現在還沒有第一名？」他問。

「怎麼可能？哪有什麼第一名、第二名的順序。」

我語氣堅定地說。我從來沒有考慮過這個問題，只是努力和成為我父母的人建立住在同一個屋簷下的生活，就像小孩子很怕被問到底喜歡爸爸還是喜歡媽媽一樣，即使不是親生父母，也無法決定所有的父母中誰是最好。

「是嗎？那就太好了。」

「你該不會在意這種事？」

「當然在意啊，我很擔心什麼時候被趕下父親這個位子。」

森宮叔叔在倒紅茶時回答。

「主導權根本不在我手上，每次都是大人自己來來去去。」

「妳這麼一說，好像的確是這樣。」

森宮叔叔把裝了蘋果派的盤子放在我面前，油亮的派皮散發香噴噴的奶油味。

「所以即使我不是多出色的父親，只要我不離開，就可以穩穩地當父親。」

森宮叔叔坐了下來，立刻吃起蘋果派。

「嗯，好像是這樣。」

「原來是這樣，那就可以放輕鬆了嘛。」

和沒有血緣關係的女兒一起生活既花錢，自己的時間也受到限制，全部都是負擔，我認為沒什麼好處。森宮叔叔竟然努力想要維持這種身分，他果然有點奇怪。

「所以你不必買鋼琴，我很喜歡那個電子琴。」

我把蘋果派送進嘴裡，蘋果被煮得可口多汁，溫和的甜味在嘴裡擴散。

「不，還是要買鋼琴，既然已經給妳看了存摺，現在又把話收回去，會傷害身為父親的尊嚴，而且我也想聽真正的鋼琴聲音。」

森宮叔叔把蘋果派上的蘋果放進嘴裡說。明明連派皮一起吃比較好吃，但他在吃水果蛋糕時，總是先吃水果。

「真的不需要買鋼琴，而且我也不想搬家。對了，我想到一件事。」

「什麼事？」

「你幫我買一件大衣。」

「大衣？」

「嗯，現在那件棕色的大衣很孩子氣，我想要一件灰色的大衣。」

森宮叔叔聽了我的話，皺起了眉頭。

「買鋼琴感覺名正言順，要求我買大衣好像就有點問題。」

「為什麼？大衣比鋼琴便宜多了。」

「不行不行，不能養成妳予取予求的習慣。」
「小氣鬼。」
「我不是小氣，父母就是該嚴格的時候必須嚴格。」
森宮叔叔一臉得意的表情說。
「明明有一千八百萬也不幫我買？」
「我說了，這不是錢的問題。雖然我很想買給妳，但太寵妳是害妳。為了妳好，我只能狠心拒絕。」
森宮叔叔一臉得意的表情。萌繪和史奈說得沒錯，爸爸這種生物真的很討人厭。我又說了一句「小氣鬼」，吃著蘋果派。

合唱比賽的前一天，每個班級根據事先安排的時間去體育館排練，充滿了和正式比賽時相同的緊張感。
「男女的聲音很和諧，包括伴奏在內都融為一體。」
菊池老師聽了二班的合唱後稱讚道。
強而有力的歌詞和優雅的旋律是〈一天的早晨〉這首歌的特徵，由高音部和低音部合唱，形成一首完整的歌曲。高三的男生聲音渾厚，女生的聲音悠揚，我在體育館伴奏時聽到的歌聲也很飽滿。我擔任合唱大賽的伴奏多年，覺得這一次的合唱最值得一聽。

「優子的鋼琴也很棒。」
合唱結束後，林對我說。
「謝謝。」
「對啊對啊，不久之前聽妳的伴奏時，有時候會覺得沒有太大的感覺，但今天唱起來超有感覺。」三宅說。
班上的其他男生都笑他說：「你真的懂嗎？」
「啊，但是我能夠理解三宅說的，森宮這兩天彈得特別好，讓人很容易融入。」
正在學小提琴的豐內同意三宅的意見，大家也都紛紛點頭說：「好像是這樣。」
我原本以為沒有人會發現鋼琴微妙的差異，沒想到不管學鋼琴還是不學鋼琴的人，都可以感受到。彈鋼琴真的不能心不在焉，必須全心投入才行。
「我剛才聽到妳的伴奏了。」
走出體育館時，早瀨對我說，接下來剛好是五班的排練時間。
「今天彈得超震撼。」
「是嗎？因為我一直用電子琴練習。」
我笑著說。
「我想也是。我上次去樂器行彈了一下電子琴，發現可以減少不必要的施力，是很棒的樂器。」
早瀨說。

「真的嗎？」

「嗯，所以我打算上大學後，要自己打工買電子琴。」

早瀨用明確的語氣對我說，他似乎是認真的。

電子琴的聲音很輕巧，有一種人工的感覺，和鋼琴相比，或許聲音聽起來比較沒有質感，但的確是一種可以彈奏出美妙音色的樂器。

「明天就是合唱比賽吧？」

晚餐後，我在房間內練習電子琴，森宮叔叔走了進來。

「嗯。」

「伴奏沒問題了嗎？」

我拿下耳機，點了點頭。

「應該吧，只希望正式比賽時不會緊張。」

森宮叔叔聽我這麼說之後，站直了身體說：「好，那我幫妳配唱。」

「啊？」

「有人唱的話，不是更容易練習伴奏嗎？」

「雖然是這樣，但你知道我們要唱哪首歌嗎？」

「知道啊，反正妳彈就對了。」

「是一首叫〈一天的早晨〉的歌。」

「對，我知道。」

「你知道？是〈一天的早晨〉喔。」

我又重複了一次歌名。合唱歌曲通常是平時很少有機會聽到的歌曲，在日常生活中絕對不會聽到，所以我感到很納悶，但森宮叔叔用力吐氣，調整呼吸。他似乎真的打算唱歌。雖然我不知道他能不能唱這首歌，但至少我可以彈看看。

我拔掉耳機線，降低了音量開始伴奏。一開始就是三連音，我小心翼翼地維持節奏的同時，讓前奏的氣氛高漲。當我開始彈奏歌曲起始部分的和音時，聽到了森宮叔叔吸氣的聲音。

如今，一天的早晨就在眼前，
趁著世界還沒有
沉入燦爛陽光的洪水，
趕快坐上方舟，
啟程出發。

〈一天的早晨〉是一首充滿生命活力的歌曲，一開始的歌詞就強而有力。森宮叔叔毫不猶豫地大聲唱了起來。原本我認定他一定不會唱，沒想到我必須努力彈奏，伴奏才能跟上他的歌聲。

歌曲在進入高潮之後，變成了悠揚的曲調。我的指尖輕柔地彈奏著電子琴。

揮別淚水，
認識勇氣，
傾訴衷腸，
時而面對孤獨，
啟程出發，啟程出發，
啟程出發，將帶來新的相遇。

森宮叔叔並不是唱男聲部，而是唱主旋律，穩健而清晰地唱出每一個字。平時說話時沒有察覺，森宮叔叔的聲音很好聽。雖然音域並不低，沉穩的聲音卻完全沒有走調，無論任何字句，都悠揚地傳入耳中。

張開翅膀，飛向明天，
飛向陌生的大地，
飛向新的大地，
飛向陌生的新天地，
追尋生命的喜悅，生命的喜悅，

追尋奔放的自由，奔放的自由。

彈完最後的三連音，我的手指離開了琴鍵，森宮叔叔發出了「喔喔」感嘆的聲音。

「一個人唱的時候，覺得這首歌很誇張，反覆唱啟程出發、啟程出發，但有鋼琴伴奏的感覺真棒，好像一不小心就會真的飛起來。」

「是啊，但我真的嚇了一跳。」

「有什麼好嚇一跳的？」

「沒想到你這麼會唱歌，而且竟然會唱這首歌。你怎麼知道這首歌？」

我說出了內心的疑問，森宮叔叔靦腆地笑著，「啊喲」了一聲。

「你以前合唱時，也唱過〈一天的早晨〉嗎？」

「沒有。」

「那你怎麼會唱？這首歌應該很少會聽到。」

「就是、我上網查了一下，然後練習了一下啊。」

森宮叔叔聳了聳肩，好像被人發現做了壞事。

「喔……但為什麼？你為什麼要練習？」

森宮叔叔剛才唱的時候沒有看歌詞，而且竟然完美地唱完了這首曲調多次變化的歌，光是會唱歌也唱不了這首歌。

「要怎麼說，身為父親，會唱女兒合唱比賽上要唱的歌不是理所當然的事嗎？」

森宮叔叔嘿嘿笑了起來。

「怎麼可能?全天下應該沒有這樣的父親。」

「果然是這樣，我在練習時就隱約想到了……但這首歌唱起來會讓人動力十足，在通勤電車上不小心把『追尋奔放的自由』哼出來時，遭到車上其他乘客的白眼。」

「我不意外。」

「我這個人果然有點脫線。」

哪是有點而已，是超級脫線。但是森宮叔叔唱的〈一天的早晨〉很動聽。

「對了，我原本打算等合唱比賽結束之後再彈，但還是現在來唱你高中合唱比賽時唱的歌吧。」

我從抽屜裡拿出樂譜，放在樂譜架上。

「啊?」

「就是你高三時唱的歌。」

說完，我開始彈前奏。

那是充滿舒暢情感的旋律，不同於〈一天的早晨〉的雄壯，而是帶有懷念的感覺。

在我彈前奏時，森宮叔叔說著:「怎麼回事?」「啊?不會吧?妳怎麼可能知道?」

但當旋律開始時，他小聲對著歌詞唱了起來。

為什麼會相遇?

我們對此一無所知。
什麼時候會相遇？
我們永遠猜不透。
彼時在何方？
又是如何走到今天。
遙遠的天空下，
兩個不同的故事。

在森宮叔叔給我看存摺的隔天，我打電話到他以前就讀的高中。

我在電話中說，希望在婚禮上表達對父親的感謝，所以想唱爸爸當年在合唱比賽時唱的歌，帶給他意外的驚喜，希望學校可以告訴我那首歌曲的名字。二十年前的高中三年級，因為我不知道爸爸當時讀的是幾班，但應該是最好的班級，八成是特別升學班。接電話的老師聽到我要給爸爸意外驚喜之後非常感動，為我查到了那首歌。

森宮叔叔在高三那一年唱的是中島美雪的〈線〉。我很快就在樂器行找到了樂譜，那是我曾經聽過的優美旋律，彈了幾次之後，手指就記住了旋律。

直線是你，
橫線是我，

編織而成的布，
或許有一天能夠為誰療傷。
直線是你，
橫線是我，
遇到命中註定的那條線時，
人們稱之為幸福。

森宮叔叔一開始努力追著歌詞，但很快就琅琅上口。溫柔而深沉的歌聲不僅傳入耳朵，同時滲入了皮膚。樂譜上寫著，〈線〉是一首經常在婚禮上唱的歌，如今聽著這首歌，可以充分瞭解到，「遇到命中註定的人才是幸福」這件事，並非只屬於夫妻或戀人。

「這個世界上，應該沒有女兒會為爸爸在合唱比賽時唱的歌練習伴奏吧？」

森宮叔叔說完後，笑著對我說。

當他得知我是聯絡他的母校，打聽到歌名時，驚訝地說：「優子，妳也太有行動力了。」

但隨即慌張地說：

「二十年前的高三學生，現在女兒準備要結婚了……不管是我還是女兒，不會都太早婚了嗎？學校的老師一定覺得我是超混蛋的不良學生吧？」

「別擔心，都二十年前的事了，現在學校裡應該已經沒有認識你的老師了，接電話的老師也沒有多想，很快就告訴我了。」

「真的嗎？」

「真的啊。不過你之前說討厭合唱，但還是有認真唱。你超會唱歌，太驚訝了。」

我坦誠地稱讚，森宮叔叔笑得很開心。

「嗯，因為我喜歡中島美雪，我現在好想唱歌。優子，妳來彈〈麥之歌〉，就是中島美雪的新歌。」

「麥之歌？我沒聽過這首歌。」

「啊？不會吧？那不是晨間劇的主題曲嗎？」

森宮叔叔皺起眉頭，似乎發自內心感到失望。

「我又不看晨間劇。」

「那中島美雪的歌曲中，妳會彈什麼？」

「雖然有聽過她的歌，但我對她的歌沒那麼熟，沒辦法就這樣彈，如果有樂譜就沒問題……」

說到這裡，我想起音樂課本上有〈時代〉這首歌，記得上面寫著它是中島美雪的歌。

「對了，〈時代〉的話，我應該會彈。」

「好，那就唱這首。」

我翻開音樂課本，森宮叔叔開始「啊—啊—啊」地練習發聲，似乎想要引吭高歌。

「我明天就要參加合唱比賽了，不練習〈一天的早晨〉沒問題嗎？但你好像躍躍欲試，很想唱的樣子。」

我大聲地說，森宮先生也不甘示弱地說：

「我明天一大早也要參加會議，不去看資料沒問題嗎？但還是要陪妳練習啊。」

然後又若無其事地說：

「好，那就來唱吧，這種時候唱歌就好。唱歌就是這麼一回事。」

他之前還說不喜歡合唱。我忍不住笑了起來，但我現在也還想彈琴。不是戴著耳機練習，而是像現在這樣，別人唱歌我彈琴。

「也許吧，那我開始囉。」

「好，來吧。」

「喂，你是要唱歌，吆喝什麼嘛！」

接著，我們又討論了彼此都熟悉的歌，唱了一首又一首。彈琴永遠都是一件快樂的事，雖然隔天就要合唱比賽，但我內心的不安躲了起來，只感到心潮澎湃。

「好緊張喔。」

「不知道能不能順利唱出聲音。」

一班的合唱結束，我們二班的同學邊相互鼓勵著邊走上舞臺。擔任合唱小老師的林連續深呼吸，負責指揮的三宅手臂微微顫抖。墨田和矢橋似乎也很緊張，連走路的姿勢都有點僵硬。大家都很認真看待這最後一次的合唱比賽。

「沒問題吧？」

我坐在鋼琴前，站在舞臺角落的史奈無聲地動了動嘴巴問我，我點頭表示「當然沒問題」。昨天在家練習時，彈了很多中島美雪的歌，絕對會很順利。

「接著是二班的合唱，合唱的曲目是……」

聽到主持人宣布，大家都做出準備引吭高歌的姿勢。我靜靜看著琴鍵。今天要彈的是體育館內的鋼琴，巨大的平臺鋼琴歷史悠久，獨具一格。

森宮叔叔剛和我一起生活時，得知我之前在彈鋼琴，就立刻拿了一大堆電子琴的簡介回來。

「我知道無論年齡還是我的性格，都不太能夠讓妳接受我是妳的爸爸，但我還是想要取悅妳。」

當時聽到森宮叔叔這麼說，我的心情一下子放鬆了。

我們要一起生活。不是戀人，也不是朋友，而是一家人。他想要取悅我有什麼不好？在意對方哪有什麼好奇怪的？我覺得森宮叔叔的那番話讓我豁然開朗。

泉之原先生細心呵護他的鋼琴，森宮叔叔精挑細選之後，為我買了電子琴。我隨時都彈著最佳狀態的鋼琴和電子琴，無論任何鋼琴出現在眼前，我都不會畏懼。

合唱開始了。我對著手指輕輕吹氣。

20

「聖誕節之後就是除夕，有這麼多開心的事，妳竟然要忙著為考試準備，萌繪又見色忘友，和男朋友旅行去了。」

寒假的第一個星期天，史奈來我家玩時忍不住嘆氣。

「因為妳已經推甄錄取，根本不用再管考試的事。森宮叔叔，不用了啦。」

我們正在客廳放鬆地聊天，森宮叔叔端了一個很大的托盤走了進來，急急忙忙把飲料和點心放在史奈面前。

「有蛋糕、紅茶，還有最中餅和焙茶，請用。」

「啊，不好意思。哇，好豐盛。」

「對不起，他原本說要去加班，結果突然不去了。」

我合起雙手向史奈道歉。史奈約我見面，我說外面很冷，反正森宮叔叔不在家，所以約她來家裡，史奈現在一定感到很不自在。

「沒這回事，妳爸爸在家，可以吃到很多點心，我賺到了啊。」

史奈只是在客套，森宮叔叔卻厚臉皮地說：「佐伯，我一大早就去買了日式點心和西式點心，所以不管妳喜歡吃哪一種點心都沒問題。」

說完之後，他竟然一屁股在客廳的地上坐了下來。

「喂，你不回自己的房間嗎？」

「要啊，但既然女兒的朋友來家裡，當然想聽一下妳們聊天啊，對不對？」

森宮叔叔喝了一口為自己準備的茶，剛才似乎已經偷聽到我們的談話，他立刻問史奈：

「妳剛才說到萌繪，她和男朋友一起去旅行？」

「對、啊。嗯……」

因為不是可以公開的事，所以史奈不置可否地點了點頭。

「高中生和男朋友一起去旅行有點不太好，對不對？」

我聽了森宮叔叔的話，忍不住皺起眉頭。

「我就知道你會這麼說，怎麼了？你想說什麼？」

「我沒想說什麼，只是表達一下意見而已。」

「你不必在這裡說，快點啦，你趕快回去自己的房間。」

「如果我送茶上來之後就走人，佐伯會以為我是服務生。」

「她才不會這麼以為，而且我們聊天你不要插嘴。」

「問題是我會擔心啊。」

史奈聽了我們的對話，呵呵笑了起來。

「森宮叔叔是不是很在意脇田的事？」

「不，倒也不是這樣。」

被史奈這麼一問，森宮叔叔害羞地抓著頭。

「哪有不是這樣！最近一直都這樣，自從我和脇田開始交往之後，就一直說我回家的時間太晚了；我根本和以前沒什麼兩樣，就囉唆地說我什麼打扮越來越花俏，每天吃晚餐都問我，脇田是怎樣的男生，簡直煩死了。」

我向史奈抱怨。

「當然啊，要怪妳自己，為什麼把交男朋友這種事告訴爸爸。我從來沒有向我爸爸提過西野的事，他還以為我根本沒有男朋友。」

「是嗎？」

史奈在剛升上二年級不久就開始和西野交往，竟然可以隱瞞這麼久。

「因為一旦告訴他，他就會整天囉唆，有百害而無一利。」

「他竟然沒有發現。」

「全天下的爸爸都很蠢，絕對不會發現，而且很少會有人告訴爸爸自己交了男朋友。」

史奈打開最中餅的包裝說。

「原來是這樣……因為森宮叔叔不是親生父親，所以我太大意了。」

合唱比賽後，我和同樣擔任伴奏的兩個女生久保田和多田說要去慶功，所以就去吃蛋糕。

「合唱比賽終於結束，才剛鬆一口氣，就要忙著準備考大學了。」

多田看著眼前的千層派，心情沉重地說。

「多田，妳上大學之後就不再彈鋼琴了嗎？」我問。

「雖然我也曾經考慮過有音樂系的大學，但我以後並不想從事音樂方面的工作，我認識的人中，應該只有早瀨會去讀音樂大學吧？」

多田回答。

早瀨。光是聽到他的名字，我的心跳就加速了。

我們二班在合唱比賽中獲得亞軍，早瀨所在的班級獲得冠軍。早瀨在正式比賽時彈的鋼琴太精采了，他剛開始彈前奏，整個體育館都鴉雀無聲，所有人都被他的演奏所吸引。

合唱比賽雖然結束了，但我希望可以繼續聽早瀨演奏的鋼琴，也想和他聊很多事。這是我內心的想法。

「因為他女朋友也是音大的學生。」

「啊？」

聽到久保田提供的消息，我立刻豎起了耳朵。

「早瀨的女朋友現在已經讀大二了。」

久保田說。

「喔，我知道，看起來就很像是藝術家，我之前在鋼琴發表會時看過她。」

多田也跟著說。

「喔，喔喔，原來是這樣……」

她們之後說什麼我都沒聽到，所有的聲音都無法進入腦海。雖然我並沒有向早瀨告白，但這就像是在下決心之前先遭到拒絕。想要更瞭解他的這種淡淡情愫遭到打擊，簡直就像失戀一樣，內心鬱悶不已。

有人說，女生彈鋼琴可以看起來更可愛，這種說法似乎並不假，不知道是否因為在合唱比賽上伴奏的關係，兩天後，三班的脇田向我告白。

脇田就在隔壁班，我也沒聽其他女生說過喜歡他，所以即使和他交往，應該也不會惹任何人不高興。而且和別人在一起時，或許可以淡化內心那種失落的寂寞感。我基於這種感情回應了脇田的告白。

也許我接受他的告白有點敷衍，但和他交往還不錯，有一種不同於和萌繪、史奈在一起的興奮，而且有人說喜歡我，也讓人產生安心的感覺。和脇田在一起時，可以讓我體會到這種感覺。

「我就在這裡，妳們也說太多爸爸的壞話了。」

默默在一旁聽我們說話的森宮叔叔皺起眉頭。

「哈哈哈，對不起，但是森宮叔叔，難道你不覺得女兒到高三還沒有男朋友很有問題嗎？在男女同校的學校讀書，卻交不到男朋友，你反而該擔心優子會不會有什麼問題吧？」

史奈安慰森宮叔叔，沒想到他竟然嘀咕說：

「咦？但我以前讀高中時就沒有女朋友啊……」

「呃，這是因為時代不同了嘛，也許以前大家都這樣。」

「不，其他同學好像都有女朋友，還是我這個人有什麼問題？」

史奈拚命為他解圍，他露出了不安的表情。

「欸欸欸，為什麼？為什麼？梨花媽媽為什麼會嫁給森宮叔叔啊？」

森宮叔叔一走出客廳，史奈立刻小聲問我。

「為什麼……」

「我覺得梨花媽媽看起來很搶眼，而且應該很搶手，要怎麼說，感覺和森宮叔叔很不搭啊。」

我之前曾經給史奈看過梨花媽媽的照片，也曾經告訴她，梨花媽媽以前和泉之原先生，以及我的第一個爸爸結過婚。

「妳這麼一說，好像是這樣，的確搞不懂她當初為什麼會選森宮叔叔。」

雖然我只有年幼時的記憶，但第一個爸爸是一個貼心爽朗的人，大家都很喜歡他。泉之原先生一方面很有錢，而且他很有男人味，很有大將之風。相較之下，森宮叔叔好像整天都手忙腳亂，經常表現出自私利己的一面，也讓人難以捉摸。

「森宮叔叔雖然外表不錯，看起來也很清爽，但感覺沒什麼女生會喜歡他。」

史奈說。

「沒錯。」

我用力點了點頭。

21

梨花媽媽搬離泉之原先生家一年多後，仍然經常來找我。

「唉，累死我了。」

她每次都在我放學回家時出現，和以前住在這裡時一樣，一屁股坐在客廳的沙發上。吉見太太也像以前一樣為她泡紅茶，送上點心，所以我一直不覺得她已經搬走了。

「工作很辛苦嗎？」

我坐在梨花媽媽身旁喝著紅茶問她。這是在泡得很濃的紅茶中加入冰塊做成的冰紅茶。來這裡之前很少喝紅茶，但慢慢從茶葉中滲出的香氣喝起來讓身心都舒暢。

「不會像以前那麼忙了，覺得能夠勝任目前的工作，所以很舒服。」

「這樣啊。」

「其實我好像很愛工作，現在比以前整天關在這個家裡時心情更愉快。」

梨花媽媽小聲地說，不知道是不是不想被吉見太太聽到。

我也對這裡不用自己動手做任何事的生活感到疲累。既不需要做晚餐，也不用洗碗。每天放學回家，洗乾淨的衣服都放在打掃得很乾淨的房間內。雖然我曾經多次試著做家事，但吉見太太每次都說：

「這樣我就沒事可做了。」

我承認在這裡的生活很輕鬆，但不需要做任何家事的生活無法消除住在這裡的拘束感。

「咦？妳是不是變瘦了？」

我問梨花媽媽。梨花媽媽原本就嬌小苗條，但她拿著杯子的手腕比以前更細了。

「妳看出來了？」

梨花媽媽嫣然一笑。

「只是這麼覺得，妳是不是沒有好好吃飯？」

雖說梨花媽媽現在一個人生活，可以省下我的生活費，但畢竟不像以前住在這裡時那樣生活無虞，而且她缺乏計畫性，每到月底，一定經常沒錢吃飯。

「怎麼可能？我是在減肥。我離婚了，要趕快找新的男朋友。」

「是喔，也對。」

這很像是梨花媽媽會說的話。她似乎已經對泉之原先生沒有感情了。想到這裡，就覺得泉之原先生很可憐。

「要不要跟我走？」

梨花媽媽每次離開之前都這麼問我，我也每次都對她搖頭。

「優子，妳已經習慣這裡的生活了嗎？妳不想再吃苦了嗎？」

「不是這樣。」

我向來不覺得和梨花媽媽住在一起的日子是吃苦，但不光是梨花媽媽，連我也離開泉之原先生，我覺得有點太過分了。

雖然我和泉之原先生只有每天一起吃早餐，週六和週日一起吃晚餐而已，並沒有特別聊什麼天，但我也可以充分感受到他接受了我和梨花媽媽。

而且，梨花媽媽是那種想到什麼就會去做的人，我相信保持這樣的距離偶爾見面，瞭解彼此的近況，盡情地聊天，這種模式最適合我們彼此。我不知道親生爸爸目前人在哪裡，和梨花媽媽也分開生活，這樣的生活也許不自然，但我覺得很適合自己。

在我升上中學三年級後，仍然持續這樣的生活，但不知道是不是梨花媽媽的工作變忙了，有時候頻繁來看我，有時候連續一個月都不見她的身影。

「梨花媽媽昨天來過了。」

梨花媽媽每次來家裡，我都會向泉之原先生報告。泉之原先生非但不會露出不悅的表情，還會向我打聽梨花媽媽的情況。

「是嗎？她最近好嗎？」

「嗯，她說來這裡有好吃的點心，昨天吃了很多餅乾後回家了。」

泉之原先生聽到我這麼說，露出了開心的笑容。

「妳和梨花都聊些什麼？」

「嗯，像是她工作的事。」

「她的工作還順利嗎？」

「嗯，她好像覺得工作很開心。」

「太好了。還有沒有聊什麼？」

我想泉之原先生應該還很喜歡梨花媽媽，即使沒有見面，聽到梨花媽媽來這裡，就覺得很高興。

「還有我學校的事。」

「對喔，妳快要考高中了。我只有高中畢業，所以沒資格說三道四，但妳是不是去補習班比較好？」

「不用了，老師說我絕對穩進我想讀的高中。」

「那就好，有需要什麼，儘管告訴我。」

泉之原先生經常這麼對我說，而且可能也這麼交代吉見太太，所以吉見太太也經常問我有沒有缺什麼文具，是否需要買參考書。

「我在學鋼琴，再去補習班的話太忙了，我可以自己讀書。」

「嗯，妳的鋼琴進步很迅速。」

「我真的很喜歡那架鋼琴。」
泉之原先生聽我這麼說，羞紅了臉笑了起來。
中學三年級的第三學期剛開學不久，梨花媽媽像往常一樣傍晚時來看我，給我看了一張照片。
「妳覺得這個人怎麼樣？」
「什麼怎麼樣……」
照片中有一個男人，瘦瘦高高，但小鼻子、小眼睛，嘴唇也很薄，看起來不怎麼吸引人。我看著照片說：「嗯，看起來乾乾淨淨的。」
「他是東大畢業，目前在超級一流的企業上班。」
梨花媽媽得意地說。
「妳的男朋友？」
「嘿嘿嘿，是啊。」
「妳在和他交往嗎？」
因為我覺得他完全不像是梨花媽媽喜歡的類型，所以很驚訝。
「對，他叫森宮，是我中學的同學。上次在同學會上得知，他現在混得很不錯，所以我就主動和他聊天，然後就是目前的狀態。」
不管他是東京大學畢業還是一流企業，我都很納悶梨花媽媽怎麼會喜歡外表這麼不起眼的人。

「妳喜歡他什麼？」

我問。

「他很聰明，也有穩定的工作，為人也很通情達理。」

梨花媽媽羅列了這些冠冕堂皇的理由。

「妳因為這些理由喜歡他？」

「而且要說善良的話，他心地也很善良。」

「是喔……好意外……」

這個人聽起來和梨花媽媽完全相反，我難以接受地嘀咕著。

梨花媽媽說：

「所以，我打算和他結婚。」

「妳在開玩笑吧？」

「我是認真的，認真的。」

「妳想清楚了嗎？」

「當然啊，所謂事不過三，我覺得這次一定可以很圓滿。」

梨花媽媽語氣開朗地說。

在梨花媽媽眼中，結婚也是一件輕而易舉的事，即使這樣，我還是覺得她和照片中的人不相配。

「咦？優子，妳不滿意嗎？」

「那倒不是……」

「水戶先生很帥，泉之原先生很有錢，下一次當然就要找腦袋好的人，既然要選就要選聰明人。」

「只要妳喜歡就好。」

無論我說什麼，都無法改變梨花媽媽的決心。即使她結了婚，應該也會常常來看我，我的生活應該不會改變。既然這樣，我覺得也無所謂。

沒想到在中學畢業後放春假時，梨花媽媽在泉之原先生在家的時候上門，當著我和泉之原先生的面，很簡潔地說她已經和森宮叔叔結了婚，然後要帶我走。我完全沒想到梨花媽媽也要帶我走，當時愣在那裡說不出話，但更令我驚訝的是，泉之原先生聽完之後，面不改色地點了點頭說：「好。」

「你之前就知道了嗎？」

梨花媽媽走了之後，我問泉之原先生。

即使泉之原先生再怎麼冷靜，聽到梨花媽媽再婚，而且要帶我走，不可能馬上就接受。

「嗯，之前就不時聽她提這件事。」

泉之原先生滿臉歉意地說。

原本以為梨花媽媽只有來找我而已，沒想到也有和泉之原先生見面談話。仔細想一想就知道，這麼重要的事，當然不可能沒有事先和泉之原先生討論。大人總是背著小孩子做很多事。

「我不知道什麼是最適合妳的生活。」

泉之原先生幽幽地說。

「我也不知道。」

我無法說這裡的生活最適合我，至今仍然感覺到無法完全融入這裡的生活，也知道自己配不上這裡的生活，但我並不想離開這裡。

「妳和我在同一個屋簷下生活了三年而已，相比之下，妳和梨花在一起生活的時間更久。」

泉之原先生說完這句話，喝了一口已經冷掉的茶。

「雖然是這樣……」

「梨花認識妳的親生父親，也知道妳小時候的狀況。」

那又怎麼樣？瞭解我小時候的狀況，對於生活在一起很重要嗎？我什麼話都說不出來，只能聽泉之原先生繼續說下去。

「我很珍惜妳，也希望妳能夠幸福。雖然我們相處的時間很短，但我把妳視如己出，妳對我來說，是無可取代的人，正因為這樣，我沒有自信，沒有自信能夠斷言，我可以比梨花成為更好的父親。」

泉之原先生靜靜地、有點吞吞吐吐地對我說。自信。當父母需要這種東西嗎？我從來沒有看過自信滿滿的父母。

媽媽去世，爸爸去了國外，梨花媽媽搬離了這裡，泉之原先生就在我面前，但他很快就不再是我的父親了嗎？我在小學四年級時曾經有選擇的權利，但十五歲的我沒有資格決定這件事。

「優子，妳有什麼想法？」

泉之原先生問我。如果我說想繼續住在這裡，泉之原先生應該會讓我住下，也會像以前一樣疼我，但是我不知道這對我來說是不是好事。

「不是已經決定了嗎？」我問。

「是啊。」泉之原先生靜靜地點頭。

如果梨花媽媽不再來找我，這裡的生活就更拘束，但一旦離開這裡，應該就再也見不到泉之原先生了。我們相處的時間、說過的話和共同累積的經驗太少，但是，我知道泉之原先生有多麼寬容，他越是笨拙，我越可以感受到他對我的關懷。

我不知道誰當我的父母比較好，但我不想離開願意接受我的人、和我共同生活的人，即使已經經歷過多次，仍然無法忍受離別這種事。

「都可以。」

我這麼回答。

一旦去思考怎樣比較好，或我希望怎麼樣，恐怕會瘋掉。我的家庭到底是怎麼回事？一旦去思考這個問題，內心可能會崩潰。我都無所謂。無論在哪裡生活，和誰一起生活都一樣。如果不這樣隨遇而安，就無法活下去。我這麼告訴自己。

22

「妳的大學考試，準備得還順利嗎？」

一月二日，我和脇田一起去神社參拜之後，走進了附近的蕎麥麵店。

「應該吧。」

我喝了一口熱茶後點了點頭。雖然這家神社不大，但有很多人參拜，在排隊時，身體都凍僵了。

「妳其實可以申請推甄。」

「是嗎？我覺得不必太著急也沒問題。」

「是嗎？也對啦。」

已經通過推甄面試的脇田說完，點了咖哩飯。

「昨天和今天早上都在家裡吃年菜，所以想吃點重口味的食物。妳呢？」

「我的話……我要點飯糰，今天早餐吃了太多年糕，現在還很飽。」

我還不覺得餓，點了一個梅子飯糰。

森宮叔叔今天早上說：

「喔，原來現在的年輕人新年時都和男朋友一起去神社參拜。通常有心的話，就會和家人一起去，日本的社會真是和以前不一樣了，希望神明不會太驚訝。」

他一個人嘀嘀咕咕說完，早餐準備了大量年糕。

「年糕？」

「我吃了五個。」

「沒想到妳食量這麼大。」

「對啊，因為我爸爸不停地拿出來……他一定是想把我的肚子塞飽，不讓我和你一起吃好吃的東西，真是超有心機。」

雖然我嘴上這麼說，但還是一口接一口吃著鹹中帶甜的海苔烤飯糰，忍不住有點痛恨自己的食慾。

「所有父母都不太能接受女兒交男朋友這件事吧。」

聽到脇田這麼說，我差一點脫口告訴他，我的爸爸並不是親生爸爸，但還是閉了嘴。我並沒有刻意隱瞞，但現在還不想和他聊自己的身世。因為他不時對我說「我覺得妳很潔身自愛，家教應該很好」，所以我開不了口。即使不需要我特地提起，學校也有人知道這件事，也早晚會傳入他的耳中，到時候再說明就好。

「咖哩照理說無論怎麼煮都好吃，但這裡的咖哩真的不行。」

脇田吃了一口送上來的咖哩飯，立刻皺起了眉頭。

「是嗎？」
「一點都不入味，肉很硬，米飯又糊糊的。」
「可能是因為新年太倉促的關係。」
我在說話的同時咬了一口飯糰，米飯的確很軟，應該和咖哩不合。
「是啊。對了對了，妳有沒有聽說四班小野田的事？」
「小野田？我沒聽說。」
「小野田說，在畢業之前絕對要交到女朋友，在寒假之後就到處找女生告白。」
「是喔……」
我對小野田不太熟，所以隨口附和著。
「結業典禮時向一班的時田告白，聖誕節又向二年級的佐藤告白，除夕那天又是找誰？反正已經向三個人告白，但都被拒絕了。」
脇田說完笑了起來。
「原來是這樣啊。」
「啊，對了，我上次在電視上看到，全世界只有日本人能夠消化海苔。」
「是喔……」
「妳對這種事沒什麼興趣嗎？」
「不是不是，只是覺得很厲害……」
脇田總是準備很多話題，增加聊天的樂趣。我對他的這份心意感到很高興，但看到他剩下一大半的咖哩飯就放在那裡不吃，所以有點無法專心聊天。

我忍不住想到，森宮叔叔即使挑剔「很難吃」、「味道太重了」，但仍然會津津有味地把食物都吃完。即使太鹹太甜的食物，也都會吃得精光。我覺得他吃東西的樣子簡直是一種才華。

第三學期，就在必須縮起身體才能於戶外走路的寒冷天氣中開始了。雖然是高中生涯的最後一個學期，卻讓人提不起勁。有些同學請假專心在家複習，已經通過推甄入學的同學靜靜地坐在教室，努力不干擾其他同學。

「注意身體最重要。雖然讀書也很重要，但也要充分注意睡眠和補充營養。」

向井老師應該也瞭解大家的狀況，班會課時比平時話更少，只說重點。老師在說話時，有人偷偷在寫參考書上的題目，也有人昏昏欲睡。雖然一直宣揚要團結、要合作，但高中生活就以這種方式結束，總覺得有點寂寞。唯一確定的是，每個人都希望趕快考完試，趕快擺脫這種氣氛。

「來，烏龍麵煮好了。」

晚上的時候，我正在房間內讀書，森宮叔叔敲了敲門後走了進來。

「哇，我肚子根本不餓。」

「離考試只剩下十天了，要充分攝取營養，才能最後衝刺。」

森宮叔叔自顧自地清理了書桌，把裝了烏龍麵和茶的托盤放在書桌上。碗公冒著熱氣。

「不是才剛吃完晚餐嗎？」

現在還不到十點，吃完晚餐到現在還不到兩個小時，我肚子還很飽，而且現在吃熱食會想睡覺。

「不是可以有另一個胃裝宵夜嗎？」

「人家是說有另一個胃裝甜點，而且有考生吃宵夜的嗎？」

「當然要吃啊，我在電視劇和漫畫中經常看到母親晚上送烏龍麵去小孩子房間的畫面。」

森宮叔叔說完，坐在地上的坐墊上。

「你以前準備考試時有吃宵夜嗎？」

「沒有，我即使吃，也只是吃營養餅乾和香蕉而已，因為我父母管教很嚴格，說讀書要靠我自己。」

「我也這樣就好。」

森宮叔叔昨天為我準備了飯糰，之前我也沒感冒，就為我準備了鹹粥。一月之後，我每天晚上讀書時，他就會送宵夜進來。

「我是很勤快的父親，可不會偷懶。」

「但我十二點多就要睡了，像這樣每天吃宵夜，應該只會發胖……」

「有什麼關係嘛，即使變胖了，也可以在考試當天讓周圍人覺得妳是即使大考當前，還可以發胖的狠角色。」

「我們高中只有我一個人報考園田短大，原本就不認識其他考生，即使我變胖了，別人也不知道。」

森宮叔叔聽了，開心地說：

「優子，妳果然機靈，因為妳在用功，所以反應很快。不對，光靠讀書不可能有這麼大的效果，所以還是宵夜的功勞。」

「這很難說，但考試科目只有國文和小論文而已，沒什麼好複習的。」

我已經輕鬆寫完了那所學校的考古題，小論文也已經讓老師看了好幾次，老師也說沒問題了。

「優子，為考試做準備這件事沒有止境，再容易考的大學，也要努力到最後一刻。」

「也對啦。」

「現在就不聊了，以免耽誤妳用功，我去想一下明天要做什麼宵夜就去睡覺，妳要趁熱趕快吃。」

森宮叔叔說完，走出了房間。

「喔……那我就開動了……」

雖然我不餓，但他既然已經做好了，我總不能不吃。我拿起筷子，喝了一口湯，又吃了一口烏龍麵。稍微變軟的麵呼嚕嚕地滑下喉嚨，裡面放了切成小塊的油豆腐、魚板和蔥花，口感很清爽，吃起來沒有負擔。

「原來還有賣這個。」

浮在湯汁上的三片魚板都印了「必勝」這兩個字。原來市面上有各種針對考生的商品。森宮叔叔在超市看到這種魚板時，臉上一定忍不住露出了笑容。想像他在買魚板時的表情，我不小心笑了出來。

「謝謝款待。」

吃完之後，我合起雙手。即使不需要吃，有人願意為自己做宵夜，是一件令人感激的事。

23

大學考試前最後一個星期天，我和脇田一起去了附近的購物中心。

「妳是不是需要放鬆一下？但其實只是我想見妳。」

脇田來到我家附近的車站，笑著對我說。

「你不必特地來接我，我們可以約在那裡見面。」

他家離購物中心只有一站，所以他繞了遠路。

「來這裡的話，可以和妳一起搭電車，在一起的時間比較久。」

脇田毫不猶豫地這麼說，我只能害羞地輕輕點頭說：「嗯，也對啦。」

寒冷的假日，躲進購物中心最理想。購物中心內很熱鬧，完全感受不到冬天的肅殺。在脇田的提議下，我們去購物中心內的電影院看了最新一集的《星際大戰》。好久沒有在大銀幕看電影，感覺很震撼，我之前都沒有看過這一系列的作品，沒想到緊張刺激，眼睛自始至終都緊盯著銀幕。

「妳覺得好看嗎？」

一走出電影院，他立刻問我。

「超好看。」

他聽了我的回答，露出鬆了一口氣的笑容說：

「太好了，因為故事情節太簡單，我很擔心妳會覺得無聊。」

我不知道《星際大戰》的故事怎麼會太簡單，整個故事格局很大，可以感受到每個人物的想法，是很值得一看的作品。有人看這部電影會覺得無聊嗎？

「還有另一部是日本電影，我原本猶豫到底要看哪一部……那部日本電影的導演拍的作品都很讚，拍攝手法也與眾不同，但在大銀幕看的話，還是《星際大戰》比較萬無一失。」

「原來是這樣。」我點了點頭，然後有點後悔，覺得應該說「你對電影很瞭解」。

我們在購物中心內閒逛，聽著他和我分享很多事。他除了電影，對音樂和文學方面也很瞭解。我和他交往之後，從他那裡學到了很多，卻不太能夠搭上話，常常對自己很失望，覺得自己在藝術和文學方面的知識很貧乏。

「啊，有鋼琴。」

在這個附近一帶最大的購物中心內，除了電影院以外，還有餐廳和各種商店，當我們走過一家大型樂器行時，脇田指著鋼琴說。

「對欸，有好幾架鋼琴。」

樂器行入口附近放了好幾臺鋼琴，有一個看起來讀小學的女生正在彈「一閃一閃亮晶晶」。

「森宮，妳也去彈。」

脇田對我說，我搖了搖頭。我的鋼琴彈得並不好，不敢在大庭廣眾之下彈，而且也沒有像小孩子那種不顧他人眼光的勇氣。

「妳之前在合唱比賽時彈得超好。」

「謝謝，但還沒有勇氣在這種地方彈。」

我們走進樂器行逛了逛。

「雖然我在三班，但很想在妳的伴奏下唱歌。」

「島西彈得比我好多了。」

「有嗎？啊，吉他！我上了大學後也來練吉他。」

脇田輕輕碰著陳列在店內的吉他。

「彈著吉他自彈自唱感覺很酷。」

「是啊，我想彈傑森・瑪耶茲的歌。」

聽到脇田這麼說，我覺得應該問他，傑森・瑪耶茲是誰？但最後還是懶得問。

「嗯，真不錯。」

我點了點頭。

「對不對？」

「嗯，是啊。」

「妳覺得電吉他和民謠吉他，哪一種比較好？」

「我也不太清楚……咦？」

當我們正在聊吉他時，聽到了悅耳的聲音。那是深沉的鋼琴聲。

「哇，好厲害。」

我看著身旁的男生跑過去，發現有人在彈放在門口的鋼琴。每一個音符飽滿地連結成和弦，悠揚的旋律凝聚了周圍的空氣。修長的手指和結實的肩膀。是早瀨。我想近距離聽他的演奏。我急忙走去鋼琴旁。

「我知道這首曲子！」

「真的欸！」

圍在鋼琴周圍的幾個小孩子聽了充滿震撼的演奏興奮不已。雖然經過了改編，但早瀨彈的是麵包超人的主題曲。我小時候曾經聽過，可能現在仍然是相同的主題曲，所以那些小孩都叫著「麵包超人、麵包超人」。早瀨站在那裡，歡樂地搖晃著身體彈奏著，似乎在回應那些小孩興奮的叫聲。

明亮歡快的旋律吸引越來越多人聚集在鋼琴周圍，有人安靜地專注聆聽，也有小孩子興奮不已。每個人臉上都帶著笑容。

早瀨彈完最後一個音後，周圍響起了掌聲。無論是原本在樂器行內的人，還是路過的人都聽得出了神。

「謝謝，謝謝。」

早瀨向周圍的人鞠躬道謝，然後向店員道歉說：

「對不起，彈了這麼久，但我沒有要買。」

「他不是我們學校的早瀨嗎？」

脇田在我身旁問。

「嗯，他果然好厲害。」

「我覺得妳比他彈得好多了。」

「哪有啦。」

如果他真心這麼想，就代表他在音樂方面完全沒有鑑賞力。我語氣堅定地否認。

「啊，森宮，還有脇田。」

早瀨發現了我們，直直走到我們面前。

「喔，早瀨，你在這裡幹麼？」

「我來試彈，這裡可以自由彈奏各種不同的鋼琴，所以我有時候會來這裡。」

早瀨調皮地笑了起來。

「你彈得太棒了，無論在哪裡彈都超級棒。」

雖然我想要說一些更精準的感想，但結果只會說「太棒了」。

「用這種輕鬆的感覺彈鋼琴很開心。」

用這種感覺彈鋼琴。他平時是用怎樣的感覺彈鋼琴？我還想聽他彈奏的鋼琴。雖然這麼想，但脇田說「我們走吧」，早瀨也很乾脆地說「那就改天見」，走進了樂器行深處。

偶然聽到他的鋼琴太幸運了。雖然我努力這麼想，但聽過之後，他的琴聲就在耳邊留下深刻的印象，讓人還想再聽。早瀨的琴聲具有這種力量。

我在九點之前回到家，森宮叔叔叫住了我：「優子，妳過來一下。」

「什麼事？」

「妳還問我什麼事？妳星期三不是就要考試了嗎？」

「是啊。」

「考試前最後的星期天還在外面玩一整天，妳覺得這樣好嗎？」

森宮叔叔在說話的同時倒了熱茶，放在我餐桌的座位上。

「因為我覺得考試應該……不，是絕對沒問題。」

他的意思是叫我坐下嗎？我把大衣放在沙發上，在餐桌旁坐了下來。

「園田短大的競爭比率是一點三，而且我考試內容都已經讀完了。」

「我也認為除非有什麼意外，否則妳應該會考上，但是既然要參加考試，當然應該衝刺到最後一刻。」

坐在對面的森宮叔叔皺著眉頭說。但我又不是要考東大，明知道可以考上，需要這麼拚嗎？

「是嗎？」

「這應該是妳人生中最後一次為考試用功讀書。」

「是啊……」

「雖然之後可能會考證照之類的，但那種考試只要掌握訣竅就好，以後幾乎沒有什麼機會需要這樣全力以赴讀書了。」

「是啊，但我已經準備得很充分了，而且我平時也有在讀書。」

我認為自己做了萬全的準備，所以忍不住試圖反駁。

「優子，考試這種事沒有終點。」

「我知道，但是……」

「放鬆心情，放鬆肩膀的力量，最後整個人都鬆懈了，這樣好嗎？考大學並不是只要在能力所及的範圍內努力一下就好的事。」

森宮叔叔用低沉的聲音說完，用力吞了一口茶。

我現在該不會是在挨罵吧？小時候，外公和外婆經常連姿勢、說話和打招呼這些旁枝末節的事都會罵我，親生爸爸曾經為我隱瞞遺失了幼兒園的出席簿一事對我發過脾氣，但仔細回想之後，發現之後並沒有被父母訓斥的記憶。這是因為我一直都沒有犯錯嗎？還是因為這些和我沒有血緣關係的父母有所顧慮？

我目不轉睛地看著森宮叔叔的眼睛。他細細長長的眼睛中有一對深色的眼眸，雖然他經常手足無措，但他的雙眼始終都很平靜鎮定。

＊

「我是因為秀秀的熱情嫁給他，然後被泉之原的包容力吸引，但最後要找一個通情達理、臨危不亂的人，對妳來說，最後的父親也最好是穩健踏實的人。」

梨花媽媽在和森宮叔叔一起生活後，曾經這麼對我說。

「喔，是喔。」

「妳的態度不要這麼冷漠，他以後就是妳的爸爸了。」

梨花媽媽輕輕戳了戳我的肩膀，但我對新爸爸既沒有興趣，也沒有期待。

媽媽死了，爸爸又去了國外，梨花媽媽讓我無所適從。雖然他們都是好人，但有時候也會讓我內心充滿怨恨和憤怒。我想見爸爸，我想見爸爸，外公和外婆不知道好不好。我曾經和很多人離別，內心很容易產生懷念和眷戀。

但是，帶著這些感情過日子，只會讓我內心充滿空虛。即使深入思考家庭的問題也無濟於事，我只能在自己目前所在的地方過日子，我放棄了讓期待和不安影響自己的情緒，只是生活的地方和共同生活的人不同而已。每換一次新的家人，我的心就冷掉一點點。

「優子，妳好，我之前一直聽梨花聊妳的事，所以完全不覺得今天才第一次看到妳。呃，我叫森宮壯介，是梨花的中學同學，今年三十五歲。」

森宮叔叔在自我介紹後，向我鞠了一躬說：

「以後請多指教。」

這個即將成為我父親的人向我深深鞠躬。因為我每次都覺得是別人接納我，所以他讓我產生了一種奇妙的感覺。森宮叔叔毫不猶豫地向我鞠躬，他對突然多了一個女兒感到手足無措，但仍然直視我的眼睛，我覺得這個人不會說謊。我至今仍然記得當時的想法。

＊

「啊啊，我肚子好痛。」

我目不轉睛地看著森宮叔叔，他突然按著肚子叫了起來。

「怎麼了？你沒事吧？」

「我沒事，但不光肚子痛，連胃也痛，還好想吐。」

「這哪是沒事？根本是重病，要不要叫救護車？」

我這才發現他的臉色不太好，我走到他身旁問，但他無力地搖著頭說：「不需要去醫院。」

「不要硬撐，要不要吃什麼藥？呃……」

「不用，沒有藥可以治我目前的狀態。」

「那你先躺一下。」

「不，即使躺下來也不會好。」

森宮叔叔彎著身體，發出了呻吟。

「既然你這麼難過，那就要去醫院，應該會有醫院可以晚間看診。」

「不是，不是啦。」

「什麼不是？你不要硬撐。」

我摸著他的後背，希望他稍微舒服一點。既然吃藥和躺下來都沒辦法改善，那就代表很嚴重。這個家裡只有我們兩個人，萬一他昏倒就傷腦筋了。

「肚子痛和想吐……不會是感冒，到底是什麼病？是不是腸胃炎？」

「不……沒事。嗯，現在好了。」

森宮叔叔說完，坐直了身體。

「這只是暫時好了，還是要去看一下。」

「不，我說了不是……」

「什麼不是？」

「不是生病……」

「怎麼可能不是生病？」

如果不是生病，怎麼可能胃痛、肚子痛，而且還想吐？我小心翼翼地撫摸著森宮叔叔的背。

「不，真的不是啦。妳今天不是出去玩嗎？」

森宮叔叔深深嘆了一口氣，慢慢喝了茶後開口。

「嗯，所以呢？」

「之後就一直……」

「一直怎麼了？」

我慢慢聽著他小聲說話。

「我覺得這樣不好，絕對有問題。」

「你該不會從那時候就覺得不舒服？」

「不，不是，我是覺得妳快要考試了，這樣太混了，我必須開導妳。」

「所以呢？」

雖然我搞不懂這和肚子痛、嘔吐有什麼關係，但仍然靜靜聽他說。

「但又不想說，因為一旦我開導妳，妳不是會不高興嗎？我不喜歡看別人的臭臉，但如果不說妳，又覺得太不盡責，這根本放棄了身為父親的責任。」

「喔。」

「既覺得人生很艱難，如果妳學會敷衍了事，日後就很傷腦筋；但又覺得即使我說了，也只是讓妳討厭，根本沒有意義。」

「你該不會因為這樣，所以肚子痛？」

我停下了正在撫摸他後背的手。

「嗯，雖然我會在背後說下屬的壞話，但我甚至不會當面批評他們，但還是咬牙教訓了妳，結果就胃痛了。」

森宮叔叔用力按著胃。

「太遜了，真是太遜了。」

「胃和肚子都超痛，原來壓力是萬病的根源這句話千真萬確。」

森宮叔叔似乎說出真相後感到舒暢了，用力伸了一個懶腰。

「哪是什麼壓力，也太誇張了，好啦，我來重新泡茶。」

雖然他的理由有點莫名其妙，但他似乎真的胃痛。我拿著杯子走去廚房時，聽到他說：「啊，那要泡紅茶。」

「紅茶？」

「對，然後來吃妳買回來的乳酪蛋糕。」

「所以現在胃不痛了嗎？你怎麼知道我有買蛋糕回來？」

「嗯，我在罵妳的時候，也很在意那個蛋糕店的袋子。」

「是喔。」

我很想說他這個人太現實，但還是忍住了，把蛋糕放在盤子裡，和紅茶一起端了過去。

「咦？」

我把乳酪蛋糕放在桌上時，偏著頭納悶。

「怎麼了？」

森宮叔叔的胃痛、想吐和肚子痛都好了，一臉滿足地喝著紅茶。

「你怎麼知道我買的是乳酪蛋糕？搞不好是其他蛋糕啊。」

「這太簡單了，妳一定和那個叫脇田的傢伙在外面吃了有甜甜鮮奶油、吃起來很膩的蛋糕，但既然出了門，就覺得空手回來不好意思，所以我推測妳帶了口感清爽的蛋糕回來。」

「原來是這樣。」

「我猜對了吧？我要不要去當偵探？」

森宮叔叔說著，開心地吃起了乳酪蛋糕。

「真好吃，這種蛋糕，我可以吃八塊。」

「真的很好入口，你猜對了，我剛才吃了巧克力蛋糕，現在也照樣吃得下。」帶著淡淡乳酪香氣的舒芙蕾入口即化，淡淡的甜味很適合晚上吃。

「我晚上也吃了很多起司，但還是覺得蛋糕很好吃。」

「起司？」

「對，我沒想到快考試了，妳竟然還會出門，所以準備了兩人份的晚餐，結果一個人吃掉了兩人份的焗烤飯，而且加了大量起司。」

「原來是這樣。」

「是加了大量蝦子、干貝、鮭魚和蕈菇的濃郁白醬口味豪華焗烤飯喔。」

森宮叔叔得意地說，他是不是因為吃太多起司才胃痛？

「如果妳不和那個叫脇田的傢伙出門，乖乖在家讀書，就可以吃到焗烤飯了。啊，對了，要不要明天做給妳吃？」

「不，改天再說。嗯，等考完試再吃。」

雖然我喜歡吃起司，但像這款蛋糕一樣，只要稍微有起司風味就好，在考試前吃加了大量起司的濃郁焗烤飯有點太膩了。

「好，那就等考完試慶功時吃。」

森宮叔叔幹勁十足地說完話的同時，也把乳酪蛋糕吃完了。

一月二十二日。考試當天是即使開了暖氣，仍然覺得很冷的寒冷早晨。穿上制服，明明是和平時同樣的衣服，但不知道是因為寒冷的關係，還是因為振奮的關係，整個人都繃得很緊。

換好衣服後走去飯廳。

「早安，早餐剛做好。」

森宮叔叔端著味噌湯的碗對我說。
「早安……咦？」
我一看餐桌，忍不住偏著頭。
「怎麼了？」
「今天不吃炸豬排飯嗎？」
因為開學典禮都要吃炸豬排飯，我以為考試當天也得吃。
「怎麼可能？妳今天不是要參加大學考試嗎？吃炸豬排飯胃不是很不舒服？所以我煮了可以暖和身體的生薑飯，和加了各種食材的味噌湯，再配一個蘋果。吃得太飽，腦袋會昏昏沉沉，所以這樣就夠了吧？」
「嗯，夠了，夠了。開動了。」
原本以為要吃油膩食物的胃鬆了一口氣。我坐下後，立刻拿起了筷子。
「啊，真好吃。」
有點辛辣味的生薑加了高湯之後，口感變得很溫潤，帶有淡淡風味的生薑飯靜靜地落入剛甦醒的胃。
「優子，妳只要發揮平時的實力就絕對沒問題。」
「嗯。」
「不要慌。」
「我知道，但不知道為什麼，原本覺得老神在在，現在突然有點緊張。」

為了不枉費森宮叔叔努力讓我放鬆，我對他露出了微笑。

「這是理所當然的，因為今天要考試啊。」

「也對啊。」

「妳之前認真準備，當然要緊張一點。不過很快就結束了。」

「是啊。」

豆皮、白菜、蕪菁、韭菜、胡蘿蔔和菠菜，加了大量食材的味噌湯有淡淡的甜味，蔬菜的力量在全身循環。

「好，我要去考試了。」

當我合掌說「謝謝款待」時，森宮叔叔也開始準備，說要送我去公車站。

「不用了，你上班快遲到了，我沒事，不用擔心。」

即使他送我去車站，也不會讓我考得更好。當我婉拒時，森宮叔叔說：

「沒關係，我請了一個小時的假。」

「不會吧？」

「真的。」

「你老是請假，公司不會把你開除嗎？」

「別擔心，別擔心，家裡有孩子的人，經常因為孩子發燒，或是幼兒園有什麼活動請假，所以不會太引人注意。」

「那就好。」

但那是家有幼兒的人，高中生的父親經常請假，人家會覺得我是爸寶吧。
「那就出發吧。」
森宮叔叔自己做好了出門的準備，興致勃勃地說。
「又不是去遠足。」
「因為都是去特別的地方，所以很像啦。」
「是喔。」
我在制服外穿了森宮叔叔在聖誕節買給我的灰色大衣，打開了公寓沉重的門。冬日新鮮的冷空氣刺進鼻子。
「我覺得天冷的時候，可以更激發實力。」
「是嗎？」
「錯不了，錯不了。」
森宮叔叔一個人幹勁十足，走到公寓外，仍然得意洋洋地說。
「雖然很冷，但天氣晴朗，簡直就是考試的好日子。」
走出大門，森宮叔叔仰頭看著天空。剛過七點的天空只有淡淡的光。
「是啊……咦？」
當我看到公車站時，忍不住停下了腳步。因為我看到脇田坐在公車站的長椅上。
「早安。」
當我走向公車站時，脇田緩緩站了起來。

「早安，你怎麼會在這裡？」
「因為今天是妳考試的日子，所以想來對妳說聲加油。」
「這……這樣啊。」
「反而給妳壓力嗎？」
脇田問。
「沒這回事，我很高興。」
我搖了搖頭。
他一大早特地來這裡，我覺得這是最值得感謝的事。
「那就太好了。」
我們正在說話，聽到背後傳來森宮叔叔的說話聲。
「喂，你們兩個！」
「喔喔，差點忘了，這是我爸爸，這是脇田。」
我簡單介紹後，他們兩個人相互點頭打招呼。
「謝謝你一直照顧我女兒。」
「不，是她照顧我。」
「不好意思，還讓你特地來這裡為她加油。」
「不，小事一樁。」
我聽著他們兩個人很不自在的對話，看到公車來了。

「那我走了。」

雖然留下他們兩個人很不安，但我考試不能遲到。

「祝好運。」

脇田輕輕做了一個勝利的姿勢。

「嗯，謝謝。」

我走上公車時，慌忙轉頭說：「啊，森宮叔叔，謝謝。」森宮叔叔對我用力點了點頭。

看著他們在車窗外的身影有點好笑，希望森宮叔叔不會對脇田說一些莫名其妙的話。我一直看著他們的身影，直到看不見為止。

24

一個星期後，我從學校放學回家，發現信箱裡有一個印了大學名字的信封。

「來了，來了。」

我握著信封，急急忙忙回到自己房間。

雖然我猜想應該會錄取，但用剪刀剪開信封時，還是忍不住緊張。萬一沒錄取怎麼辦？我完全沒有報考其他學校，應該不至於發生意外吧，一定沒問題。我吐了一口氣之後，從信封裡拿出了紙，上面寫著「臺端經甄試結果，決定錄取為本校一年級新生」。

「呃，這代表我考上了吧。」

因為內容太簡單，我忍不住嘀咕。信封內還有幾張單子，分別寫著入學前的手續、需購買物品和新生訓練的日期。我看了幾張單子之後，才終於體會到自己被錄取了。四月之後，我將成為短大的學生。

真的太好了。雖然入學考試並沒有很難，但還是有一種解脫的感覺。原來不需要面對考試的日子這麼自由。

對了，我要告訴脇田。他在考試當天特地來這裡，還為我加油，昨天也問我：「還沒有收到錄取通知書嗎？」那就趕快通知他。想到這裡，我從書包裡拿出手機，但猛然住了手。

脇田的確很溫柔體貼，對我也很好，和他在一起時，體會到很多和別人相處時無法感受到的充實。如果有什麼高興的事，我會和他分享，也希望他能夠和我分享他身邊發生的事。

但是在考大學這件事上，最支持我的不是脇田，是森宮叔叔每天晚上都做我根本不想吃的宵夜，也是他忍著肚子痛和想吐的感覺，督促我要好好用功。雖然有點麻煩，但我覺得最先通知森宮叔叔才合乎禮節。

「不管怎麼說，他也是爸爸，只能這麼做了。」

我把錄取通知書重新放回信封，做了出門的準備。

考試前一天，森宮叔叔做的宵夜是蛋包飯。
「雖然宵夜吃西餐有點膩，但我超喜歡你做的蛋類料理。」
但是看到森宮叔叔放在書桌上的蛋包飯，我忍不住驚訝，「這是怎麼回事？」
蛋包飯上用番茄醬寫了一段長長的話。
「今天就好好睡一覺，為明天的考試做好充分準備，相信自己一定可以考上，放鬆心情，發揮實力！」
「這看起來有點可怕。」
「為什麼？不是都會用番茄醬在蛋包飯上寫字嗎？」
森宮叔叔一臉驚訝的表情。
「那是寫『我愛你』，或是名字之類，最多三個字左右，用這麼小的字寫滿蛋包飯，而且是紅色，簡直就像是死前的遺言，也未免太恐怖了。」
「是喔，難怪我覺得也太累人了，我用牙籤足足寫了三十分鐘。」
聽了森宮叔叔的回答，我簡直笑死了。

搭電車去森宮叔叔的公司大約三十分鐘。那一帶是辦公街，我第一次在那個車站下車。我拿著從網路上查到的地圖，仰頭看著高樓大廈走在街上。沿途都是大同小異的大樓，完全搞不清楚目前走在哪裡，簡直快要迷路了。我尋找著森宮叔叔公司的名字，走了五分鐘左右，看到一棟很高的大樓。不愧是森宮叔叔之前誇口說的一流企業，那棟大樓很漂亮。原來他在這麼高級的地方上班。也許是因為習慣了他平時的傻樣，所以有一種意外的感覺。

我決定靠在大門口旁的圍牆上等森宮叔叔，以免擋住別人出入。一月底向晚的天空有點昏暗，剛才來這裡的路上因為在專心找路，所以沒有察覺，但站著不動，就發現冷風刺骨。

森宮叔叔說今天是全公司不加班日，所以五點過後，就陸續有人從大樓內走了出來。身穿西裝和套裝的上班族和粉領族有說有笑地走過面前。「要不要去吃飯？」「要去新開的那家餐廳吃飯嗎？」也許是因為已經結束了一天的工作，每個人都面帶笑容，表情都很放鬆。

在公司上班似乎也很開心。看著這些衣著亮麗的女人和發出笑聲的上班族，忍不住這麼覺得。自食其力，花自己賺的錢，可以想去哪裡就去哪裡，不必在意回家的時間。雖然明知道踏上社會後很辛苦，但還是很嚮往這種生活。森宮叔叔每天下班後就直接回家，但希望他也有可以一起吃晚餐的朋友。

我想著這些事東張西望，看到有一群五個人走了過來。那群人大約都三十多歲，有說有笑，看起來關係很融洽，我忍不住瞪大了眼睛，因為走在正中央的竟然是森宮叔叔。

「啊，優子。」

如果他和朋友在一起，我不該打擾他，但我還來不及躲起來，他就跑了過來。

「啊，啊啊，你好。」
「怎麼了？怎麼會來公司？」
森宮叔叔在對我說話的同時，向其他人揮了揮手，然後說：「明天見。」
「不是啦，嗯……森宮叔叔，原來你有朋友。」
森宮叔叔聽了我的話，笑著說：
「也不能算是朋友，只是同事。妳該不會以為我任何時候都獨來獨往？」
「嗯，原本這麼以為。」
「我在妳心目中的形象也太差了，有什麼事嗎？」森宮叔叔問完，邁開步伐說：「我們邊走邊說。」
「是啊，那、這個……」
原本以為森宮叔叔會形單影隻地走出公司，現在有點不知道要怎麼給他看，但還是從皮包裡拿出了信封。
「啊，錄取通知。」
森宮叔叔還沒有打開信封就這麼說。
「是啊。」
「原來妳特地送來給我看！」
「對，算是吧。」
「這樣啊，畢竟我是爸爸嘛。」

森宮叔叔從信封中拿出錄取通知。

「太好了，恭喜妳，但感覺有點太敷衍了，就一句『決定錄取』而已，學生花了多少時間讀書，妳不覺得應該多寫幾句鼓勵的話嗎？」

森宮叔叔皺起了眉頭。

「是啊，但如果寫一大堆，反而會混淆吧。」

「也對，沒想到妳特地拿來公司給我看。」

「因為你也出了不少力，而且我想順便用零用錢請你吃飯。」

森宮叔叔聽了我的提議，舉起手說：「太好了，那妳要請我吃什麼？」

他似乎很興奮，腳步也輕盈起來。

「你想吃什麼？」

「嗯，既然妳要請我吃飯，吃什麼都好。」

「那要不要吃拉麵？」

「拉麵？」

「對啊，我記得你之前說，向來都是一個人吃拉麵。」

「吃拉麵慶祝妳考上大學？」森宮叔叔聽了我的回答，忍不住偏著頭。

「很奇怪嗎？」

「不，不錯啊，我的確沒有和別人一起吃過拉麵的經驗。」

森宮叔叔回答後，我們就一起找拉麵店。通往車站的路上有好幾家餐廳，到處都飄出香噴噴的氣味，我們的肚子也越來越餓。

「啊，那家怎麼樣？」

森宮叔叔指著前面一家飄著黃色布簾的店。

「不知道欸，會好吃嗎？」

「那我先去看一下。」

森宮叔叔跑去那家店，向店內張望後，用雙手比了一個大大的圓圈。

「是看起來很好吃的意思嗎？」

「雖然看外面不知道味道如何，但老闆的外眼角垂垂的，看起來好好的。」

「什麼嘛。」

「就是這家店的老闆不是很凶的意思。有些拉麵店的老闆不是很凶嗎？遇到臉很臭的老闆，不是會吃不下飯？好，這家店沒問題。」

森宮叔叔一個人做了決定，推開了店門。

只有吧檯座位和兩張餐桌的狹小店內已經有幾個客人，店內瀰漫著醬油和味噌的香氣。

「感覺會很好吃。」

「嗯，我們趕快點餐來吃。」

我們一坐下，立刻點了拉麵和餃子。

「偶爾外食也不錯。」

「是啊，妳和我下廚做菜的味道都在可以想像的範圍，但如果是別人做的，就會很興奮地期待，不知道會是什麼味道。」

「廚師做的絕對比我們做的好吃。」

我們正在聊這些話時，餃子送了上來。

「哇，也太神速了。」

「不愧是廚師，來，乾杯。」

森宮叔叔舉起裝了水的杯子。

「也不值得乾杯啦……」

我覺得有點害羞，但還是拿起杯子，森宮叔叔大聲地說：「恭喜妳考上了。」然後一口氣把水喝光了。

「聽了好消息之後，即使只是喝水，也覺得格外好喝。來，趁熱吃！」

「嗯，那我就開動了。」

「嗯，好吃。」

森宮叔叔把大餃子放進嘴裡，整個嘴巴都塞滿了。

「家裡的平底鍋沒辦法煎得這麼脆。」

我也吃著餃子，帶著大蒜和韭菜味道的肉汁從煎得香脆的外皮溢了出來。

「比我煎的餃子稍微好吃一點點。怎麼樣？得知錄取後的心情如何？」

「我想想，好像終於可以鬆一口氣了……」

我正在回答，拉麵也送了上來。

「上菜的速度真快啊。」

「人家畢竟是廚師嘛，雖然我想聽妳好好聊錄取後的心情，但麵會糊掉，還是先吃再說。」

森宮叔叔說完，我們一起開始吃麵。

「吃拉麵好像很急促。」

「一下子就送上來了，而且都是冷掉就不好吃的食物。」

我們匆匆吃拉麵時，門口已經有人排隊了。

「還有人排隊。」

「那我們要吃快一點。」

森宮叔叔比剛才吃得更快了，然後忍不住笑了起來。

「怎麼了？」

「慶祝妳考取大學的這一餐也吃得太匆忙了。」

「是啊，根本沒時間說話。」

我把麵湯吞下去後點了點頭。因為有人在外面排隊，所以根本無法靜下心慢慢吃。

「拉麵還是適合一個人吃，不能和想要聊天的人一起吃，今天太失策了。」

森宮叔叔說話時，筷子仍然沒停下來。

「可以回家再聊。」

「是啊，可以買蛋糕回家，那我們就速戰速決趕快吃。」

「嗯，就這麼辦。」

我們把麵一口接一口送進嘴裡，熱得臉都紅了。

25

三月一日。好不容易覺得冬天接近了尾聲，結果又吹起了寒風，感覺冬季又回來了。天空中布滿烏雲，好像隨時會下雨。每次畢業典禮的日子，天氣都很差。

雖然體育館內放了許多電暖爐，但感覺不到有什麼效果。不知道是因為天冷的關係，還是因為氣氛太嚴肅的關係，雖然全校學生都集中在體育館內，但室內靜悄悄的。也許以後再也不會有機會和年紀相仿的人穿著相同制服聚集一堂，想到這裡，就覺得今天比之前任何一次畢業典禮都還要更加沉重。

唱完校歌後，開始點名發畢業證書。全班派一位代表上臺領取證書，其他人只要聽到點名後起立就好。

一班的齊藤老師是年紀很輕的女老師，點名時的聲音似乎快哭了。原來老師也很激動。不知道向井老師會是怎樣的表情。轉頭一看，發現她的表情很平靜。

今天早上班會時，向井老師給每個同學一封信。向來冷靜地和學生保持距離的老師竟然會寫信給學生，大家都驚訝地議論起來，老師就像在發講義一樣，一臉平淡的表情，把信發到每一個人手上。

幾乎所有的學生都馬上打開信封看了起來。墨田得意洋洋地說著「我來看看寫了什麼？」然後大聲朗讀起來，中途忍不住哭了起來，說「老師超懂我」。坐在她旁邊的男生武井也靜靜地看著信啜泣著。三宅握著老師的手說：「老師，原來妳對我有這麼高的期待」，被老師罵了一句「別得意忘形」。

坐在後方座位的萌繪輕聲笑著說：「我原本以為老師把我視為眼中釘，原來她是很關心我。沒想到她那雙冷靜的眼睛看得那麼清楚。」

「是啊。」

我也有同感。

妳一定很痛苦。妳不必勉強自己。即使換了父母，妳還是妳。不必在意自己的身世。至今為止，有很多老師這麼對我說，但是向井老師的信中寫著「很少有人能夠像妳一樣，得到父母這麼多的關愛」。

「大家準備去體育館了，明天之後，各位同學的生活不再是目前生活的延續，對每個同學來說，都將是一個全新的地方。這麼一想，是不是覺得必須挺起胸膛？高中生涯最後、也是最棒的舞臺已經拉開了序幕。」

老師用開朗的聲音對我們全班學生說。

一班的代表領取畢業證書後，二班開始點名。

向井老師沒有拿點名冊，而是看著我們，叫著每一個人的名字。
佐伯史奈、田所萌繪。聽到好朋友的名字，就覺得內心深處有一種振奮的感覺。高中生涯真的即將結束。雖然並沒有緊張，但心跳不由得加速。
我在中學畢業時叫泉之原優子，所以按照五十音的順序，第二個被點到名，這次是倒數第五個。每次從學校畢業時，我的姓氏就會更換一次。不知道高中畢業之後，迎接我的將是怎樣的生活。

＊

森宮叔叔、梨花媽媽和我開始一起生活了短短兩個月，梨花媽媽就留下一張「不要找我　梨花」的字條離家出走了。
「原來這就是所謂的留字條，我第一次看到。」
森宮叔叔看了之後這麼說。
「梨花媽媽就像是貓，過一陣子她就會回來了。」
我比森宮叔叔更瞭解梨花媽媽，所以並沒有太擔心。
「是嗎？那就好。」
「嗯，別擔心。」
梨花媽媽一定對和別人生活在一起感到拘束，對每天重複相同的生活感到厭倦。

她很怕寂寞，無法一個人生活，卻又追求自由。她並不適合結婚，雖然為了我，努力建立家庭，但其實她更適合只談戀愛，一個人過自由自在的生活。和泉之原先生生活在一起的時候，梨花媽媽也離家出走，但之後經常回來看我，這次也一定會回來看我。我理所當然地這麼以為，所以完全沒有絲毫的不安和寂寞。

沒想到梨花媽媽離家出走一個月、兩個月後仍然沒有回家，既沒有在森宮叔叔出門上班時來看我，也沒有傳電子郵件，或是打電話給我。

梨花媽媽想到什麼就會付諸行動，無法顧及周圍的情況，當然也會發生突然離開、然後斷了音訊這種事，我覺得這種情況並不足為奇，但奇怪的是，森宮叔叔對梨花媽媽離開這件事既沒有感到難過，也沒有為此傷神，而是很老神在在地覺得「如果她想回來，自然就會回來」，我猜想他這個人能夠接受任何狀況，所以當初才會和帶了一個女兒的梨花媽媽結婚，現在也能接受和我住在同一個屋簷下的狀況。我這麼分析森宮叔叔當初不為所動的原因。

沒想到不久之後，收到了梨花媽媽寄來的一封信，信上只寫了「我要再婚，請盡快確實辦理完相關手續」這句話，同時附上了離婚協議書。這張紙改變了我的姓氏和家庭成員。

「啊啊，最後收到了這個。」

森宮叔叔甩著離婚協議書說。

不意外。我看了信後這麼想。因為我猜想梨花媽媽又有了新歡，應該不會再回來這裡了，所以並不感到驚訝。完全沒有任何解釋，只按自己的方式處理也很像是她的作風，但她當初那麼愛我，從親生爸爸手上接下撫養我的責任；她當初那麼疼我，聽到我說想要鋼琴，就決定和泉之原先生結婚，現在竟然就這樣把我丟在這裡。

目前在梨花媽媽身邊的人，足以讓她改變對我的愛。她終於遇到了這樣的人嗎？這麼一想，就不會恨她或是感到難過，反而為她感到慶幸。

但是，既然梨花媽媽寄來了離婚協議書，我就必須面對一個問題。森宮叔叔和我完全沒有任何關係，他既不是我的親生父親，也不是和我有血緣關係的人的丈夫，我和他之間還沒有建立起牢固的關係，我也不認為他是我的父親。之後繼續和他共同生活很不自然，問題是我才十五歲，既沒有經濟能力，也沒有生活能力，未來的日子該怎麼辦？假設搬離這裡，我要去投靠誰？我不知道親生父親目前在哪裡，事到如今，也不可能去找泉之原先生。梨花媽媽已經不要我了，要去找她需要勇氣。雖然有很多人曾經成為我的父母，但竟然完全無處可去。這難道是生活在沒有血緣關係家庭的我必須面對的現實嗎？

只能請森宮叔叔暫時收留我，我在這段期間去找打工和住的地方。我只想到這個方法。

「好，寫好了。」

在我陷入沉思時，森宮叔叔已經三兩下寫好了離婚協議書，連印章也蓋好了。

「市公所沒開，只能郵寄了，那我馬上丟去郵筒。」

「你動作真快。」

我驚訝地說，森宮叔叔若無其事地說：

「任何事都最好速戰速決。」

「你不去找梨花媽媽嗎？不設法找到她，然後把她帶回來嗎？」

雖然我知道即使找到了梨花媽媽，也不可能把她帶回來，但看到森宮叔叔這麼乾脆，還是無法不問這個問題。

「嗯，因為我也不知道她在哪裡，即使去找她也沒有用，而且還有許多更重要的事。」

「你不喜歡梨花媽媽嗎？什麼事比她更重要？」

「我雖然喜歡梨花，但現在妳更重要。我在是一個人、一個男人之前，首先是一個父親。一旦把這份離婚協議書交出去，妳就不再是我結婚對象的女兒，從今以後，我正式成為妳的父親，我覺得自己賺到了。」

雖然森宮叔叔看起來很興奮，但我不知道被迫撫養一個沒有任何瓜葛的女兒，到底哪裡賺到了。

「森宮叔叔，你和一個喜歡的人結了婚，結果對方帶了一個拖油瓶，最後你喜歡的人離開了，只剩下那個拖油瓶。」

森宮叔叔瞭解眼前的狀況嗎？雖然被拋下的我很值得同情，但我覺得他也很可憐。

「我成為妳父親時已經三十五歲了，當時並不是先有後婚，而是經過充分的考慮，決定成為妳的父親，並不是結婚之後，妳才突然冒出來。」

「雖然是這樣，但……」

你是因為喜歡梨花媽媽，才會接受我。即使有女兒這個障礙，你仍然愛梨花媽媽。我原本想這樣說，但他打斷了我。

「我和梨花交往時，每次見面，她就會聊妳的事，說妳是一個純真坦率又出色的孩子。」

「她過獎了。」

我想像著梨花媽媽誇大其詞的樣子，聳了聳肩。

「她說對了七成，她曾經說，在成為妳的母親之後，就有兩個明天。」

「兩個明天？」

「對，一個是自己的明天，一個是比自己充滿更多可能性和未來的明天。她對我說，成為父母之後，未來就是原來的兩倍以上。妳不覺得有兩個明天很了不起嗎？既然未來可以加倍，絕對要成為父母啊，這是繼任意門之後的重大發明，而且哆啦A夢是漫畫，妳是現實存在的人。」

那只是想和森宮叔叔結婚的梨花媽媽，為了讓他接受我而說的花言巧語。我越來越同情森宮叔叔，對他說：「梨花媽媽很能言善道。」

「不，梨花說得沒錯，和妳一起生活之後，真的有兩個明天，每天都有自己的明天，和比自己的明天更重要的明天，太了不起了。」

「有了不起嗎？」

「嗯，真的很了不起，無論會因此帶來多少麻煩事，我都無法放棄可以擁有除了自己以外的未來的生活。」

森宮叔叔真的瞭解和完全沒有血緣關係的孩子共同生活，要接受我和他共同生活，是多麼重大的決定嗎？

「我不會再婚，也不會去哪裡，活到平均壽命之前也不會死。對我來說，成為父親就是這麼一回事。」

森宮叔叔這麼宣布後，就像第一次和我見面時一樣深深地鞠躬說：「請多指教。」

*

和森宮叔叔一起生活了三年，我不知道這樣的時間算長還是短，也不知道我們之間是否建立了父女關係。無論接下來再一起生活幾年，我應該都不會叫他爸爸，但我的家就在這裡。

就像森宮叔叔當初下定了決心一樣，我也做好了同樣的心理準備。每換一次家人，每一次的離別，我都很堅強，表現得都很平淡。但是，現在的我一旦失去家人，已經無法覺得無所謂了。萬一發生森宮叔叔無法再成為我爸爸的狀況，我一定會又哭又鬧，阻止這種情況發生。即使醜態畢露，即使自己某個部分崩壞也無所謂。我不能永遠都隨波逐流，聽天由命，我無論如何都要捍衛目前的生活，捍衛這個家庭。

「森宮優子。」

「有！」聽到向井老師的點名聲，我站了起來。森宮優子。這個名字很響亮。如果還會再改姓氏，將由我自己決定。在此之前，我都叫森宮優子。這就是我的名字。

第二章

1

「為了結婚而去拜訪父母這種事，光一次心情就夠沉重了，這種時候，有很多父母就很麻煩。」

他站在大廈公寓的門前時，輕輕嘆了一口氣。

「別擔心，次數越多，就代表這一次的壓力會比前一次更小。」

「真的嗎？」

「應該是，而且森宮叔叔是第一關，可以輕鬆搞定啦。森宮叔叔一定會為我們感到高興。」

我很有自信地回答。

昨天晚上，我告訴森宮叔叔「明天要帶一個人回來見你」時，他非常高興。

「終於要帶回來見我了。」

「什麼終於要帶回來見你？所以你知道我有男朋友？」
「我當然知道啊。」
森宮叔叔得意地笑了起來。
「是嗎？好吧。」
「既然要帶回來見我，該不會……？」
「我們打算結婚。」
森宮叔叔聽了，毫不猶豫地說：「很好啊。」
「是嗎？」
「雖然妳才二十二歲，年紀還輕，但我隱約猜到了。以前妳經常會聊男朋友的事，這次妳不是沒有向我公開嗎？所以我推測妳對這段感情很認真，也很小心地呵護。」
「我並沒有要刻意隱瞞……不管怎麼說，你為我感到高興真是太好了。」
「我當然會為妳感到高興啊，雖然妳將離開這個家的這件事很可怕，但我更為妳感到高興。」
森宮叔叔笑著說，所以我認為一定沒問題。
沒想到，當他看到早瀨時，立刻皺起了眉頭。
「妳該不會要和他結婚？」
「對啊，我要和早瀨結婚啊。」

「你們不是分手了嗎？」

「只是有一段時間分隔兩地，我們一直在交往。」

森宮叔叔聽了我的回答，從頭到腳仔細打量著早瀨。

「爸爸，很抱歉沒有事先打招呼，讓你這麼驚訝。去年我從美國回來之後，我們正式開始交往，在交往過程中，也很認真思考了未來的事。」

森宮叔叔一臉事不關己的表情聽早瀨說完，很乾脆地回答：「這些都不重要，我反對這件事。」

早瀨踏進這個家門還不到三分鐘，森宮叔叔劈頭就表示反對，我根本無法接受。

「欸，不要這麼武斷嘛。」

「當然會反對啊！哪一個父母會贊成女兒嫁給這種整天到處出國的男人？反正他很快又不知道想要飛去哪裡了。」

「不，我暫時會留在日本。」早瀨回答。

森宮叔叔咄咄逼人地說：「暫時是什麼意思？過一陣子，又會說要去法國學做蛋糕，全天下沒有任何父母會同意女兒和這種沒有定性的男人結婚。」

「你不要妄下定論，早瀨並不是沒有定性，而且怎麼可能全天下的父母都不同意？」

「不是我妄下定論，這是常識，妳去問問全天下所有的父親。」

「有很多通情達理的父親和你不一樣，會表示贊成。」

我反駁道。

「這種父親不是通情達理，而是不負責任。」

森宮叔叔大言不慚地說。

「為什麼贊成女兒結婚會不負責任？」

「如果認真為女兒著想，當然會反對女兒嫁給這種人。」

「請兩位先不要吵。呃，對了，我買了蛋糕，要不要先吃蛋糕？爸爸，吃甜食心情會好。」

我和森宮叔叔爭執不休，早瀨這麼說著，打開了他帶來的伴手禮。雖然早瀨向來覺得大部分的事都可以靠吃美食解決，但眼前這種狀況無法靠蛋糕解決。

「我並沒有心情不好，而且也不吃你帶來的蛋糕。」

森宮叔叔很不屑地說。

「是嗎……？優子，那妳要吃嗎？」

「不，啊，我晚一點再吃。」

我有時候會被早瀨不懂得察言觀色的大膽舉動嚇到。我輕輕搖頭，向他使眼色，叫他先不要說話。

「我不吃蛋糕，我們也談完了，你是不是可以走了？」

森宮叔叔開始整理桌子。桌上放著紅茶、綠茶、西式糕點和萩餅，他俐落地把這些事先準備的點心端去廚房。無論怎麼說，都無法讓他改變心意，今天還是不要繼續談下去比較好。

「那今天就先這樣，至少已經見過了。因為是第一次，森宮叔叔也有點失去理智。」

「我才沒有失去理智。」

森宮叔叔在廚房收拾餐具，發出很大的聲音。

「好，雖然似乎沒有失去理智，反正就是這樣，所以就下次再說。」

我說完這句話，就推著早瀨的背往外走。以目前的形勢判斷，先由我自己說服森宮叔叔比較好。

「喔喔，是嗎？爸爸，那我就先告辭了。」

早瀨對著森宮叔叔的背影行了一禮，走向玄關。

「真不好意思。」

「不會啦，我也不是不能夠理解妳爸爸說的話。」

「我沒想到森宮叔叔在這方面那麼頑固。」

「哈哈，妳和他很像啊。」

我們正在玄關說話，森宮叔叔大步走過來說：「對了，剛才忘了說。」

「什麼？」

「你沒理由叫我爸爸。」

森宮叔叔對早瀨說完這句話，又大聲走回客廳。

「我完全沒料到。」

送早瀨去車站，回到家裡，我倒了一杯果汁。雖然森宮叔叔和早瀨才說了五分鐘的話，但我已經精疲力盡，口乾舌燥。

「優子，妳原本預料會發生什麼事？哪個父母會同意女兒嫁給那種浪子。」

森宮叔叔說話時，把早瀨帶來的蛋糕放在盤子上。

「他哪是浪子啊？咦？你要吃蛋糕嗎？」

「對啊，這種四海為家的浪子糟透了，但食物沒有過錯。」

「是喔。」

就連原本認為門檻最低的森宮叔叔這一關也過不了，我忍不住嘆氣。

「他去美國的時候，我應該建議妳交新的男朋友，交一個不會迷披薩和鋼琴的男朋友。」

森宮叔叔吃著乳酪蛋糕挖苦道。

＊

在進大學不到一個月，就和高中時交往的脇田分手了。脇田說他有喜歡的女生，就把我甩了。雖然上了大學後就和西野分手的史奈說：「大學太可怕了，快樂的世界一下子變得開闊。」但我讀的是一所全都是女生的短期大學，並沒有這種花花世界的感覺。也許是因為將四年的課程縮短到兩年的關係，才剛進大學不久，很快就面臨考證照、找工作這些事，自由的時間並沒有想像中那麼多。

在大學一年級快結束時，我和一起在速食店打工的男生交往，但只維持了不到半年的時間。因為讀短期大學的我很快就忙於找畢業後的工作，和讀四年制大學的他在時間上無法配合，於是我們就分手了。只不過當時幾乎不覺得寂寞，反而覺得不需要花時間見面更省事。

「因為那不是真正的愛，等妳長大之後，就會遇到真愛。」

森宮叔叔當時這麼笑我。我問他：

「你有遇過真愛嗎？」

「咦？我也不太清楚。」

他露出了不安的表情。

「森宮叔叔，你也快四十歲了，如果不趕快交個女朋友，就這樣變成老頭子就傷腦筋了。」

「我有比談戀愛更重要的事。」

「你是說當爸爸嗎？你這麼說，我壓力很大。我已經二十歲了，你可以為自己考慮了。」

「好，好，如果我想交的話。」

雖然森宮叔叔嘴上這麼說，但始終沒看到他交女朋友。

我從短大畢業，考到了營養師的執照，在一家名叫山本餐廳的小型家庭餐館工作。這家餐廳也向高齡者提供外送便當，所以由我負責設計菜單，但午餐和晚餐忙碌的時段，我經常必須在廚房幫忙。剛進這家餐館時，我還曾經思考過這到底算不算是營養師的工作。與那些在企業和醫院任職的同學相比，我覺得這家小餐館似乎有點不如人，但有人每天都在等我們送去的便當，在餐館內也經常聽到「好吃」、「謝謝款待」的聲音。看到別人在吃自己參與製作的食物，久而久之，就覺得這也許就是我想做的事。

在我進這家餐館工作八個月的某個冬天寒冷的日子，早瀨走了進來。

山本餐廳位在離我家三個車站的寧靜住宅區內，非假日時七點過後，即使在車站前也沒什麼行人。

「雖然才七點半，要不要提早打烊？今天森宮先生好像不會來。」

時序進入十二月後，天很快就黑了。店長山本先生向門外張望後說。

非假日的五點過後，打工的同事們下班，店裡只剩下我和山本先生兩個人。山本先生是一個個性開朗、很愛吃的五十多歲大叔，他太太經常罵他：「你是廚師，怎麼可以胖成這樣？」

「森宮叔叔說日本料理有點吃膩了，今天應該會做什麼重口味的食物在家裡吃。」

「嗯，他昨天和前天都來這裡。」

森宮叔叔每個星期會來這家店兩、三次，搭乘從公司回家的同一班電車要多坐三站，即使我覺得很麻煩，叫他不必來捧場，他還是常常光顧，說什麼「回家一個人做晚餐、吃晚餐需要很大的動力」。

「既然森宮先生不來，就不會有客人上門了。那我們來打掃吧。」

「好啊。」

進入十二月之後，非假日的晚上幾乎沒什麼客人，所以有一半的業績來自外送便當。山本先生說，當初是在兒子的建議下開始做外送便當，這個點子完全適合這個有很多高齡者的住宅區。

「我正在考慮，要不要從一月開始提早一個小時，七點就打烊。喔喔，有客人上門了。」

山本先生慌張地說，我收起正在擦桌子的抹布一看，發現早瀨走了進來。

高中畢業之後，已經有三年的時間沒看到他，但他和之前完全沒變，所以我一眼就認出了他。看到他清爽的髮型和結實的身材，寬闊的後背和修長的手臂，就想起他彎著身體彈鋼琴的身影。

「早瀨。」

我脫口叫了他的名字，他「啊，妳好。呃……」地想了一下，最後終於想起來了。

「啊，森宮！好久不見。」

早瀨露出了笑容，也許是因為輪廓很深的關係，他只是稍微笑一笑，整張臉就皺成了一團。

「真的好久不見了，沒想到會見到你。對了，你怎麼會來這裡？」

早瀨讀的音樂大學在其他縣市，照理說不會來這一帶。

「喔，我在寒假時回老家，目前在四處吃喝。」

「四處吃喝？」

「我每天都去不同的餐廳吃飯。森宮，妳呢？妳在這裡上班？」

「對，我畢業之後就在這家餐館上班。啊，對了，歡迎光臨，請隨便坐。」

我突然想起還沒有招呼他入座，早瀨笑著說：「好厲害，已經工作了。」

「優子，妳朋友嗎？」

山本先生看到早瀨坐下後，從廚房探頭問道。

「對啊，他是我高中同學。」

「那就來做特別定食。小老弟，你有什麼不吃的食物嗎？」

聽到山本先生這麼問，早瀨回答說：「除了香蕉以外，我什麼都愛。」

山本先生把美其名為「特別定食」的各種剩菜都端上了桌。有洋芋燉肉、紅燒鰈魚、燙菠菜、高湯煎蛋和味噌豬肉湯。早瀨看到桌上滿滿的菜，開心地說：「和森宮是老同學真是賺到了。」

「其實都是剩菜，但很好吃。」

「嗯，那我就開動了。」

「請。」

早瀨的食慾驚人，每吃一道菜都說好吃，然後問山本先生很多問題。

「這個豬肉味噌湯好甜，請問使用哪一種味噌？」

「用的是九州的味噌，所以有一點甜味，而且還加了洋蔥和地瓜。」

「是喔，好吃，高湯煎蛋的口感也很溼潤，太好吃了。」

「是不是很好吃？因為蛋比較少，加了很多高湯的關係，但也因為這個原因，不容易凝固，所以製作時需要一點技術。」

山本先生得意洋洋地說。

「菠菜也超好吃，雖然只有菠菜，但口感好像炒出來一樣順口。日本料理的優點，就是很多菜在常溫下也很好吃。」

早瀨說著，大口吃起菠菜。山本告訴他：「這道燙菠菜是優子做的。」

「原來是這樣。森宮，妳不僅會彈鋼琴，還會做這些菜？」

「不，現在沒什麼在彈鋼琴了，而且這只是在燙菠菜裡加了些麻油而已。」

「森宮，妳太厲害了，音樂和料理都拿手，簡直就是羅西尼。」

早瀨說著，拉起我的手和我握手。

高中時的回憶立刻充滿了我的腦子。那時候很想多聽早瀨的鋼琴，當他說我鋼琴彈得好，心情就興奮不已。雖然他只是碰我的手，卻讓我有一種心碎的感覺，溫暖和平靜的感覺同時向全身擴散。這和脇田當初提出分手，以及和打工認識的男朋友分手後也不覺得寂寞的感覺不一樣。原來可以這麼輕易瞭解誰是自己真正喜歡的人。

「啊，不好意思，我剛從義大利回來，改不掉和人握手的習慣……」

我可能太慌亂了，早瀨鬆開我的手，向我鞠躬道歉。

「啊，不，沒關係。」

我努力想要讓漲得通紅的臉和加快的心跳平靜下來，用手拚命搧著臉。

「喂喂，你們以前交往過嗎？」山本先生從廚房走出來後問。

「不，只是一起擔任過合唱比賽的伴奏而已。咦？森宮，妳該不會喜歡我？」

早瀨竟然這麼直率地問我，我找不到藉口，只能老實地點頭回答說：「嗯，對……沒錯。」

之後我們又見了幾次，然後就開始交往。

早瀨和我、史奈一樣，進大學後不久，就和比他大的學姊分手了。

「在完全被鋼琴和音樂包圍後，我終於發現，我並不是想這麼嚴肅地和音樂打交道，而是希望更輕鬆地彈琴，嗯，就是可以邊吃披薩邊彈鋼琴的感覺。」

早瀨告訴我，他彈鋼琴越久，越投入音樂的世界，越覺得那並不是自己真正想做的事。

「對了，我記得很久之前，曾經在樂器行看到你彈鋼琴，彈的歌曲是麵包超人。你當時看起來很開心。」我說。

「喔，的確有這件事，妳當時和脇田在一起。我看到有鋼琴在那裡，就會忍不住想要彈一下，已經變成了習慣。」

早瀨笑著說。

「你真的很愛鋼琴。」

「是啊，去了義大利，徹底遠離鋼琴的那段時間，的確覺得有點痛苦。」

「你去義大利不是學鋼琴嗎？還是彈其他的樂器？」

早瀨之前告訴我，我們在山本餐廳重逢前不久，他才剛從義大利回來，所以一直以為他是去那裡學鋼琴。

「不是不是不是，不是學鋼琴，是去學披薩。」

「披薩？」

「對，因為我很想學做披薩，所以就去義大利的餐廳學。」

早瀨的回答太出人意料，我一時沒反應過來披薩是食物。

「我想成為像羅西尼那樣的人。」

「我之前聽你說過。」

在合唱比賽的伴奏練習時，早瀨看著音樂教室內的肖像畫，說羅西尼最出色。

「羅西尼除了投入音樂，還經營餐廳，最終還是回歸到吃這件事上。」

「什麼意思？」

「到底是美妙的音樂還是美食？雖然讓人很難抉擇，但如果要問到底是音樂還是美食可以為人帶來幸福，應該是後者。」
早瀨這麼說。
在和他交往半年左右，我問遍了所有關於他的事，半年的時間很快就過去了。
在重逢隔年的深秋，早瀨說：「我打工存了一筆錢，這次要去美國學做漢堡排」，然後向還有五個月就畢業的音樂大學提出休學，出發前往美國。
「光吃披薩不是吃不飽嗎？雖然義大利麵也不錯，但我更想吃漢堡排，妳不覺得披薩和漢堡排的搭配簡直無敵嗎？」
早瀨在我們約完會後去的家庭餐廳吃著起司漢堡排時說。
「嗯，我不太清楚，但如果你要學漢堡排的做法，不需要特地去美國……」
「我也覺得日本的漢堡排很好吃，但只有學會正統的烹飪方法，才能夠創新不是嗎？就好像鋼琴少不了基礎練習一樣。」
「早瀨，你對將來有什麼打算？」
他的行動太大膽，我忍不住這麼問他。
「我要開一家餐點很好吃、環境很舒適的餐廳。」
早瀨說。
「鋼琴呢？」
「還是要彈啊，我在美國學做漢堡排的同時，也會練習鋼琴。」
「什麼意思？這會不會太異想天開？」

雖然我這麼說，但早瀨用他一貫的輕鬆態度說：「我就是去餐廳打工，只是美國離日本的距離遠了一些而已，我去三個月就回來。」然後就拖著行李箱啟程了。

森宮叔叔每次都興致勃勃地聽我聊早瀨的事，聽說早瀨從大學休學去美國時，皺起眉頭說：「這傢伙不行啊。」

「你這麼覺得？」

「改變目標並不是壞事，但人生沒這麼輕鬆。」

「是啊。」

「優子，妳已經是大人了，我認為妳應該和能夠認真考慮未來的人交往。妳就趁早瀨去美國時和他分手吧。」

雖然森宮叔叔這麼說，但我並沒有和他分手，每天照樣過日子，等待早瀨回來。

三個月過去了，在新年過去的一月底，從美國回來的早瀨帶著行李箱走進山本餐廳。

「兩位好，太好了，你們還沒有打烊。」

早瀨說完，坐在餐館內整理到一半的餐桌旁，山本先生對他說：「你是不是想念日本的餐點了？」然後為他烤了鮭魚，裝了筑前煮。

「我發現了很多事。」

早瀨用小毛巾擦了手之後，直視著我說。

「很多事？」

「對，首先，美國根本沒有漢堡排，其次，我終於知道自己想做的事到底是什麼。我以後想開一家家庭餐廳，家庭餐廳賣的那種不太家常的料理，不是最讓人雀躍嗎？」

「真的嗎？感覺美國人會吃漢堡排啊，會不會只是你沒發現而已？」

「不，我去找了很多家餐廳，也調查過了，沒有稱為漢堡排的食物。」

「漢堡排這麼好吃，為什麼沒有？」

「漢堡排不重要，妳應該把焦點放在我的決心上。我決定了，要開一家手工製作的家庭餐廳，而不是那種連鎖餐廳。」

「喔，這樣啊。」

「所以，優子，我們結婚吧。」

「啊？」

早瀨把開餐廳和結婚這兩件事扯在一起，然後帶走了我對漢堡排的疑問，讓我說不出話。

「優子，妳有營養師的證照，也會做一些好吃的菜。」

「什麼意思？你只是想為自己餐廳找一個免費的員工嗎？」

「不是。我喜歡妳，妳不覺得充滿愛和音樂的家庭餐廳超棒嗎？」

山本先生聽了早瀨的話，為他送上味噌湯說：「喔！年輕真不錯啊。」

「先不談開餐廳的事，結婚也未免太突然了。」

我有點不太能夠接受。昨天還在天涯海角的人突然求婚，完全沒有真實感。

「我們交往快一年了，我認為結婚也沒有問題。」

「交往？但這段期間你幾乎都在美國啊。」

「正因為我去了美國，所以才確信我對妳的感情一輩子都不會改變。我在美國時，身邊有很多很主動的美女，也從來沒有劈腿過。」

「一旦結婚，不是還有更重要的事嗎？」

我也很喜歡早瀨，也有自信對他的感情不會改變，但可以只因為喜歡就結婚嗎？我覺得建立家庭不是談戀愛，光靠喜歡似乎不太行。

「其他的事？什麼事？妳說錢嗎？我可以拚命工作。我會去餐廳打工，考取廚師執照，然後開一家自己的餐廳。咦？是不是該在完成這些事之後再求婚？」

早瀨偏著頭思考著，山本先生開心地說：

「沒問題啦，結婚靠的是一鼓作氣，這些菜要趁熱吃。」

「雖然我說的不是錢，但我覺得不能只有愛……唉，我也搞不清楚，而且也不知道什麼是正常的家庭。」

「我也不知道啊。」父母雙全，還有一個姊姊的早瀨說。

「我的家庭也不正常，我老婆太凶了。」山本先生也這麼說。

「我相信建立家庭不是一件容易的事，該怎麼說，需要更多……需要更多決心。」

「無論結婚或是建立家庭，不都是一件快樂的事嗎？哪需要什麼決心，妳不要這樣危言聳聽。」

早瀨聳了聳肩說。

「不可能像你說得那麼輕鬆，生活和人生都是很嚴峻的。」

「會嗎？有我、有妳，還有鋼琴和美食，無論再怎麼絞盡腦汁，我都只想得到快樂的事。」

聽早瀨這麼一說，我也努力想像。邊聽早瀨彈鋼琴，邊吃美食，明天和後天都可以和他在一起。這的確很幸福。

「而且如果遇到討厭的事或是痛苦的事，到時候再思考如何修正就好。就好像我當初從音樂大學休學一樣，隨時都可以變更，我們都是大人了，可以做自己認為快樂的事啊。」

我不知道怎樣的狀態才適合結婚，但和早瀨在一起，的確能夠減少不安和煩惱。

「我也贊成，不挑食、什麼都可以吃得精光的人並不多，而且好像還不會劈腿。」山本先生笑著說，「優子，妳就趕快答應吧，他的飯都快冷掉了。」

＊

之後，早瀨去了一家法國餐廳打工，後來成為那家餐廳的正職員工，我們決定開始為結婚做各種準備，沒想到在拜訪父母這個階段，才見了森宮叔叔，馬上就碰壁了。

「不管是哪一家的乳酪蛋糕，我都很喜歡，但這個乳酪蛋糕還真不好吃，那個浪子的品味果然有問題。」

森宮叔叔吃完乳酪蛋糕後這麼評論。

2

四月的第三個星期天。我決定安排早瀨和森宮叔叔再見一次面。

距離上次見面兩個星期。我平時在家時，一有機會就提早瀨的事。雖然他一下子出國，一下子從音樂大學休學，做了這些大膽的行動，但這也代表他富有行動力。他在鋼琴方面很有才華，廚藝也很好，是一個富有魅力的男生。我們深愛彼此，只要在一起，就很期待未來的日子。雖然我每次說這些，森宮叔叔就皺起眉頭說：「反正說到底，他就是一個嘴上無毛，辦事不牢靠的人。」

「你怎麼又來了。」

早瀨在中午過後來到家裡，森宮叔叔故意給他難堪。

「我不是說過他今天會來嗎？來，你先坐下。」

上次森宮叔叔一看到早瀨就大發雷霆，連茶都沒有喝上一口，希望今天可以邊吃甜點，邊稍微聊上幾句。我請他們坐在餐桌旁，泡了熱紅茶。雖然四月中旬的明亮陽光照進屋內，但還是有點冷。

「不好意思，一次又一次上門。爸爸，你有沒有改變心意了？」

早瀨一坐下來，就立刻問道，沒想到森宮叔叔板著臉說：

「兩個星期怎麼可能改變？不，我一輩子都不會改變。」

「啊喲啊喲，早瀨只是嘴巴笨而已，他並沒有惡意。先不說這些，我買了泡芙。」

我把裝在盤子裡的泡芙放在他們面前。希望在事情搞砸之前，先化解眼前的沉重空氣。

「這是車站前新開的咖啡店，每次經過，就聞到香噴噴的味道。來，先吃泡芙。」

「那我先開動了。」

早瀨立刻張大了嘴吃起泡芙。

「啊，真好吃，爸爸，你也趕快吃，外面的皮還很香脆。」

「我知道，我上次不是說了嗎？你沒理由叫我爸爸。」

森宮叔叔說完，也不甘示弱地張嘴大咬了一口泡芙。我也咬了一口，外皮烤得鬆脆的泡芙，感受到牛奶、雞蛋和砂糖的柔和味道。

「如果不能叫爸爸，那要叫什麼？」

早瀨三兩下就吃完了泡芙，喝著紅茶問。

「不必叫我。」

「即使你這麼說，沒有一個叫法總是很不方便。如果叫森宮，就會搞不清楚是在叫優子還是你，爸爸，你的名字叫什麼？」

「壯介啊。」

「壯介嗎……？但如果我也叫你壯介，聽起來好像是男女朋友，叫你阿壯好像又太輕浮了，叫叔叔又太見外了。」

「不要玩我的名字。」

「還是叫爸爸最順口。」

早瀨這麼說，森宮叔叔可能無言以對，默默吃著泡芙。

「怎麼叫不重要，森宮叔叔，今天希望你能夠稍微接受早瀨。」

我轉頭看著森宮叔叔說。

「我不是說了，我不會接受他。我怎麼可能贊成妳和這種莫名其妙的浪子結婚？」

「我已經說了，他不是浪子。」

「一下子出國去學披薩，一下子又去學漢堡排的人不是浪子，那誰是浪子？」

「你不要故意說這種刁難的話嘛。」

這樣就會和上次一樣，沒有任何進展。我努力克制著內心的怒氣拜託：「你不需要馬上接受他，至少先聽他說話嘛。」

沒想到森宮叔叔還是說什麼「不管聽他說再多，事情也不會改變，這是在浪費時間，要不要趁早放棄？」

真讓人一籌莫展。

「我為什麼要放棄？即使你反對，這也是我們兩個人的事。」

「這句話是什麼意思？」

「你太奇怪了，竟然不支持我這個女兒得到幸福。」
「是妳才奇怪。」
「我哪裡奇怪？」
我很生氣地頂嘴，在一旁靜靜地看著我們的早瀨插嘴說：「呃……」
「怎樣？」
「爸爸，不，壯介叔叔，你嘴巴旁邊沾到了卡士達醬。」
「啊？」
「不是啦，因為你在說很重要的事，我擔心這麼說會潑你冷水，所以一直忍著沒說，但等一下你照鏡子時，會發現自己剛才口沫橫飛說那些話時，臉上沾了卡士達醬，覺得很丟臉……」
「你管我！我是為了讓氣氛輕鬆，故意留在那裡！」
早瀨委婉地說著很失禮的話，森宮叔叔卻說：
說完這種歪理之後，他又撂下一句「唉，我要去睡覺了」，就躲進了自己的房間。
「唉……我遲遲無法和妳爸爸搞好關係。」
森宮叔叔離開後，早瀨坐在餐桌旁嘆著氣。
「森宮叔叔以前不是這麼頑固的人。」
「無論妳帶怎樣的人回來，他都會反對嗎？」

「我雖然覺得父母可能都這樣，但又覺得是因為不希望女兒嫁給從音樂大學休學，又跑去國外的人。」

我老實說出了內心的想法。

「是嗎？那我是不是成為鋼琴師比較好？」

早瀨苦笑著說。

「是啊，但這不在你的生涯規劃中，不是嗎？」

「是啊，我在大學每天和鋼琴打交道之後瞭解到，音樂很美妙，但並不需要廢寢忘食演奏。嚴格要求自己、投入整個身心靈演奏的音樂的確很震撼，但我想聽的並不是這種音樂，而是能夠帶來更平靜光芒的音樂。雖然那種拚搏的音樂或高尚的音樂也很出色，但在做其他事的同時，覺得『這首曲子很棒』的音樂對我來說剛剛好。」

「邊吃披薩和漢堡排嗎？」

「對，如果有美食的地方有音樂，不是天下無敵嗎？」

不知道如果森宮叔叔聽早瀨說這些話會有什麼感想。會嘲笑他異想天開？還是會贊同說是個好主意？如果無法讓森宮叔叔願意聽早瀨說話，根本無法解決問題。這種時候，如果有媽媽在，應該就可以順利解決問題。我想起了梨花媽媽。梨花媽媽應該會舉雙手贊成我結婚。

「下個星期天再來說服爸爸。」

早瀨說，我搖了搖頭。

「先別管森宮叔叔了。」
「為什麼？」
「我不是有很多爸爸、媽媽嗎？如果森宮叔叔以外的所有父母都表示贊成，他一個人也沒辦法繼續反對。」
「是這樣嗎？」
「嗯，森宮叔叔這個人很膽小，有很多父母的好處並不多，這種時候就要善加利用。」
「喔。」
早瀨目不轉睛地看著我的臉。
「咦？你反對嗎？」
「不，這也不錯。嗯，先累積說服其他人的經驗，再來見森宮叔叔的話，我應該也會說得比較好。」
早瀨這麼說。

「森宮叔叔，你不知道梨花媽媽的下落吧？」
早瀨來家裡的隔天，我在準備晚餐時問森宮叔叔。
「對啊，自從我把離婚協議書寄給她之後就沒再聯絡了。」
「這樣喔。」

我把從山本餐廳帶回來的熟食裝進盤子後放在餐桌上。自從在店裡上班之後，我都在店裡吃晚餐，但現在餐館打烊的時間提早，於是就會帶回家吃。我不會永遠都在這張餐桌前和森宮叔叔一起吃飯，這個事實越來越有現實的味道，即使只是普通的晚餐，也覺得很寶貴。

「又是剩菜嗎？」

森宮叔叔坐在餐桌旁時說。

「雖然是剩菜，但可以在家吃到餐館的菜餚，如果你叫山本餐廳的外送便當，要六百八十圓。」

「被妳這麼一說，就覺得好像賺到了。」

「對不對？」

今天的菜餚是燉芋頭、味噌鯖魚和蘿蔔乾絲，這些都是需要大量烹煮才能更入味的菜餚。

「山本先生做的菜口味都很溫和，我偶爾也想吃那種讓人很震撼的煎餃之類的食物。」

森宮叔叔在吃芋頭時說。

「因為餐館的目標客層是退休後的老年族群，這些菜餚有益身體健康，你已經四十二歲了，在飲食上要多注意。」

「我『才』四十二歲，不是『已經』四十二歲，離退休還有將近二十年的時間。」

「雖然離退休還很久，但我離開之後，你會覺得做一個人的晚餐很麻煩，所以訂外送便當也是解決的方法。」

森宮叔叔聽了，皺起眉頭說：

「妳可不可以不要用這種方式把話題偷偷帶到結婚的事上嗎？想到他的臉，連飯也變難吃了。」

「你又在說這些討人厭的話，你到底對早瀨的哪裡這麼不滿？你不是贊成我結婚嗎？」

只要一提到早瀨，森宮叔叔就會變得渾身是刺。

「全部啊，全部，我倒是想問妳，那個浪子到底哪裡好？結婚是生活，如果不是更腳踏實地、務實的人，很難……」

森宮叔叔說到這裡就說不下去了。

「即使是腳踏實地、務實的人，也可能會離婚。」

我代替他說了出來，森宮叔叔沮喪地說：「也是啦。」

「你不用這麼沮喪，你是因為梨花媽媽離家出走，並不是你的過錯。」

「是嗎？」

「對啊對啊，我結婚的話，也想找像你這樣……不，我不太想找你這種人結婚。不過，雖然你滿嘴歪理，但很聰明，因為沒有女生喜歡你，所以也不必擔心你外遇，個性和長相都不算太差，我覺得整體很不錯。」

「即使妳這麼捧我，我也不會接受那個浪子。那個大塊頭該不會這個星期天，又拎著一小盒伴手禮，厚臉皮地上門吧？」

森宮叔叔似乎走出了沮喪，又開始得意地大說早瀨的壞話。

「別擔心，已經把說服你這件事往後挪了。」

「往後挪？」

「我不是有好幾個父母嗎？不能把時間都耗在你一個人身上，所以我們決定先去說服其他父母。」

「這種想法是怎麼回事？而且把我放在最後也太奇怪了吧？雖然我在妳的所有父母中資歷最淺，不，等一下，我已經當了妳七年的爸爸，是不是該多重視我一點？」

森宮叔叔很不高興地說。

「很重視你啊，所以由你壓軸。」

「壓軸？」

「對，差不多是紅白歌唱大賽中的北島三郎和石川小百合的等級。」

「喔喔，這樣啊，所以就是權威的意思。」

「沒錯沒錯。」

「好，那你們就先去解決那些小角色，但我覺得在過我這一關之前，會遭到大家的反對，那個浪子可能又要出國去哪裡了。」

森宮叔叔狂妄地說完之後，又說：「這個味噌煮魚加了一點辣椒，很下飯啊。」津津有味地吃起了鯖魚。

3

目前還活著的父母有森宮叔叔、泉之原先生、梨花媽媽，還有親生爸爸水戶秀平這四個人，梨花媽媽離家出走了，目前我只知道森宮叔叔和泉之原先生的下落。

「父母巡禮之旅真讓人有點緊張，而且是這種豪宅。」

離我和森宮叔叔一起生活的大廈公寓搭了四站電車，然後又搭了十五分鐘計程車。站在泉之原先生家門口時，早瀨用力深呼吸。今天是黃金週的第一天，天氣晴朗，站在太陽底下時，身上微微滲著汗。

「泉之原先生雖然看起來有點凶，但其實人很好，你不必擔心。」

早瀨聽了我的話，笑著說：

「之前去見森宮先生之前，妳也說他贊成妳結婚，叫我不必擔心。」

「啊哈哈，也對，但泉之原先生真的不會有問題。」

我用力點了點頭。

四月下旬，我寫了一封信給泉之原先生。

這是我從中學畢業之後，七年來第一次寫信給他，所以不知道該怎麼向他打招呼。當年還是中學生的我進了高中，短大畢業後目前已經開始工作，決定要結婚。如果要寫來龍去脈交代清楚，會寫得很長，但又覺得我只是長大了而已，並沒有發生需要特別寫在信上的大事。想了很久之後，就簡單寫了我最近也很好，目前有了想要共度一生的對象，所以想去拜訪他。泉之原先生很快就回信說他很想見我們，工整的大字完全反映了泉之原先生寬容貼心的性格。

「房子沒有太大的變化，雖然這是理所當然的事。」

我仔細打量著房子，看到大門內庭院的樹木都整理得宜。小學畢業踏進這個家門時，覺得這裡是難以想像的豪宅，現在長大之後，看過更大的房子，也看過更豪華的房子，或許是因為這個原因，不再有高不可攀的感覺，雖然只在這裡住了三年，但有一種來到熟悉的親戚家的感覺。

「優子，妳搬離這裡之後，真的就一直沒聯絡嗎？」

早瀨打量完房子後問我。

「對，這是我中學畢業之後第一次寫信。不光是泉之原先生，我和所有父母分開之後，就都沒有再聯絡。」

「現在有這麼多聯絡方式，妳竟然沒有打電話，也沒有寫電子郵件，未免太猛了。」

「有嗎？」

雖然我曾經寫信給去了巴西的爸爸，但他從來沒有寫回信給我。雖然他們曾經是我的父母，但大家都有了新的生活，即使想要伸手去抓已經遠離的事物也徒勞無功。

在不斷換父母的過程中，我體會到一件事，沒有任何過去會比眼前更值得珍惜。

「而且即使多年沒有聯絡，也可以像這樣突然跑來見面，太令人驚訝了。」

「的確是。」

早瀨的感慨很有道理。像這樣突然說要來報告結婚的事，泉之原先生可能很驚訝，但我確信他會接受。雖然我們當父女的情分很短暫，但也許這就是不受時間和距離影響的牢固關係。

我們正在門前說話，還沒有按門鈴，泉之原先生就出來迎接。

「喔喔，喔喔，優子，趕快進來。」

「好久不見。」

我鞠了躬，早瀨在我旁邊也深深地鞠躬說：「幸會。」

經過了七年的歲月，泉之原先生看起來老了不少。我離開這個家時，他才五十二歲，所以現在應該六十歲左右，但也許是因為頭髮變白，也可能是稍微瘦了些，看起來比實際年齡更加蒼老。

「歡迎，歡迎你們啊。」

泉之原先生立刻帶我們走進客廳。寬敞的客廳內，無論天花板、牆壁、窗簾，還有以前和梨花媽媽坐著聊天的皮革沙發都是老樣子。因為什麼都沒變，所以立刻回想起那幾年在這裡度過的時光，很自然地脫口說「好懷念啊」。

「優子，好久不見。」

聽到熟悉的聲音，轉頭一看，發現吉見太太和以前一樣姿勢挺拔地站在那裡。

「啊，吉見太太，妳還好嗎？」

「很好，來，請喝茶。」

吉見太太為我們準備了紅茶。她個性乾脆，不說廢話，衣服樸素有品味，她仍然這麼不卑不亢，很有分寸。

早瀨在環顧客廳後說。

「這棟房子超豪華。」

「已經是舊房子了。」

泉之原靜靜地露出微笑說。雖然他們才剛打過招呼，但他似乎已經接受了早瀨。

「優子，我太驚訝了。雖然有時候會想，不知道妳過得好不好，但我想妳已經有了新的家庭，所以也就沒有聯絡妳，沒想到這麼快就決定結婚了？」

泉之原先生喝了一口紅茶，用開朗的語氣問我。

「對，是啊，雖然我突然聯絡好像有點奇怪，但還是覺得要向你報告一下結婚的事……」

進高中和踏上社會時，我都沒有告知任何一位父母，但我覺得結婚是必須向他們報告的人生重大轉捩點。這一次不是和其他父母共同生活，而是我自己要建立新的家庭，至今為止的父母得知這件事，一定會感到安心。

「對，對，很高興妳通知我。既然是好消息，當然很希望知道。」

「太好了。」

看到泉之原先生開心的笑容，我鬆了一口氣。

「對了，早瀨，你目前做什麼工作？」

泉之原先生轉頭看著早瀨。

「我目前在法國餐廳上班，雖然還只是學徒而已。」

「這樣啊，你以後想當廚師？」

「對，我希望日後可以開餐廳，可以聽音樂的餐廳。」

「音樂？」

「對，早瀨的鋼琴彈得很好。」

我代替早瀨回答，泉之原先生站起來說：「優子也彈得很好，對了，那就來彈一下。我家有一間具備隔音設備的琴房，只是空間不是很大。突然叫你彈，會不會很為難？」

「不，我想彈。」

早瀨絕對不會拒絕別人叫他彈鋼琴的要求。很多人聽到他「讀過音樂大學」、「之前學過鋼琴」，就會叫他彈看看，他每次都毫不猶豫，輕鬆地彈奏。他彈琴就像我們揮手說「拜拜」一樣輕鬆簡單。

「保養得真好。」

一走進琴房，早瀨立刻仔細打量那架鋼琴。

「雖然我不會彈，但很喜歡摸樂器。」

泉之原先生有點害羞地回答。

「每一個琴鍵也都擦得很乾淨。呃，要彈什麼呢？」

早瀨一看到鋼琴，似乎就馬上想彈，他的手指已經放在琴鍵上。

「我不太瞭解音樂，所以不知道曲名，但最好是我曾經聽過的樂曲。」

早瀨聽了泉之原先生的話，說了聲「好……」，就靜靜地彈了起來。緩慢流暢的音符撩撥著心弦，旋律很浪漫。好久沒有聽到他彈琴，他比之前彈得更棒了。

「啊啊。」

泉之原先生可能聽過這首樂曲，在早瀨彈了幾小節後，他輕輕點了點頭。

即使樂曲進入中段，也依然沒有太強烈主張的演奏反而更打動人心，爽朗的琴聲靜靜地包圍了小房間內的空間，清澈的音符編織成深沉寬廣的音樂。

以前住在這裡的時候，我也每天都彈這臺鋼琴。梨花媽媽帶我來這個家，就是為了讓我彈鋼琴，但我在這裡得到的並非只是鋼琴而已。雖然這裡的生活拘謹而壓抑，但我在這裡體會到什麼是平靜安穩的生活，那不是經濟上的安定，而是感受到身旁有人靜靜守護才能得到的安穩。

中學的三年期間，原本就是多愁善感的時期，內心曾經充滿不安、寂寞、孤獨和煩躁，但我沒有自暴自棄，我一直以為是鋼琴分散了我內心這些不安定的感情；然而，事實並非如此，我藉由每次都可以彈奏出相同聲音的鋼琴，感受到泉之原先生的愛。聽了早瀨彈奏的鋼琴聲，我領悟到這件事。

「太厲害了！原來這就是令人沉醉。」

當最後一個音的餘音也消失後，泉之原先生用力鼓掌。

「我曾經聽過這首歌好幾次，我忘了叫什麼？也忘了在哪裡聽過。」

泉之原先生偏著頭思考，早瀨說：「是不是在餐廳之類的地方？」

「沒錯，沒錯，應該是吃飯的時候。曲名是什麼？」

「是安德烈．甘農的〈生命曙光〉，因為聽起來很舒服，所以很多餐廳都會播放這首樂曲。」

「原來是這樣。」

泉之原先生聽了早瀨的話，用力點著頭對我說：

「可以和鋼琴彈得這麼好的人結婚，簡直太棒了。」

泉之原先生興奮地留我們吃晚餐，「對了，我來叫壽司。」他準備了豐盛的晚餐，為我和早瀨倒酒，自己也喝了起來。

「我之前完全不知道你愛喝酒。」

我不太會喝酒，慢慢喝著第二杯啤酒時說。

「因為那時候是中學生的爸爸，所以很節制，畢竟喝醉酒的爸爸有點不像話。」

泉之原先生滿臉通紅地說，為自己和早瀨的杯子裡倒了啤酒。

「啊，我是千杯不醉，泉之原先生，你沒問題吧？」

早瀨無論喝什麼酒都面不改色，泉之原先生聽了，豪爽地笑著說：

「這種喜慶的日子，喝醉酒也沒關係啊！」

我以前從來沒有看過泉之原先生說話這麼開朗。我相信一方面是因為喝酒的關係，但那時候他突然成為人父，不僅我很拘謹，泉之原先生應該也很緊張。如今我已長大成人，再次面對他時，輕易發現了很多事。

「遇到開心的事，酒不醉人人自醉啊。」

早瀨也不知道喝完了第幾杯，笑著說道。

「你說對了，女兒結婚真不錯，我才有機會認識像你這樣的年輕人。」

「哈哈，我也是，認識不同的人真的很開心。」

「沒錯，你又說對了。」

我聽著他們說話，吃著上等的壽司。加在軍艦壽司上滿滿的海膽，可以清楚看到海膽上的顆粒，放進嘴裡，濃郁的海味在嘴裡擴散。實在太好吃了，真希望森宮叔叔也可以嘗到。

森宮叔叔每次去迴轉壽司時總是說：「我想吃的不是這樣糊成一團的新鮮海膽」，但還是一直吃海膽，如果他吃到眼前這些海膽，一定會眉開眼笑。

「優子，妳好像很喜歡吃壽司。」

「平時還好，但今天的壽司太好吃了。」

泉之原先生聽我這麼說，再度露出心花怒放的表情說：「是嗎？真是太好了。」

「但還有好多啊，這真的是三人份嗎？」
「不，因為今天有喜事，所以我叫了六人份。好，早瀨，你再多吃點。」
泉之原先生又為早瀨的杯子裡倒了酒，然後也喝完了自己杯子裡的酒。
「對了……呃，泉之原先生，你知道梨花媽媽的聯絡方式嗎？」
必須在泉之原先生醉倒之前問這件事。泉之原先生聽了我的問題，表情稍微嚴肅起來。
「呃，因為我想向她報告結婚的消息，想到也許你知道她的下落。你應該也不知道吧？對不起，問你這麼奇怪的問題。」
我看到泉之原先生為難的表情，立刻向他道歉。就連森宮叔叔也不知道，泉之原先生當然也不可能知道。原本想打聽一下可以找到梨花媽媽的線索，但也許不該打聽已經離開這個家的人。
沒想到當我道歉時，泉之原先生摸著被酒醺紅的臉說：
「知道是知道……」
「你知道梨花媽媽在哪裡？」
「嗯，是啊。」
「那請你告訴我，我絕對不會給梨花媽媽添麻煩，只是要向她報告結婚的事而已，如果梨花媽媽有了新的家庭，也有了孩子，不方便我去向她報告這件事，我就會馬上放棄。」

雖然我有三個爸爸，但目前在這個世界上，我只有梨花媽媽這一個媽媽。如果可以知道她的下落，我想要知道。我可以浮現出她聽到我說要結婚，欣喜地對我說「太好了」的樣子。

「是啊，這麼令人高興的事，梨花也一定會為妳感到高興。」

泉之原先生好像在向誰確認般小聲嘀咕後，拿起了紙筆。

4

「是喔，泉之原先生竟然贊成，沒想到他腦筋這麼不清楚。」

當我告訴森宮叔叔已經去見過泉之原先生後，他酸溜溜地說。

「他超歡迎我們，聽了早瀨彈的鋼琴後很陶醉。森宮叔叔，你也可以聽他彈一下，你聽了之後，應該就會改變想法了。」

我吃著加了大量高麗菜的漢堡排說，因為做高麗菜捲太麻煩了，所以就做成加了很多高麗菜絲的漢堡排，高麗菜和洋蔥讓絞肉的味道也變得更鮮甜。

「是喔，所以那個浪子不從事和鋼琴相關的工作嗎？」

「之前不是告訴過你，他去學做披薩和漢堡排嗎？比起音樂，他對美食更有興趣。」

「是不是因為一直彈鋼琴，所以不想碰鋼琴而已？他鋼琴彈得那麼好，竟然還說美食更重要，如果真的這麼想，就太可怕了。」

聽到森宮叔叔又在故意挑剔，我氣鼓鼓地說：

「你又沒聽過早瀨彈鋼琴，別說什麼他彈得那麼好。」

早瀨彈鋼琴時很迷人，他在吃美食時眉開眼笑的樣子也不錯。

「嗯，無所謂啦，吃飯的時候別提起那個浪子的事，食慾都少了一半。」

森宮叔叔說完，咕嚕咕嚕喝著清湯。進入五月之後，天氣經常很熱，所以常常想喝清湯或是味噌湯這種口味清淡的湯，加了番茄和洋蔥的透明清淡口感很清爽，喝起來很舒服。

去見泉之原先生時，原本有點擔心梨花媽媽和我離開之後，他過著孤獨的生活，但即使稍微老了一些，泉之原先生仍然保持著和孤獨、寂寞無緣的寬容。森宮叔叔不知道會怎麼樣？如果我離開這個家，他可能會很沮喪嗎？我想著這個問題，看著他的臉。

「下一個是誰？」

森宮叔叔問我。

「啊？」

「父母巡禮啊。下一個攻陷的目標是誰？」

「喂，你不要說得這麼難聽。下一個、是梨花媽媽，泉之原先生知道她的下落……」

我有點難以啟齒地說，森宮叔叔若無其事地說：「是喔，原來那老頭和梨花還保持聯絡。」

「嗯，是啊，好像是這樣。我問到了她的下落，你該不會也想見她？」

雖然他們共同生活時間很短暫，但終究是夫妻一場，也許森宮叔叔也很在意梨花媽媽的近況。沒想到他聽到我這麼問，搖了搖頭說：「不，完全不想。」

「真的嗎？」

「嗯，我這個人向來都是來者就拒，去者不追，而且和梨花在一起，已經是多少年前的事了。雖然沒有忘記她，但也不會特別去想。」

「即使曾經喜歡過她？」

「是啊，但因為我忙於照顧女兒，對梨花的感情也隨著她的離開而消失了。」

「你口中忙於照顧的女兒，該不會就是當時已經讀高中的我？」

「是啊是啊。」森宮叔叔聽了我的問題，笑著回答說，「但她是妳的媽媽，只要是高興的事，和希望她知道的事，可以盡情向她報告。對我來說，她完全已經是過去式的人了，不必在意我。」

梨花媽媽離開之後，在森宮叔叔身上完全感受不到絲毫的不捨，也不曾想要去找她，或是對她感到眷戀。

「既然梨花媽媽已經是過去式的人，那希望你可以趕快找到喜歡的對象。」

「是啊，但還是算了。以前我曾經覺得不談戀愛、不結婚很空虛，但事實並非如此。」

「是嗎？」

「因為有很多比戀愛重要的事，只要投入某一件事，就不會感到空虛。等妳長大之後就知道了。」

森宮叔叔深有感慨地說。

「我現在已經是大人了。咦？你剛才說，只要是高興的事，可以向她報告。」

「有什麼問題嗎？」

「所以你覺得我和早瀨結婚的事，其實是一件高興的事。」

「怎麼可能？結婚是一件喜事，只是和那個浪子結婚就變成悲劇了。唉，一想到那傢伙的臉，食慾也沒了。」

森宮叔叔嘴上這麼說，但又走去廚房拿漢堡排。

5

「我會盡快去叫你。」

「沒關係，妳慢慢聊，我去會客室看書等妳。」

「好，那我就先去了。」

我和早瀨在綜合櫃檯前說完，獨自去找梨花媽媽。因為我覺得如果我們兩個人同時去看梨花媽媽，會導致她太疲勞，所以先由我向她說明情況，再帶早瀨去看她比較好。

306室。我尋找著泉之原先生告訴我的房間號，在走廊盡頭找到了。名牌上寫著「泉之原梨花」的名字。泉之原？這是怎麼回事？梨花媽媽的再婚對象是泉之原先生？

闊別七年期間，梨花媽媽到底發生了什麼事？現在怎麼樣了？有太多不瞭解的事，到底該從何問起？梨花媽媽又會以什麼樣子出現在我面前？想到這裡，手指不由得發抖。不，梨花媽媽終究是梨花媽媽，即使這裡是醫院，她也一定看起來很有活力。我獨自想東想西時，病房門打開了。

「欸，我聽說妳三點要來，一直在等妳。」

「啊，梨花媽媽。」

闊別七年的梨花媽媽當然老了幾歲，或許因為生病的關係，氣色也不太好，而且很瘦，但她用可以帶走這一切的爽朗笑容迎接我。

「來來來，趕快進來，我從早上就開始收拾。」

「感覺、好久不見了……」

「嗯，真的好久沒見了，雖然是病房，但很乾淨吧？我要求住在比較寬敞的單人病房。優子，妳長大了……我從三十五歲變成四十二歲，妳當年還是高中生，現在都踏上社會了，當然長大了。」

梨花媽媽一口氣說完，把我帶到房間深處。

房間內有廁所和浴室，還有簡單的沙發和茶几，除了那張古板的床以外，就像是一間套房。

「這個房間很不錯。」

我打量著房間後說，梨花媽媽哈哈大笑著說：「妳這麼多年沒見到媽媽，結果竟然先說對房間的感想？」

「不是，妳看起來精神很不錯……那個……」

梨花媽媽穿了一件寬鬆的便服，但仍然無法掩飾她的削瘦。面對這樣的她，我不知道該說什麼。

「七年的時間，累積了太多想說的話，妳應該也有很多事想問我吧？先坐下再說。」

梨花媽媽輕鬆化解了我的不知所措，露出了我熟悉的燦爛笑容。

「是啊。」

「我準備了很多飲料，妳要喝什麼呢？好，就喝蘋果汁。」

梨花媽媽從小冰箱裡拿出紙包裝盒的果汁交給我後，「嘿喲」一聲，坐在床上。

我坐在床邊的簡易椅子上，讓果汁滋潤乾燥的喉嚨。為什麼會住在醫院？生了什麼病？為什麼變成泉之原梨花？當初為什麼丟下我？有太多問題想要問，但看到梨花媽媽後，就覺得所有的問題都不重要了。

「聽說妳要結婚了？」

我正在想這些事時，梨花媽媽開了口。

「嗯……對啊。」

「茂茂說妳帶了一個很出色的男生去見他。」
梨花媽媽笑嘻嘻地說。
「茂茂？」
「對啊，泉之原先生叫泉之原茂雄，妳不知道嗎？」
「我知道……原來妳都這麼叫他。」
我大吃一驚，梨花媽媽呵呵笑了起來。她還是老樣子，準備說什麼實情之前，都會先露出調皮的笑。她的氣色很差，臉頰凹陷，還有黑眼圈，但臉上的表情仍然像以前一樣生動，而且皮膚仍然和以前一樣好，應該有做保養。
「我和泉之原先生結了婚。」
梨花媽媽露出稍微嚴肅的表情說。
「妳當初說要再婚，原是和泉之原先生再婚。」
雖然剛才從病房的牌子上已經看到了，但仍然是一個震撼的事實。
「對，妳很驚訝嗎？」
「當然驚訝啊，因為妳當初說那個家很拘束，所以才離開那裡。」
「那個家的確很拘束，但茂茂是好人。」
「這我知道。」
我也知道泉之原先生是好人。雖然他沉默寡言，但寬宏大量。
「但沒想到你們又結婚了，到底是怎麼回事？」

「就是妳想像的那樣。」

梨花媽媽面帶微笑地說。

梨花媽媽之前為了讓我能夠彈鋼琴，和泉之原先生結了婚，這次該不會和生病有關？我沒有回答，只是偏著頭，梨花媽媽說：

「但我喜歡茂茂，不管是以前還是現在。」

看著她平靜的臉，我覺得也許是這樣。既然這樣，當初為什麼和森宮叔叔結婚？我還來不及問，梨花媽媽就興致勃勃地說：

「我也有很多事想問妳，好，那就先把我那些無聊的事說完。」但隨即皺起了眉頭，「要從哪裡說起呢？嗯……」

七年前和泉之原先生離了婚，又和森宮先生結婚、離婚，然後又重新嫁給泉之原先生。因為太複雜了，連她也不知道要怎麼說吧？

「那妳當初為什麼要離開泉之原先生的家？」

我問了最初發生的事。如果不按照時間的順序，我會陷入混亂。

「嗯，當時真的覺得那種生活太拘束，所以每天都很憂鬱。不需要工作，也不需要做家事，起初覺得自己很幸運，但即使我是個懶蟲，過了五天就受不了了，而且也很討厭吉見太太。」

梨花媽媽聳了聳肩。

「我並不意外。」

吉見太太是一板一眼的人，所以看到梨花媽媽粗枝大葉的行為都會皺眉頭。

「雖然很自私，但我當時覺得妳也不能繼續住在那裡，我認為像那樣被照顧得無微不至會毀了妳。」

「所以妳打算帶我離開。」

「沒錯，所以我去工作，開始存錢，至少在經濟上做到一個人撫養妳也不會讓妳吃苦。」

「原來是這樣，既然這樣，森宮叔叔又是怎麼回事？妳為什麼和他結婚？」

當梨花媽媽來接我時，我看到站在她身旁的森宮叔叔，感到和她很不配。因為在他身上完全找不到任何梨花媽媽會喜歡他的要素，現在聽到梨花媽媽和泉之原先生再婚，更難以理解當初為什麼會和森宮叔叔結婚。

「之所以會和森宮結婚，是因為我在開始工作一年半之後，在公司健康檢查時發現有問題，知道自己生病了。」

這裡是醫院，泉之原先生也告訴我梨花媽媽生了病，但聽她親口說出「生病」這兩個字，頓時有了真實感。我的心臟好像被人用力揪住。梨花媽媽不顧我的反應，一臉泰然自若地說了下去。

「我完全沒想到自己會生病，而且還那麼年輕，真的嚇了一大跳。但既然生了病，就不能繼續再當妳的媽媽了。」

「什麼意思？」

我從來沒有聽說因為生病就不能當媽媽這種事，這個世界上有很多生病的媽媽，健康也不是母親的必要條件。

「因為我並不是妳的親生媽媽，也沒有血緣關係，所以不需要繼續生活在一起，妳應該選擇更好的父母。」

「父母不能選擇。」我說。

「經常有人說，孩子無法選擇父母。」

梨花媽媽笑著說。

我曾經多次聽過「孩子無法選擇父母」這句話，這句話應該想要表達無法選擇很不幸的意思，但身處必須選擇父母的處境也很痛苦。

「但是，當初我讓妳選擇了我，而不是自己的親生父親，所以我必須讓妳過更好的人生。別看我這樣，我也有認真思考。」

「我知道。」

我當然知道。雖然梨花媽媽這個人很強勢，也經常不按牌理出牌，但我知道曾經是我媽媽的她很為我著想。

「所以我覺得自己生病很不妙。」

「妳覺得會對我有負面影響之類的嗎？這麼想太奇怪了。」

「一方面也覺得會對妳有負面影響，但妳記不記得，我以前曾經問過妳，父母換來換去，妳會不會覺得難過？」

「不……有嗎？」

因為我不記得了，所以不置可否地回答。

「當時還在讀中學的妳回答說，父母換來換去沒關係，但因為第一個媽媽死了，所以妳覺得沒有比親人死去更痛苦的事了。」

「好像說過，又好像沒說過。」

父母當然最好不要換，但成為我父母的那些人都很真誠地對待我，所以即使分隔兩地，也在遠方守護我這件事讓我感到堅強，但死了就結束了，失去再次見面的可能性未免太悲傷了。

「所以我決定離開妳，只要離開妳，萬一我死了，妳也不會知道。因為妳也不想看到兩個媽媽都死了。」梨花媽媽說到這裡，大聲笑著說：「雖然這麼說，但我還不會死。」

我根本笑不出來。曾經那麼愛我的梨花媽媽離開了我，我相信需要很大的決心。

「妳不要哭喪著臉，因為我不想死，所以就和茂茂再婚了。」

「對喔。」

「對啊，我這種好死不如賴活的人怎麼可能會死？剛才說到哪裡了？啊，對了對了，森宮的事。在此之前，」

梨花媽媽說到這裡，從床頭櫃拿出了餅乾。

「茂茂說妳要來這裡，買了很多食物。我無聊的故事還沒說完，妳先吃這個。」

「謝謝。」

打開蓋子，奶油的香氣立刻撲鼻而來。梨花媽媽可能想要安慰我，說著「啊，巧克力口味的看起來真好吃」，拿起一個吃了起來。她真的有食慾嗎？真的覺得好吃嗎？我雖然感到不安，但既然她表現得這麼開朗，我也不能沮喪，於是拿起餅乾放進嘴裡說：「真的是高級餅乾。」

「茂茂雖然討厭吃甜食，但很喜歡買糕點。」

梨花媽媽說完，喝了一口茶，繼續說了下去。

「當初之所以會和森宮結婚，是因為健康檢查時發現問題後的住院期間，我想起在中學的同學會上曾經見到他。他從東大畢業，在大企業上班，而且當時聊到他養了十年的金魚，是一個很踏實的人。」

「然後呢？」

「然後我就想到，森宮很適合當妳的爸爸。泉之原先生家太有錢，茂茂年紀太大了，不是很可能會生病嗎？森宮還很年輕，很適合成為我的接班人。我看男人向來很有眼光。」

「妳是因為這樣的原因和他結婚？」

「對，我的直覺是不是很準？森宮是不是很疼愛妳？」

「雖然是這樣沒錯。」

雖然森宮叔叔表達父愛的方式不正確，但我完全無法否認他很疼愛我這件事。

「所以妳把我硬塞給森宮叔叔嗎？」

「我並沒有把妳硬塞給他，他在和我結婚之前，就知道我有妳這個女兒。」

「我想應該是，但還真是大膽的行動。」

「是啊，因為在手術一年之後，又發現了其他病灶，必須再次動手術，當時我很著急，覺得必須趕快安置妳和我的生活，根本沒有時間充分思考。」

既然動了兩次手術，代表病情應該不輕。梨花媽媽到底生了什麼病，需要怎樣的治療，什麼時候才會治好？雖然我急切想知道這些事，但梨花媽媽身上散發的感覺讓我無法提起疾病的事。

「在決定第二次手術後，我和森宮之間的關係就迅速發展到結婚的階段。森宮和他的父母關係不好，早就搬離了家裡，所以我們只有簡單去註冊而已，然後去向泉之原先生報告，說想把妳帶走。是不是很匆忙？」

梨花媽媽說得輕鬆愉快。對了，梨花媽媽想和我度過愉快的時光，難得見面，她並不想向我訴苦。

「梨花媽媽，妳太厲害了，森宮叔叔和泉之原先生這兩個大男人都完全中了妳的計。」

我也開玩笑說道。

「是不是？我的三寸不爛之舌可不是假的。」

「森宮叔叔真的完全不知情嗎？」

「嗯，他那個人算是大智若愚，只是可能沒想到我生病的事，但應該隱約察覺到我會離開。我覺得他並沒有完全相信我，正因為這樣，他才會接納妳。」
「正因為這樣？」
「在他決定和我結婚時，應該就已經決定要成為妳的父親了吧。因為他這個人很踏實穩健。」
我瞭解。因為我和他共同生活了七年，我瞭解他的決心，也知道他就是這樣的人。
「然後妳又回去和泉之原先生結婚？」
「對，當初我去和他談，要把妳帶走的事時，茂茂一眼就看出我的身體狀況出了問題。我明明在和他談再婚的事，他卻問我生了什麼病。」
梨花媽媽笑著說：「真是敗給他了。」
「連我都完全沒有發現。」
我和身體狀況出了問題的梨花媽媽一起生活了兩個月，當時每天在一起，卻從來沒有懷疑她生病。
「這很正常啊，有哪個小孩子會仔細觀察父母，那才可怕吧？小孩子就應該自由自在，不必為父母的事操心。妳聽我說嘛，反正我被茂茂這麼一問，就不得不把所有的事都說了出來……生病不是很花錢嗎？不管是動手術還住院，他提供了很多幫助，一直持續到今天。」
泉之原先生在我搬去和森宮叔叔、梨花媽媽一起生活時什麼都沒說，只是目不轉睛地注視我的臉。難道是因為那時候他已經知道了一切嗎？

「茂茂這個人的心胸真是太開闊了，我和他在一起時很舒服自在。」

梨花媽媽笑著說。

也許他們之間的感情並不是情愛，但是我可以輕易想像泉之原先生對梨花媽媽的深厚情感。

「啊啊，說了這麼多無聊的事。優子，來談談妳的結婚對象，比起我充滿算計的結婚，妳的結婚應該充滿夢想吧。」

梨花媽媽說完，一臉興奮的表情看著我。

「是、是啊。」

病房的窗戶緊閉，五月溫暖的陽光照了進來，但如果不打開窗戶讓風吹進來，就無法消除封閉的窒息感。也許只能用聊天為這裡增添新鮮的空氣。

「他姓早瀨，高三那一年合唱比賽時，我們都擔任合唱的伴奏。」

「哇，聽起來好浪漫。」

「嗯，但是他那時候有女朋友，所以我們無法交往，沒想到他有一天走進我在短大畢業後工作的餐館，之後就開始約會。」

「這也太戲劇化了，後來呢？」

因為梨花媽媽雙眼發亮，露出樂在其中的表情，所以我努力把整個過程說得更有趣。

「雖然我們開始交往，但早瀨這個人是個怪胎，明明讀的是音樂大學，卻跑去義大利學披薩。」

「什麼意思？有樂器的名字叫披薩嗎？」

「不是，就是加了起司的那種吃的披薩。」

「好猛喔。」

「對，然後又去美國學做漢堡排。」

「不會吧？也太有趣了。」

早瀨的事的確有足夠的娛樂效果，梨花媽媽好幾次都笑了起來。

當我們在聊天時，暫時忘記了這裡是醫院、梨花媽媽生了病這些事，我們好像回到了以前每天在一起聊天的時光。

「啊，對了，我今天帶了早瀨一起來，妳願意見他嗎？」

我完全忘了早瀨。梨花媽媽聽了，搖了搖頭說：

「不用了，今天見到了妳，已經聽妳說了很多事，我期待在婚禮上見到他。」

「是嗎？」

「對啊對啊，這個期待就留到下次。你們什麼時候舉辦婚禮？」

「原本打算秋天，但森宮叔叔反對。」

「因為他是父親啊。」

「但他說結婚是喜事，只是不能嫁給那種浪子，根本不願溝通。」

我想起森宮叔叔說話的語氣，忍不住嘆著氣。

「那是因為他擔心萬一有一天妳被拋棄，就像我當年離家出走一樣。對不起，當時一定讓妳很痛苦。」

「沒這回事，我無所謂。」

我回想起當年收到梨花媽媽寄來離婚協議書時的事。那時候，森宮叔叔面不改色蓋了章，之後從來沒有表現出想梨花媽媽的樣子，所以我一直認為他處變不驚。但也許他並不是真的不痛不癢，所以無法接受想做什麼就立刻採取行動的早瀨；所以七年來，都無法再愛上任何人，他只是在我面前假裝心如止水。為什麼我連這麼簡單的事都無法瞭解？不，我不可能瞭解，因為我的這些父母凡事都以我這個女兒為優先，所以我無法瞭解梨花媽媽生了病，也無法瞭解森宮叔叔面對所愛的人離家出走的心情。

「好，那我就鎖定秋天，要讓自己好起來。」

梨花媽媽精神抖擻地說完，從床上站了起來。

「他在等妳吧？妳趕快去找他。」

「對，那妳一定要來參加婚禮。啊，差點忘了！」

我拿起皮包時，才想起我帶了重要的東西來這裡。

「梨花媽媽，這個給妳。」

「這是什麼？」

梨花媽媽接過我交給她的信封，皺起了眉頭。

「裡面、裝的是錢。」

「我看到了，我怎麼可能拿女兒的錢？」

「這不是我的錢，是我小學五年級時別人給我的。」

「給小學生的妳？而且二十萬？誰給妳的？」

梨花媽媽確認了信封中的金額後驚叫起來。

「當時住的公寓的房東奶奶給我的，她要去安養院之前給我的。」

「原來曾經發生過這種事，她以前很疼妳，但妳為什麼給我？妳一直珍藏到今天，可以用在自己身上啊。」

「因為房東奶奶說，總有一天，會需要用到這筆錢，還說當我想要做什麼時，可以用這些錢。我知道妳不缺錢，但現在就是我想要做點什麼的時候。」

在小學五年級時拿到二十萬圓後，從來沒有任何時候讓我覺得想要使用，或是有必要動用這筆錢。我在工作之後，目前的存款已經超過二十萬圓，但我總覺得房東奶奶給我的這筆錢中，具有金額以外的力量。

「這筆錢聽起來好像有保佑的效果，那我就心存感激地收下了，謝謝。」

梨花媽媽認真聽我說的話之後，向我鞠躬道謝。

「嗯，我相信這樣就沒問題了。沒錯，妳要趕快好起來，因為……」

「因為？」

「泉之原先生也一樣，他也瞭解失去親人的痛苦。」

我至今仍然不會忘記泉之原先生細心擦拭鋼琴的身影。如果、萬一再失去梨花媽媽，他一定無法承受。

「我知道，應該說，我打算要比茂茂活得久。」梨花媽媽放聲笑著說：「因為茂茂已經是老頭子了啊。」

「是喔，也對。啊，對了……呃，妳該不會、知道我爸爸、水戶秀平的下落吧？」

我走到門前時問，梨花媽媽小聲重複著「水戶秀平」的名字。

「對，就是妳的第一任老公。」

「我當然知道……」

梨花媽媽看著半空。難道是她不願回想的人嗎？

「我只是想問問，妳或許知道……」

「嗯……我知道。」

梨花媽媽一臉不悅的表情，輕輕點了點頭。

「我只是想向他報告，我要結婚了這件事。」

「是嗎？也對。嗯，我回家的話，應該可以查到地址，那就請茂茂幫我查一下，我再寄給妳。」

梨花媽媽說完，聳了聳肩說：

「啊，累死我了。我說了一年份的話。我和茂茂之間沒什麼話聊。」

「我可以再來看妳嗎？」

梨花媽媽聽到我這麼問，開玩笑說：

「啊？不要吧？」

「不行嗎？」

「不行不行，我今天是硬撐的，要三個月才能儲存這麼多體力。下一次就是妳的婚禮，我好期待看到早瀨和妳在婚禮上的樣子。我終於知道，生病的時候，未來的安排是最好的良藥。」

梨花媽媽瞇起眼看著我。

妳要多保重，趕快把病治好。雖然我有很多話想說，但一句話也說不出口。

「那就到時候見囉。」

梨花媽媽笑著向我揮手。

「到時候見，嗯，到時候見。」

我說完之後，吐了一口氣，拉開了沉重的門。

走去會客室，不見早瀨的身影。一看時間，已經五點多了。我和梨花媽媽聊了兩個多小時，讓早瀨等了這麼久。我急忙下樓去了綜合櫃檯，也沒有看到他的身影。他可能走去醫院外面了，我走向門口時，聽到了鋼琴的聲音。聽到悠揚的琴聲，我原本以為是在放ＣＤ，但隨即發現音色很飽滿，那是現場演奏的聲音。我尋找聲音傳來的方向，看到早瀨在玄關的大廳。

這家醫院在候診室旁有一個寬敞的大廳，不知道是否偶爾會舉辦演奏會，大廳後方有一架平臺鋼琴。如果只看用繪畫和鮮花裝飾的鋼琴周圍，會以為這裡是飯店的大廳。

早瀨就在那裡彈鋼琴。那是一首輕快優美的簡單樂曲。〈善牧羊群〉。他隨便彈奏醫院的鋼琴沒問題嗎？我環顧四周，發現在大廳的人都聽得出了神，職員也都不在意。有人閉著眼睛專注聆聽，有人露出認真的眼神看著鋼琴。有掛著點滴的病人，還有訪客，各式各樣的人用各自不同的方式豎耳傾聽。啊，多麼清澈而精準的聲音，我也情不自禁地豎起耳朵。

醫院絕對不是歡樂的場所，太整齊、太乾淨，就連大廳也有一種緊張的感覺。細膩寧靜的鋼琴聲在這種封閉的環境中溫暖地響起，沒有特別的主張，靜靜陪伴的音樂也滲進我的心裡。

梨花媽媽生病了，而且我猜想病得不輕。琴聲軟化、融化了這種讓人想要大聲哭喊的現實，音樂打開了幾乎被不安、痛苦和鬱悶覆蓋的心，音樂具有力量。雖然平時沒有察覺，但現在清楚瞭解到這一點。早瀨只要看到鋼琴，就情不自禁想要彈奏，他彈奏出的旋律可以打動人心，溫暖人心。

即使身體已經無法接受美食，無法接受鼓勵的話語，甚至是他人的援手，但音樂可以滲入內心，滲入身體。我之前為什麼沒有發現？應該讓早瀨彈更多鋼琴。

「探視結束了嗎？」

早瀨彈完一曲後，向周圍人微微一鞠躬後向我走來。

「啊，嗯，你竟然知道我在這裡。」

「彈琴的時候，我會豎起耳朵，所以可以察覺到動靜。」早瀨笑著回答後，有點遲疑地問：「情況怎麼樣？」

「不知道，我也不太清楚。」

梨花媽媽的病情似乎很嚴重。一旦我這麼回答，就好像會變成事實，所以我說不出口。

「是嗎？也對。」

「但我發現一件事。」

「什麼事？」

「你不應該去烤什麼披薩。」

我抬頭看著他的臉說，他偏著頭問：

「什麼意思？」

「你必須彈鋼琴，不要說什麼不喜歡這種沉悶的感覺，或是有更重要的事這種藉口，你必須真摯地彈奏鋼琴。」

我也可以烤披薩，但只有早瀨能夠彈出這種音色，撫慰被絕望籠罩的心。他今天彈奏的鋼琴比之前在泉之原先生家聽的時候更出色，這代表他仍然在彈琴。

「現在不會太晚嗎？」

「不會。即使買了機票，已經托運了行李，如果發現不是自己要去的地方，不是就不會登機嗎？你現在還可以走下飛機。」

也許這等於否定了他之前去義大利和美國的時間，也許否定了他在煩惱之後做出的決定，但是，只有鋼琴可以出現在他面前。

「是嗎？」

「對啊，無論披薩還是漢堡排都可以交給我，因為我做的菜比較好吃啊。」

我語氣堅定地說。

「我也隱約察覺到這件事了。」

早瀨靜靜地笑了起來。

6

不出一個星期，就收到了梨花媽媽寄來的包裹。我只是想知道爸爸的聯絡方式，沒想到她寄來一個小紙箱。我覺得她未免太誇張了，打開一看，裡面是用橡皮圈綁起的一綑信件。

這是什麼？我拿起放在最上面的信。那是梨花媽媽寫給我的信。

上次謝謝妳來看我，好久沒有和妳聊天，那天聊得太開心，度過了愉快的時光。

有一件事必須向妳道歉，紙箱內裝的是妳爸爸寫給妳的信。他去了巴西之後，每隔十天就會寫信給妳，但我擔心妳會說要去找爸爸，所以一直沒有把信交給妳。我把這麼重要的東西藏起來，妳一定無法原諒我。真的很對不起。我原本打算帶進墳墓，但信太多了，墳墓可能裝不下。

妳爸爸在去巴西的兩年後回到了日本，好幾次都和我聯絡，說想要見妳。但那時候對我來說，沒有比妳更重要的東西，我很怕失去妳，所以無法讓你們父女相見。我知道我很自私，這種行為也很過分，真的對不起。

我一直以為只要妳爸爸不和妳見面，對妳的感情也會漸漸淡薄，但是，在我決心不再當妳媽媽時，我充分體會到妳爸爸的心情。即使分隔兩地，即使建立了新的家庭，也無法減少對孩子的思念。

聽說水戶先生在三年後再婚了，既然他已經有了新的家庭，再提當年那些信，也只會對妳和他的生活造成負面影響，所以我一直絕口不提。

但是，這也許只是我為自己隱瞞這些信件所找的藉口。

水戶先生目前有兩個女兒，和新的家人生活很幸福，但他並沒有忘記妳，得知妳要結婚的消息，一定會很高興。

期待妳的婚禮。

信上除了這些內容以外，還有爸爸目前的住址。

爸爸去巴西之後，我寫了一次又一次的信。因為當時我不知道怎麼把信寄去國外，所以都把信交給梨花媽媽，請她代替我寄信。每次我問她為什麼爸爸沒有回信，她總是用「爸爸也很忙」敷衍我，原來爸爸有寫信給我。回想起那時候努力想要和爸爸維持聯絡，就不由得感到心痛。爸爸回到日本之後，曾經想要和我見面。我可以見到爸爸的機會近在咫尺。想到這裡，眼淚就忍不住流了下來。

我當然無意憎恨梨花媽媽，也知道她對我的愛遠遠超過了這種事。

原來爸爸曾經寫給我這麼多信。看著將近一百封的信，立刻激發了我對爸爸的思念。爸爸看著除了哭以外什麼也不會的我來到這個世界；看著我學走路、學說話，默默守護我；在我長大的過程中，也捎來了他要對我說的話。

看了郵戳，發現這些信都按照時間的順序排列。該怎麼辦呢？我該看這些信嗎？那些信不是寫給現在的我，而是寫給還是小學生的我，我想知道爸爸寫了什麼，但是，即使看了這些信，我現在也無法再回應爸爸當時的心情，一定會發現很多現在得知之後會悔不當初的事。

「哇，哪來這麼多信？」

我把信放在桌子上思考著，身後傳來了說話聲。

「森宮叔叔，原來你在家。你不是去買菜了嗎？」

「早就回家了。這些信該不會是那個浪子寫給妳的？」

森宮叔叔說著，把超市的塑膠袋放在桌子上。

「才不是呢！早瀨才不會寫信。」

我搖了搖頭。早瀨才沒有這麼貼心。去美國期間，也只有傳了幾封電子郵件而已，我從來沒有收過他寫的信。

「那是怎麼回事？」

「這不是早瀨寫的，是爸爸寫給我的信。」

我覺得沒什麼好隱瞞，所以據實以告。

「我沒有寫過這種信。」森宮叔叔露出裝糊塗的臉。

「是第一個爸爸。」

「喔，原來是第一任。為什麼現在寫信給妳？」

森宮叔叔為自己和我倒了麥茶，在餐桌旁坐了下來。

「這是梨花媽媽寄來的，說之前爸爸去巴西時寫給我的信，她一直沒有交給我。」

「喔喔，很像是她的作風。她為了和妳繼續生活在一起，會把妳的親生父親一腳踢開。」

「的確就是這樣。」

「但這麼多信，要花三天的時間才能看完吧？」

森宮叔叔打量著那些信。

「我在考慮要不要看這些信……」

我輕輕撫摸著信說。信封都很可愛，可能特地為了還在讀小學的我挑選了這些信封。

「啊？也可以不看這些信嗎？」

「因為已經是十多年以前的信。」

「也對啦，因為即使信上寫著，要妳馬上寄酸梅去巴西，妳也無法寄給他。」

森宮叔叔笑著說。

沒錯。雖然爸爸不可能要我寄酸梅給他，但我相信應該有很多內容，即使現在看了，也無法回答他。

「所以，妳該不會也不打算去見妳的爸爸了？」

森宮叔叔窺視著我的臉。

「嗯，是啊，聽說他已經有新的家庭，而且也有了孩子。」

如同我不斷建立新的家庭，離開我的父母也都有了新的家庭。不能因為和之前的父母聯絡、懷念以前的時光，而讓他們現在的家人難過。就連小時候的我也瞭解這樣的道理，爸爸當然很珍惜目前的家人。雖然我只是打算向他報告結婚的事，但不能因為我的出現，讓爸爸目前的家庭產生絲毫的動搖。

「他是妳的親生爸爸，妳也不去見他？優子，妳是他的親生女兒，根本不必對他目前的家庭有所顧慮。」

「我不是顧慮，我已經見了泉之原先生和梨花媽媽，而且還有你，我的父母已經足夠了。」

我又見到了泉之原先生和梨花媽媽，得知他們仍然很關心我，而且森宮叔叔每天都在我的身旁，我覺得不需要再和帶給我無償的愛的人見面了。

而且最近我都忙著家人的事，有點忽略了早瀨。

「我之前一直覺得音樂並不是自己想做的事，但也許只是害怕再走一步，就會踏進只有鋼琴的世界了，但無論做多少披薩，做多少漢堡排，都無法讓我放鬆，所以說到底，我還是離不開鋼琴。」

早瀨這麼說。

他這個人很好懂，我竟然沒有發現他內心的變化。只要聽他彈鋼琴，就可以知道他平時花了多少時間彈琴。以後不能只是接受他的愛，也不是在家庭中扮演女兒的角色，而是要和早瀨建立屬於我們的家庭。

「韓國煎餅？」

我看到超市袋子裡有大量韭菜，忍不住問。

「喔，妳真機靈。」

「昨天不是才吃大阪燒嗎？」

「那個浪子不是會做披薩嗎？」

「你該不會在和早瀨較勁？」

「怎麼可能？那種在彈鋼琴之餘做的菜，根本沒資格和我這種認真做家事的人做的菜相比。」

森宮叔叔說完，抱著塑膠袋走去廚房。

7

六月的星期天。我們從早上開始就連續看了好幾個婚宴會館，然後走進咖啡店準備吃午餐。進入六月下旬後一直下雨，店裡也都瀰漫著潮溼的空氣。

「沒想到有這麼多婚宴場地。」

早瀨點完餐之後，一口氣喝完了杯子裡的水。

「是啊，好像都差不多，既然這樣，那就挑選最近的地方。」

我把拿來的簡介排放在桌上。每家婚宴會館都大同小異，既然這樣，考慮到梨花媽媽的身體狀況，也許選最近的地點比較好。

「只要妳覺得沒問題，我都無所謂。」

「太鄭重的儀式很累，婚禮簡單一點比較好。我原本以為婚禮會很繁瑣，沒想到這麼簡單。」

每個婚宴會館都有優惠方案，只要申請某個方案，就可以馬上舉辦婚宴。

「到時候妳只是先搬來我住的公寓，婚禮也簡單就好，感覺一點都不夢幻。」

早瀨這麼說，我搖了搖頭。

「只要有一個得到眾人祝福的儀式，然後展開新生活，這樣就足夠了。」

「妳覺得好就好。我好不容易成為正職員工，現在又變成自由業了。」

早瀨說話時，把起司粉加進服務生送來的拿坡里義大利麵。

他辭去了法國餐廳的工作，目前是音樂教室的老師，同時也是派遣員工，專門在婚宴會場和餐廳演奏鋼琴。只要能彈鋼琴就很快樂，所以他最近的表情也很有活力。

「反正我原本就並不想在音樂廳彈鋼琴，只要放下自尊心，不要挑三揀四，其他鋼琴的工作也很好賺。」

「既然這樣，你可以趁年輕時多接一點工作，之後再考慮開餐廳的事，那時候應該也可以存到一筆錢。」

「是啊，羅西尼也是在從事音樂工作後一段時間才去開餐廳。如果不彈鋼琴，只顧著做披薩，差一點當不成羅西尼，變成披薩廚師了。」

沾了滿嘴番茄醬的早瀨開心地笑著講完，又露出嚴肅的表情繼續說：「但更重要的是，要趕快說服爸爸。我們都準備決定婚宴會館了，他如果還不同意就傷腦筋了。」

「喔，你說森宮叔叔嗎？」

我用湯匙舀起終於送上來的焗烤飯，嘆了一口氣。

梨花媽媽和泉之原先生都已經表示贊成，我也決定不再和親生爸爸見面，覺得整件事差不多都搞定了，但還有一個壓軸的大難關沒有攻破。

「他是真正的爸爸，如果他不同意，真的很麻煩。」
「真正的爸爸？」
「對啊，妳戶籍上的父親欄不是他的名字嗎？」
「對喔，如果從戶籍的角度來說，他的確是我真正的爸爸。」
我腦海中浮現最不像是爸爸的森宮叔叔，忍不住輕聲笑了起來。
「而且你們目前住在一起，到時候應該由他牽妳走上紅毯吧？」
「是啊，雖然很麻煩，但也只能想辦法說服他。啊，對了，還有你媽媽。」
和泉之原先生見面的隔天，我去拜訪了早瀨家。他爸爸很熱情地說：「謝謝妳願意嫁給我這個不成材的兒子」，但他媽媽只是小聲嘀咕一句「如果當初沒有遇到妳，我兒子現在應該還繼續在彈鋼琴」。雖然沒有反對，卻顯然並沒有接受我。
「我爸爸十分贊成，所以沒問題。十分贊成扣除一點反對，他們的意見加加減減，最後還是贊成。」
「原來還可以這樣計算。」
「夫妻的話，無論喜怒哀樂和贊成反對，不都是要一起分享嗎？」
早瀨無憂無慮地說。
「咖啡店的拿坡里義大利麵麵條太軟，都是番茄醬的味道，一點都不好吃，但和起司粉超搭，只要加了起司粉，吃再多都不是問題。」
說完，他又在拿坡里義大利麵裡拚命加起司粉。

啊啊，這樣說起來，或許真的有點像。看著早瀨大快朵頤的樣子，我想起了山本先生說的話。

上個週末，早瀨來山本餐廳吃晚餐，山本先生看到他吃炸竹筴魚的時候從尾巴開始吃，就對我說：

「經常聽人說，女兒結婚時都會挑選像爸爸的男人，原來真有這麼一回事。」

「什麼意思？」

我一時不知道他在說誰，所以隨口問道。

「妳看他吃飯的樣子，不是和森宮先生一模一樣嗎？」

當時，山本先生笑著對我說。

「優子，妳不趕快吃，焗烤飯都冷掉了。」

「好。」

「啊，妳要加嗎？多加起司粉絕對好吃。」

「不用，已經夠多了。」

我想起在我考大學前，森宮叔叔一個人吃加了很多起司的焗烤飯，結果胃痛的事。看到早瀨建議我加起司粉的樣子，就不由得想起了森宮叔叔，忍不住笑了起來。

8

七月之後，早瀨經常必須在週六、週日工作。我們預定在九月的第三個星期天結婚，照這樣下去，會變成來不及說服森宮叔叔就結婚，所以早瀨只能在非假日上門說服。森宮叔叔下班回家一定很累，搞不好就脫口表示贊成。於是我們就在七月最後的星期四，在家做好了晚餐，等待森宮叔叔回家。

「PIZZA-LA 的披薩，或是嚇一跳驢子餐廳的漢堡排都比我做的披薩和漢堡排好吃多了，今天就做不會出錯的菜。」

早瀨把香料和大蒜塞進買來的鯛魚中。

「只要聽到曾經去義大利和美國，還在法國餐廳學過廚藝的人做的菜，就會覺得好吃，不必擔心啦。」

我把洋蔥和胡蘿蔔切碎，準備做加了很多蔬菜的香料飯。

「之前聽說有人在退休後學做蕎麥麵，還有上班族辭職開拉麵店，所以我覺得自己一定也沒問題，只不過無論做任何事，都需要天分。雖然我的手算靈巧，但味覺好像不怎麼樣。」

「即使你做的菜普普通通，只要會彈鋼琴就足夠了。」

「是啊，以前身處音樂的環境中，覺得美食更能夠讓人感到幸福，但現在已經知道，我做不出能夠讓別人感到幸福的料理。」
「有什麼關係嘛，反正你會彈鋼琴。」
我把切碎的蔬菜放進平底鍋翻炒。
「妳可不可以不要任何事都用我會彈鋼琴來解決？」
早瀨笑著說。
「但這不是事實嗎？」
「嗯，鋼琴的確對我有幫助。」
「對嘛對嘛，至少現在靠鋼琴賺生活費。」
「哇，妳也太現實了。」
早瀨說著，把鯛魚放進了烤箱。

「我回來了……咦？」
快八點時，森宮叔叔一進門，就聽到他發出了不悅的聲音。
「對不起，在你下班後還來打擾。」
早瀨去玄關迎接森宮叔叔。
「搞什麼嘛，好不容易下班回家想好好放鬆一下，沒想到浪子在我家，這根本是折磨嘛。」
「你回來了，不要這麼生氣嘛，我和早瀨正在準備晚餐。」

我在整理餐桌時說，森宮叔叔皺著眉頭：

「是他在流浪期間學到的菜吧？我的胃有辦法消化嗎？」

「因為隨便用爸爸的廚房，你可能又要囉哩囉唆；但你下班回家，肚子應該餓了，趕快坐下來吃飯吧。」

早瀨對森宮叔叔的挖苦充耳不聞，為他拉開椅子說：「請坐。」

「幹麼？這是我家，輪不到你來作主。而且浪子，你剛才說的話大有問題。」

「是嗎？」

「首先，你沒有理由叫我爸爸，而且你說我又要囉哩囉唆，我從來沒有囉哩囉唆過。」

「晚餐做好了，別說那麼多廢話，趁熱趕快吃吧。」

我把剛烤好的鯛魚放在桌子中央，早瀨立刻叫著：「喔喔，看起來真好吃。」

淋了橄欖油放在烤箱內烤熟的鯛魚，和加了大量蔬菜的香料飯，還有蕈菇清湯，都散發出迷人的香氣。

「下班回到家，看到晚餐已經準備好了，任何人都會吃，只不過即使吃了這頓晚餐，也不代表我接受這個浪子。」

森宮叔叔食指大動，但還是自我辯解著，合起雙手說「開動了」。

「請用請用，這道菜其實比想像中簡單。」

早瀨把鯛魚分裝在每個人的餐盤內。他畢竟有曾經在餐廳工作的經驗，把魚肉整齊地分裝在餐盤內。

「什麼叫比想像中簡單?一看就知道很簡單啊。」

森宮叔叔說完這句話吃了起來。我也跟著吃了一口,慢火烤的鯛魚口感多汁飽滿,外皮香脆。

「真好吃。森宮叔叔,對不對?」

「雖然出自浪子之手,但魚本身是無辜的。」

早瀨聽了森宮叔叔說的話,呵呵笑了起來。

「幹麼?真沒禮貌。」

「沒有啦,我只是第一次遇到繞了這麼大的圈子說好吃的人。」

早瀨聳了聳肩。

我們不希望提起結婚的事,結果連這頓飯也吃不下去,所以吃飯時只聊最近的新聞,我工作那家餐館的八卦這些無足輕重的事。只要有好吃的菜,氣氛就不會尷尬。雖然晚餐的氣氛稱不上和諧,但三個人還是把菜都吃光了。

晚餐後整理完桌子,我泡了冰紅茶。就像以前吉見太太泡茶時一樣,先用茶葉泡了較濃的茶,再把茶倒進加了冰塊的杯子中,高雅柔和的香氣讓心情平靜。

「開始營造氣氛了。」

雖然森宮叔叔嘴上這麼說,但並沒有走開,還是繼續坐在那裡。他剛才抱怨歸抱怨，並沒有趕早瀨走，也沒有拂袖而去。難道他對我們的事已經投降了嗎？

「爸爸，雖然一次又一次提這件事，一定讓你覺得很煩，但還是覺得必須徵求你的同意。」

早瀨喝了一口紅茶，直視著森宮叔叔的臉說。

「我就算了。」

森宮叔叔移開視線說。

「什麼算了？」

「反正其他人不是都贊成了嗎？」

「你不要說這種賭氣的話。」

「我並沒有賭氣，啊，趁我還記得，這個先交給妳。」

森宮叔叔站了起來，從桌子旁的抽屜裡拿出一個小木盒。

「這是什麼？」

「泉之原先生寄了三百萬圓給妳，說祝賀你們結婚，還說叫我不要告訴你們是他送的。」

森宮叔叔把木盒放在我和早瀨面前。

「三百萬？」

這筆金額太大了，我和早瀨都不知所措地說：

「我們並沒有舉辦盛大的婚禮，不能用他的錢。」

「對啊，我們不能收這麼大一筆錢。」

「還是要花很多錢，你們就收下吧，更何況現在也不可能拿去還給泉之原先生。」

「但是……」

「你們還是收下比較好，這樣的話，泉之原先生也會比較高興。」

因為金額太大，我們內心的不知所措更勝於高興，但還是很感激泉之原先生為我們準備了這筆錢，他一定為我們接下來的生活感到擔心。

「泉之原先生拿出這麼大一筆錢支持你們，雖然你們沒有聯絡水戶先生，但他也一定希望妳得到幸福。梨花不是很高興嗎？既然這樣，我一個人反對也很奇怪。」

森宮叔叔靜靜地說。

我們的計畫成功了。只要其他父母贊成，就可以排除森宮叔叔的反對。這就是有好幾個爸爸、媽媽的好處。原本這麼想，但事實並非如此。如果森宮叔叔沒有發自內心說「好」，就根本沒有意義。無論其他人再怎麼贊成，婚事也無法繼續進行下去。雖然我也不知道其中的原因，但反正就是這麼一回事。我正打算開口，早瀨語氣堅定地說：

「如果爸爸不同意，我們不可能結婚。無論是水戶先生、泉之原先生還是梨花媽媽給予我們多大的祝福，如果爸爸無法贊成，這個婚就結不下去。」

「你這個浪子，我不是說了，你沒有理由叫我爸爸嗎？」

森宮叔叔皺著眉頭說。

「我對我自己的爸爸叫老爸，所以我會叫爸爸的、我有理由叫爸爸的就只有你一個人。」

早瀨這麼回答。

9

九月中旬後的星期六，夜晚很寧靜，夏天的熱氣已經完全消散。

吃完晚餐的素麵，我把果凍、泡芙、乳酪蛋糕和黃豆粉萩餅都放在桌子上。

「哇，會不會太多了？在婚禮的前一天吃那麼多，萬一妳塞不進婚紗怎麼辦？」

「不可能吃了馬上就變胖，明天應該沒問題。森宮叔叔，你之前不是囉哩囉唆說什麼我搬出去之後，就沒辦法吃甜點了嗎？所以我想最後一天就吃遍各種甜點。」

「我哪有囉哩囉唆？又是日式點心，又是果凍……很難配飲料。算了，那就泡日本茶吧。」

森宮叔叔抱怨歸抱怨，還是泡了茶。

在森宮叔叔同意我們結婚之後，我們經常在晚餐之後吃甜點。吃甜點時，可以聊很久，也會覺得時間過得很慢。雖然我很期待和早瀨展開的新生活，但也很希望在這裡多停留一點時間。

「我搬走之後，你也要好好吃飯。」

「我知道，而且我原本就是一個人住，一個人吃飯。」

森宮叔叔說完，把泡芙放進嘴裡。

「嗯，也對。」

我也和他一樣吃起了泡芙。淡淡甜味的卡士達醬散發的香草香氣在嘴裡擴散。

「明天之後，我可以去參加聚餐，也可以到處玩樂。」

「我在家的時候，你也可以去啊。」

森宮叔叔每天都很早回家，假日也很少出門。他應該本來就喜歡獨處，但我相信多少有點顧慮到我。

「家裡有小孩，怎麼可能自己去玩？」

森宮叔叔用一如往常的自大口吻說。

「我和你一起生活時，已經十五歲了，哪是小孩子。」

「優子，妳太搞不清楚狀況了，妳根本不知道教育高中生有多辛苦。」

「你還真敢說。不過，即使不需要你太多照顧，當初多少有點排斥當我這個高中生的爸爸吧？而且也不可能完全沒有不愉快的事，如果我站在你的立場，絕對避之唯恐不及。」

至今為止，我曾經多次問他這個問題，他每次都笑著說「完全沒有」。但是，他突然多了一個女兒，而且那個女兒的母親又很快離家出走，他真的毫不猶豫接受了那種狀態嗎？今天是我結婚前夜，也許可以問出他的真心話。我注視著他的臉。

「我真的完全不覺得不樂意啊。」森宮叔叔說完，嘀咕著「接下來要吃哪一個呢，那就來吃和菓子吧」，把叉子叉進了萩餅。

「那你還真奇怪。」

「會嗎？」

「對啊，照顧一個沒有血緣關係的小孩只是增加負擔，根本沒有任何好處。」

我也輸人不輸陣地把萩餅放進了嘴裡。現在的話，即使聽到「其實我當時覺得很傷腦筋」，也完全不覺得難過。因為我們之間已經累積了無法消除的時間。

「我小時候很用功讀書，考上了東大，然後也進了一流企業，然後就覺得走到了終點，接下來完全沒有任何目標，不知道該做什麼，也不知道如何打發時間。」

森宮叔叔撥著嘴邊的黃豆粉說。

「還可以爭取出人頭地、結婚，有很多可以做的事。」

「是啊，我不討厭工作，結婚或許也不錯，但我不覺得需要犧牲自我去做這種事。剛好在這個時候，遇到了梨花，她說希望我和她一起養女兒，希望為女兒創造人生。」

「梨花媽媽很強人所難。」

「是啊，她拜託我這麼重大的事，讓我的心情也很振奮。因為我有了不得不做的事，有了非做不可的事。」

「她強迫你接下了這麼重大的任務。」

梨花媽媽應該已經看透森宮叔叔是那種會盡力完成別人託付的人，我想像著森宮叔叔被梨花媽媽說服的樣子，忍不住露出了笑容。

「我說了很多次，我真的很幸運。妳來了之後，我才終於知道，每天為他人而活，原來這麼有意義。」

「這樣啊。」

「歌曲或是電影、小說中，不是經常會說什麼有了必須保護的對象，人就會變得堅強，或是有了比自己更重要的對象這種令人起雞皮疙瘩的話嗎？我以前一直覺得是誇大其詞，即使談了戀愛，也完全沒有這種感覺，但是，妳來了之後我終於知道，有比自己更重要的人是多麼幸福，為了自己無法做到的事，可以為了孩子做到。」

森宮叔叔語氣堅定，平靜地說。我還無法瞭解這種心情，和早瀨一起走下去，會有一天能夠瞭解嗎？

「為自己而活是一件困難的事，因為甚至根本不知道做什麼可以讓自己得到滿足。金錢、讀書、工作和戀愛似乎都是正確答案，但又好像都不對。但是，只要看到妳的笑容，只要看到妳的成長，就覺得一切都值得了，覺得這就是我想要追尋的目標。我很慶幸那次去了同學會，如果沒有遇到梨花，我現在應該會流落街頭。」

「你這句話才是太誇張。」

「嗯，我這麼聰明，不至於流落街頭，但我相信人生一定會比現在更無趣。我真的很慶幸妳走進我的生活。」

我也一樣。我也很慶幸森宮叔叔走進我的生活。我的每一個父母都是好人，都很疼愛我，但從來沒有人能夠消除我內心對於也許不久之後家人又會發生改變的不安。為了避免自己的不安，我始終和家人保持距離。因為我覺得如果不保持冷漠和冷靜，寂寞、悲傷和煩悶就會把自己壓垮。但是，在和森宮叔叔共同生活之後，漸漸忘記了這件事。久而久之，覺得繼續在這裡住下去是理所當然的事。這和有沒有血緣關係、共同生活的時間長短無關，我在這個家知道，人有多麼需要家人的陪伴，也知道家人有多麼支持我。

「謝謝，我也一樣。」雖然我很想對森宮叔叔說這句話，但一旦說出口，就一定會哭，所以我就開玩笑說：

「那接下來就趕快找一個女朋友，為女朋友奉獻。」

「唉，真麻煩。」

「為什麼？」

「如果是女朋友，做過頭不是會嚇到對方嗎？很難拿捏分寸。」

「會嗎？」

「會啊，如果有什麼重要的事就做炸豬排丼，對方心情不好時就做餃子，每天晚上準備果凍的話，對方不是會覺得很煩嗎？」

「我也覺得很煩啊，無論餃子還是炸豬排丼，都覺得超受不了。」

森宮叔叔聽我這麼說，笑著問：「不會吧？」

「凡事過猶不及。」

「妳是在說那個傢伙吧。那個浪子害我即使沒有聽音樂，腦袋裡也都是鋼琴的聲音，那根本是一種洗腦，我要不要去告他？」

雖然我完全不知情，但早瀨在第二次上門遭到拒絕後，每隔三、四天，就寫信給森宮叔叔，而且附上錄了自己彈奏鋼琴的CD。

在決定婚宴會館和日期之後，我去早瀨家拜訪他父母時，才知道這件事。

當我看到他媽媽和上次不一樣，一臉平靜的表情迎接時，正感到納悶，她遞給我一封信說：「前幾天接到了投訴。」那封信上用我熟悉的字直截了當地寫了以下這段話。

早瀨賢人每隔三天就寄鋼琴曲和讓人看了心情煩悶的信，造成我很大的困擾。他說會持續到他順利結婚為止，他繼續做這種事，會破壞我平靜的生活。請他們不必有任何顧慮，就結婚去吧。

森宮壯介

「裡面還有一張錄了所有賢人寄去的曲子的CD。」

早瀨的媽媽說完，按下了音響的播放鍵。

那不是用鋼琴，而是用電子琴彈奏的樂曲，但我一聽到充滿活力的音色，就知道是早瀨彈奏的。第一首曲子是我在高中合唱比賽時彈的〈一天的早晨〉。他彈得比我好太多了。

「說起來很不可思議，他比以前拚命練習時彈得更好了。」

早瀨的媽媽說。

「啊，來聽那個。」

森宮叔叔從放在抽屜裡的CD中拿出一張，放進了CD音響。

「我一直想聽這一首，結果妳還是沒有彈給我聽。」

樂曲有一種懷念的味道。

「這是什麼曲子？」

我問。

「這首就是〈麥之歌〉啊。」

森宮叔叔重新倒了一杯茶回答。

「麥之歌？」

「中島美雪的。在妳合唱比賽之前，我不是要妳彈給我聽嗎？」

「好像有這麼一回事。」

我好像在合唱比賽時和早瀨聊過，森宮叔叔要我彈中島美雪的歌，讓我很傷腦筋這件事。

「總共有三十六首，每一首歌都附上一封信，寫了有關你們之間讓我起雞皮疙瘩的回憶，以及他會如何讓妳幸福這些可怕的內容。」

森宮叔叔唸完這些話，說著「好酒沉甕底」，把乳酪蛋糕放進嘴裡。

「早瀨對音樂相關的事記得很清楚，但我第一次聽這首歌，是一首怎樣的歌？」

「就是從心愛的故鄉啟程，邁向新的人生，差不多就是這樣一首歌。」

「這樣啊……聽你這麼一說，的確有一種牧歌的感覺。」

我也吃著乳酪蛋糕，但真的吃太飽了。

「這裡是大廈公寓，而且也算是都市，雖然妳只在這裡住了八年，但妳的故鄉應該就是這裡。」

森宮叔叔說。

「應該、是這樣吧。」

「妳隨時可以回來，我不會搬家，也不會死，更不會和壞心眼的後母結婚。」

森宮叔叔又說：

「浪子只有鋼琴真的彈得不錯這個優點，好，再聽一次。」

他再度按下了CD音響的播放鍵。

九月的星期天，越來越有秋天味道的感覺很舒服。天氣也不再那麼熱，風中帶著一縷香氣。這家位在郊區的寧靜婚宴會館漂亮的庭院是賣點之一，波斯菊和九重葛等小花都在庭院內爭奇鬥豔。

走進有一個大窗戶的家屬休息室，早瀨家的父母和姊姊立刻走過來向我打招呼。不久之前，雙方家長已經見面吃過飯，所以也很開心地聊著「今天真是個好日子」、「今天請多指教」、「這個會場雖然不大，但很漂亮」。

和早瀨的家人打完招呼後，我輕輕吐了一口氣。離家出走的梨花、梨花的再婚對象，還有優子的親生父親。接下來要和新娘的家屬見面，反而讓我心情更沉重。所有人似乎都到齊了。我悄悄看向裡面的房間。

「啊喲，你該不會在緊張？」

梨花滿臉笑容走了進來。

雖然她比之前瘦了點，但還是那麼明豔動人，深藍色飄逸的禮服很適合她。

「喔喔，最近還好嗎？」

「很好，很好。我想優子應該已經告訴你了，對不起，我又和前夫復合了。」

梨花簡潔地說明了目前的狀況，然後拉著泉之原先生的手臂說：「對不對？」

「除了抱歉不知道該說什麼。」

泉之原先生縮著高大的身體，向我鞠躬。

「不，別這麼說，現在的梨花看起來比較幸福。」

我坦誠說出了內心的想法。

我和梨花是老同學，泉之原先生比梨花大十七歲，但梨花和他站在一起時更匹配。看著他們靜靜地相視而笑，我覺得這應該就是夫妻的樣子。

「我就知道你會這麼說。」

梨花嫣然一笑。

水戶先生走到我面前，在開口說話之前，深深向我一鞠躬。

「萬分感謝你，無論是你養育她到今天，還是你聯絡我這件事，都讓我感恩不盡。」

無論是彬彬有禮的說話態度，還是端正的五官，都讓我覺得優子太像他了。照理說他應該已經五十多歲了，但完全沒有中年人的疲態，平靜的身影中可以感受到充沛的精力。

「不，我愧不敢當。」

我輕輕搖了搖頭，因為我只是做了該做的事。

優子決定不看水戶先生寄給她的那些信，我大致計算了一下，總共有一百一十二封。雖然我知道不該擅自看這些信，但又覺得這些信沒有人看就被束之高閣未免太空虛，而且我也很想知道優子孩提時代的樣子，於是就不知不覺地看了起來。

這些寫給年幼優子的信淺顯易懂，卻可以深刻體會到文字背後的情感。

妳最近好嗎？學校的情況怎麼樣？和同學相處愉快嗎？課業跟得上嗎？梨花對妳

好不好？有沒有遇到什麼困難？

優子沒有寫回信給他，他一次又一次重複問相同的問題，而且每一封信的最後都寫著，祝福優子的每一天都健康快樂，無論他在那裡，都永遠支持優子。

優子說，那是水戶先生在巴西期間寫給她的信，但其實他回到日本之後仍然繼續寫信，而且留了新的住址，一次又一次提出希望可以和她見面，至少可以見上一面。

我完全能夠體會水戶先生想要和優子見面的迫切心情，也完全能夠理解梨花為什麼不願意讓優子和愛女心切的水戶先生見面的心情。差不多在梨花離開泉之原先生的家、優子進入中學一年級的中期，水戶先生終於不再寫信。

看了這一百多封信，可以輕易瞭解對他來說，看到優子邁向幸福的身影是無可取代的極大喜悅，所以我寫了一封信給他，卻又不知道寄給從未謀面的人的信中該寫什麼，最後只告訴他婚禮的地點和日期。

今天早上，我告訴優子，水戶先生會去參加她的婚禮。當我對她說：「我通知他的時間稍微提早了些，你們要不要在婚禮之前稍微聊一聊？」優子沒有驚訝，只是笑著說：「森宮叔叔，你果然熱心地偷偷看了那些信。」

他們父女相隔十三年的重逢比想像中更平靜，他們只是走向對方後開始交談，好像從來不曾有過時間的隔閡。優子露出滿面笑容說：「爸爸，沒想到你會來。」水戶先生熱淚盈眶地說：「啊啊，妳長這麼大了。」優子面對真正的父親可以毫不猶豫地叫「爸爸」，即使什麼都不說，他們也能夠相互理解；即使沒有生活在一起，他們也能夠心領神會。我終於體會到什麼是血緣。

我正在和水戶先生說話，婚宴會場的婚禮管家走進來說：

「請各位貴賓移駕前往教堂，新娘的爸爸要陪著新娘一起走紅毯，請做好準備。」

差不多該入場了。我向水戶先生鞠躬說：「我先走一步。」然後邁開了步伐。

這時，婚禮管家對我說：

「森宮先生，你要陪新娘一起入場，請跟我來。」

「啊，妳搞錯了，已經換成水戶先生了。」

因為優子的親生父親臨時決定來參加婚禮，所以可能來不及更正。我對婚禮管家說話時，水戶先生打斷了我說：

「拜託你了，請你親手把優子交給早瀨。」

婚禮管家也補充說：

「對，雖然有三位父親同時蒞臨，但新娘也說請森宮先生和她一起走紅毯。」

「不不不，不是我。」

我搖著頭說。水戶先生和優子有血緣關係，泉之原先生充滿威嚴，梨花曾經和她共度童年時光，在這幾個父母中，我的資歷最淺，怎麼可能有資格牽著她走紅毯？

「你不要囉唆這麼多，趕快去吧，婚禮的流程都安排好了。」

梨花心浮氣躁地插嘴說。

「不，但是，無論怎麼想……」

「無論怎麼想，都該由你帶她走紅毯啊。因為優子是從你身邊出嫁。」

梨花說，泉之原先生和水戶先生都用力點頭。

「你為什麼愁眉苦臉？」

優子跟著婚禮管家來到教堂門口，站在我的身旁時皺起了眉頭。身穿婚紗的優子美麗動人，但我清楚意識到，她已經不是那個我細心呵護成長的孩子了。

「當然是因為必須扮演這種感傷的角色，最後一個果然很吃虧。」

我無法直視優子，看著莊嚴的教堂說。

「最後一個？」

「對，因為我是最後的爸爸，所以就得由我牽著妳一起走紅毯。」

「怎麼可能？才不是因為你是最後一個，而是只有你始終如一，一直是我的爸爸。我出嫁的地方，和我以後可以回去的地方，都只有你那裡啊。」

優子語氣堅定地說，然後看著我的臉笑了起來。

我想要說幾句比一百一十二封信、比三百萬圓的賀禮更有價值的話，但來不及了。婚禮管家簡單說明了走紅毯的方法後，帶我們來到巨大的門前。

「唉，今天早餐的三明治吃太多了，胃好難受。你每次都做太多了。」

當我們站在門前時，優子摸著肚子說。

「誰叫妳自己吃不停？」

今天早晨，我做了歐姆蛋三明治。雖然同時做了火腿三明治和鮪魚三明治，但優子吃了好幾塊歐姆蛋三明治。

「不知道為什麼，每次吃你做的飯，都會忍不住吃太撐。」

「因為妳的食慾向來都很旺盛。」

「森宮叔叔，謝謝你。」

「我還以為妳最後會叫我一聲爸爸。」

「即使明知道這個稱呼不適合你？」優子出聲笑了起來，然後把手放在我的手臂上說：「無論爸爸、媽媽，還是爹地、媽咪，任何叫法都無法超越森宮叔叔。」

為什麼會這樣？如此珍貴的東西即將離開我，但此刻我的內心充滿了清澈透明的幸福感。

「走紅毯時請保持微笑。」

婚禮管家說完，眼前的大門一下子敞開了。

我看到早瀨站在明亮的紅毯另一端。真正的幸福並不是和別人共同編織喜悅，而是將接力棒交給自己所不知道的偉大未來。那天下定的決心帶我來到這裡。

「走吧。」

我踏出一步，那裡已是光芒萬丈。

國家圖書館出版品預行編目(CIP)資料

接棒家族 / 瀨尾麻衣子作. -- 初版. -- 臺北市：尖端, 2020.09-
面；　公分
譯自：そして、バトンは渡された
ISBN 978-957-10-9040-5（平裝）

861.57　　　　109008236

潮流文學
接棒家族
（原名：そして、バトンは渡された）

著者／瀨尾麻衣子
榮譽發行人／黃鎮隆
執行長／陳君平
協理／洪琇菁
總編輯／呂尚燁
譯者／王蘊潔
美術總監／沙雲佩
美術編輯／李政儀
主編／劉銘廷
企劃宣傳／楊玉如、施語宸、洪國瑋
國際版權／黃令歡、梁名儀
文字校對／施亞蒨
內文排版／謝青秀

出版／城邦文化事業股份有限公司 尖端出版
台北市中山區民生東路二段一四一號十樓
電話：（〇二）二五〇〇—七六〇〇
傳真：（〇二）二五〇〇—二六八三
E-mail：7novels@mail2.spp.com.tw

發行／英屬蓋曼群島商家庭傳媒股份有限公司城邦分公司 尖端出版
台北市中山區民生東路二段一四一號十樓
電話：（〇二）二五〇〇—七六〇〇（代表號）
傳真：（〇二）二五〇〇—一九七九

中彰投以北經銷／楨彥有限公司（含宜花東）
電話：（〇二）八九一九—三三六九
傳真：（〇二）八九一四—五五二四

雲嘉經銷／威信圖書有限公司 嘉義公司
電話：（〇五）二三三—三八五二
傳真：（〇五）二三三—三八六三
客服專線：〇八〇〇—〇二八—〇二八

南部經銷／威信圖書有限公司 高雄公司
電話：（〇七）三七三—〇〇七九
傳真：（〇七）三七三—〇〇八七

香港經銷／城邦（香港）出版集團有限公司
香港灣仔駱克道一九三號東超商業中心一樓
電話：（八五二）二五〇八—六二三一
傳真：（八五二）二五七八—九三三七
E-mail：hkcite@biznetvigator.com

新馬經銷／城邦（馬新）出版集團 Cite（M）Sdn. Bhd.
E-mail：cite@cite.com.my

法律顧問／王子文律師 元禾法律事務所
台北市羅斯福路三段三十七號十五樓

二〇二〇年九月一版一刷
二〇二二年三月一版二刷

■中文版■

郵購注意事項：
1.填妥劃撥單資料：帳號：50003021戶名：英屬蓋曼群島商家庭傳媒(股)公司城邦分公司。2.通信欄內註明訂購書名與冊數。3.劃撥金額低於500元，請加附掛號郵資50元。如劃撥日起 10～14日，仍未收到書時，請洽劃撥組。劃撥專線TEL：(03)312-4212 ・ FAX：(03)322-4621。E-mail：marketing@spp.com.tw